De duivel draagt het licht

Karin Fossum

De duivel draagt het licht

Literaire thriller

uitgeverij marmer

Als je nooit geboren was, had je dit niet gelezen.

En dat zou geen verschil hebben gemaakt. En als je er niet meer bent, is het alsof je dit nooit gelezen hebt. Het maakt geen verschil. Maar nu, terwijl je dit leest, gebeurt er iets:

Het knabbelt een paar seconden van je tijd, alsof een beestje van wollige letters knagend de weg tussen jou en je volgende minuut verspert. Je haalt het nooit meer in.

Het peuzelt onverstoorbaar de micro-organismen van de tijd op. Het raakt nooit verzadigd.

Jij ook niet.

Tor Ulven

Met dank aan Terje Ringstad en Tor Buxrud

Hoofdbureau van politie, 4 september, 16.00 uur.

Jacob Skarre keek op zijn horloge. Zijn dienst zat erop. Maar hij pakte heimelijk een boek uit zijn binnenzak en las het gedicht op de eerste bladzijde. Net een Virtual Reality-spelletje, dacht hij. Plop! en je bent in een andere wereld. De deur naar de gang stond open en hij voelde ineens dat iemand naar hem keek. De vrouw stond buiten zijn gezichtsveld, ze was gewoonweg een ander bewustzijn dat het zijne raakte. Een vederlichte, bijna onmerkbare vibratie die hem ten slotte bereikte. Hij sloeg het boek dicht.

'Kan ik u helpen?'

Ze verroerde zich niet, stond hem daar maar met een merkwaardige blik aan te staren. Skarre keek naar dat gespannen gezicht en bedacht ineens dat ze hem bekend voorkwam. Ze was niet zo jong meer, misschien tegen de zestig, en ze droeg een mantel en donkere laarsjes. Met een sjaaltje om haar hals. Onder haar kin was het dessin gedeeltelijk zichtbaar. Dat stond in sterk contrast tot wat ze vermoedelijk zelf aan snelheid en elegantie bezat. Renpaarden met kleurige jockeys tegen een donkerblauwe achtergrond. Haar gezicht was breed en zwaar, het werd omlaag getrokken door de vooruitgestoken kin. Haar wenkbrauwen waren donker en liepen bijna in elkaar over. Ze hield een handtas tegen haar buik gedrukt.

Maar het was vooral haar blik. In haar bleke gezicht lagen een paar oplichtende ogen. Ze hielden hem met een geweldige kracht vast en hij kon er niet aan ontkomen. Toen wist hij het ineens weer. Wat een gek toeval, dacht hij, en hij wachtte gespannen. Hij zat als het ware vastgeklonken aan zijn stoel, in deze vragende stilte. Ze kon nu ieder moment iets heel belangrijks gaan zeggen.

'Het gaat om iemand die vermist wordt', zei ze toen.

Ze had een ruwe stem. Een roestig gereedschap dat na een lange periode van rust weer krakend op gang kwam. Achter haar witte voorhoofd brandde een vuur. Skarre zag de flakkerende gloed door haar irissen. Hij wilde niet vooringenomen zijn, maar ze leek duidelijk ergens van bezeten. Langzaam drong het tot hem door waar het om ging. In gedachten nam hij de meldingen van die dag door, maar hij kon zich niet herinneren of er in zijn district patiënten uit psychiatrische inrichtingen werden vermist. Ze ademde zwaar, alsof het haar enorm veel moeite had gekost om te komen. Maar ze was vastbesloten, ze leek gedreven door iets eindigs. Skarre vroeg zich af hoe ze de receptie en mevrouw Brenningens valkenblik had weten te passeren, rechtstreeks zijn kantoor binnen, zonder door iemand te worden tegengehouden.

'Om wie gaat het?' vroeg hij vriendelijk.

Ze staarde hem nog steeds aan. Hij beantwoordde haar blik met eenzelfde kracht om te zien of ze zou wijken. Plotseling zag ze er verward uit.

'Ik weet waar hij is.'

Skarre was verrast. 'Dus u weet het wel? Hij wordt niet vermist?'

'Hij heeft niet zo lang meer te leven', zei ze. Haar dunne lippen begonnen te trillen.

'Wie?' vroeg Skarre. En toen, omdat hij het plotseling vermoedde: 'Bedoelt u uw man?'

'Ja. Mijn man.'

Ze knikte stellig. Stond nog steeds rechtop en roerloos in de deuropening, met haar tas tegen haar buik. Skarre zakte terug in zijn stoel.

'Uw man is ziek en u maakt zich zorgen om hem. Is hij oud?'

Dat was een onbehoorlijke vraag. Een leven is een leven, zolang het een leven is en het iets voor iemand betekent. Misschien zelfs alles. Schuldbewust pakte hij een pen van tafel en liet die tussen zijn vingers ronddraaien.

'Hij is nauwelijks meer dan een kind', antwoordde ze triest.

Het antwoord verwonderde hem. Waar had ze het eigenlijk over? Haar man was ziek, misschien stervende. En seniel, blijkbaar. Kinds. Tegelijkertijd had hij het vreemde gevoel dat ze hem iets anders probeerde te vertellen. Haar mantel was pluizig aan de voorkant en de middelste knoop was er een beetje slordig weer aangenaaid, zodat de stof opbolde. Waarom valt me dit op? dacht hij.

'Woont u ver weg?' Hij wierp een blik op zijn horloge. Misschien had ze geld voor een taxi nodig. Ze richtte zich op.

'Prins Oscarsgate 17.'

Ze sprak de straatnaam duidelijk gearticuleerd uit, met scherpe consonanten. 'Het was niet mijn bedoeling u te storen', voegde ze eraan toe.

Skarre stond op. 'Moet iemand u even naar huis brengen?'

Ze staarde nog steeds recht in zijn blauwe ogen. Alsof daar iets was wat ze mee wilde nemen. Een vonk, een herinnering aan iets springlevends, zoals de jonge politieman was. Ineens had Skarre een eigenaardige ervaring. Het vreemde gevoel dat je een enkele keer overkomt, een grilligheid in je lichaam. Hij liet zijn blik zakken en staarde naar zijn armen. De blonde haartjes stonden rechtovereind. Op dat moment draaide de vrouw zich langzaam om en liep naar de deur. Daarna verdween ze de gang door. Skarre keek haar na. Haar passen waren kort en hoekig, alsof ze iets probeerde te verbergen. Hij liep weer naar binnen. De klok wees 16.03 aan. Voor de aardigheid krabbelde hij iets op een blocnote.

"Vrouw van een jaar of zestig kwam om 16.00 uur mijn kantoor binnen. Ze leek in de war. Zei dat haar man wordt vermist. Dat hij niet lang meer heeft te leven. Gekleed in een bruine mantel, met een blauw sjaaltje om haar hals. Bruine tas, zwarte laarsjes. Mogelijk dementerend. Is enkele minuten later weer vertrokken. Sloeg het aanbod om te worden thuisgebracht af."

Hij dacht nog een poosje na. Ze was waarschijnlijk slechts een verdwaalde ziel, daar waren er zoveel van. Uiteindelijk vouwde hij het papiertje op en stak het in zijn borstzak. Het had geen zin om het voorval te rapporteren.

*

Heeft iemand Andreas gezien?

Die woorden stonden in de grootste krant van de stad, met dikke letters. Zo drukken de kranten zich uit, op een informele toon, ons direct aansprekend, alsof we elkaar bij de voornaam noemen en elkaar al heel lang kennen. In deze frisse, vooruitstrevende samenleving breken we met formele barrières en gebruiken we een directe, jeugdige toon. Dus ofschoon maar weinig mensen hem kenden en hem bij zijn voornaam noemden, vragen wij zonder omhaal: heeft iemand Andreas gezien?

Met een foto erbij. Een mooie jongen van achttien jaar, met een smal gezicht en ontembaar haar. Ik zeg mooi, daar ben ik ruimhartig genoeg voor. Zo mooi dat hij te makkelijk zijn zin kreeg. Hij pronkte met zijn knappe gezichtje en vond alles vanzelfsprekend. Het is een bekend patroon. Niemand heeft er baat bij om er zo uit te zien. Tijdloos, als het ware ondefinieerbaar. Een betoverende jongen. Het kost me enige moeite om dat woord te gebruiken, maar toch... betoverend.

Op 1 september verliet hij 's avonds het huis aan de Cappelensgate. Hij zei niet waar hij naartoe ging. Waar ga je heen? Uit. Zo antwoorden ze op die leeftijd. Een soort mateloze zuinigheid. Ze denken dat ze iets heel bijzonders zijn. En zijn moeder had niet het besef om aan te dringen. Misschien gebruikte ze zijn onwil als voedingsbodem voor haar eigen martelaarschap. Haar zoon was bezig haar te verlaten en dat vond ze verschrikkelijk. Maar eigenlijk gaat het om het afdwingen van respect. Ze had de jongen zo moeten opvoeden dat het ondenkbaar voor hem was geweest om niet te antwoorden, respectvol en precies. Ja, ik ga met iemand uit. We gaan de stad in. Ik ben voor twaalven thuis. Is dat teveel gevraagd? Maar ze mislukte, zoals zovele anderen. Zo gaat het als je al je energie in jezelf steekt, in je eigen leven, je eigen verdriet. Ik weet waarover ik praat. En het verdriet zou nog groter worden. Hij zou nooit meer thuiskomen.

Ja, ik heb Andreas gezien. Ik kan hem zien wanneer ik wil. Veel mensen zullen verbaasd zijn, wanneer hij eindelijk gevonden wordt. En natuurlijk zullen ze speculeren en gissen, rapporten schrijven, discussiëren en archiveren. Allemaal met hun eigen theorie. En zich vergissen, natuurlijk. De mensen schreeuwen met vele stemmen. In dat kabaal leef ik al bijna zestig jaar zwijgzaam. Ik heet Irma. Nu ben ik degene die praat. Ik vraag niet veel tijd en ik zeg niet dat ik de waarheid in pacht heb. Maar wat u nu leest, is mijn versie.

Er komt een jeugdherinnering in mij op. Ik kan hem oproepen wanneer ik wil. Ik sta in de hal, met een hand op de deurklink. Het is stil binnen, maar ik weet dat ze er zijn. Toch hoor ik niets. Ik doe de deur heel zachtjes open en stap de keuken binnen. Mijn moeder staat bij het aanrecht, ze trekt het vel van een gekookte makreel. Ik ruik de geur nog, een weeë, nare lucht. Met een beweging van haar zware lichaam laat ze vaag zien dat ze me heeft opgemerkt. Mijn vader is bezig bij het raam. Hij drukt stopverf in de kieren om de tocht buiten te sluiten. Het huis is oud. De stopverf is wit en zacht als klei, met een droge, kalkachtige geur. Mijn twee zussen zitten aan de keukentafel. Ze zijn allebei druk in de weer met boeken en papieren. Ik herinner me het bleke, enigszins benauwende licht van de zon dat geel in de groene keuken scheen. Ik ben misschien een jaar of zes. Instinctief ben ik bang dat ik lawaai maak. Ik blijf staan, alleen, en kijk naar hen. Allemaal zijn ze ergens door in beslag genomen. Ik voel me plotseling nutteloos, bijna teveel, te laat geboren zeg maar. Ik heb vaak gedacht dat ik misschien een ongelukje was dat ze niet hadden kunnen tegenhouden. Tussen mijn beide zussen zit twee jaar. Acht jaar later kwam ik. Hoe had mijn moeder na zo'n lange tijd nog een kind kunnen wensen? Maar de gedachte dat ik misschien een ongewenste plicht was, maakt mij niet wanhopig. Die gedachte is te oud, hij is er al zo lang.

Deze herinnering is zo levensecht dat ik de zoom van mijn jurk tegen mijn knie voel kriebelen. Ik sta in het geelgroene licht en voel hoe alleen ik ben. Niemand groet. Ik ben de kleinste. Ik doe niets belangrijks. Ik zeg niet dat mijn vader alles uit zijn handen had moeten laten vallen om mij misschien op te tillen en in de lucht te gooien, daar was ik te zwaar voor. Hij had reuma en ik was mollig en stevig, met het beendergestel van een paard. Dat zei mijn moeder altijd. Van een paard. Het was Irma maar die binnenkwam.

Niets om je druk over te maken. De hoofden, het onmerkbare opkijken voor het geval het iets belangrijks zou zijn, en dan de ontdekking, dat het Irma maar was. Wij waren hier het eerst, zeiden ze.

Die onverschilligheid benam me de adem. Het was hetzelfde gevoel als toen ik mijn moeder ertoe overhaalde om over mijn geboorte te vertellen. Ze haalde haar schouders op, maar gaf toe dat het midden in de nacht was gebeurd, tijdens een vreselijk noodweer. Onweer en storm. De gedachte dat ik met een hels kabaal ter wereld was gekomen, deed me goed. Maar toen voegde ze er met een droog lachje aan toe dat alles binnen enkele minuten voorbij was. Je glipte er als een jong katje uit, zei ze. Het prettige gevoel stroomde weg. Ik stond nog steeds te wachten, met mijn benen stijf op de vloer geplant. Ik was tenslotte geruime tijd buiten geweest. Er had van alles kunnen gebeuren. Woonden we niet aan de fjord? Er lagen regelmatig schepen uit vreemde landen aan de kade. De matrozen zwierven door de straten en loerden naar alles wat ouder dan tien was. Ja, ik was zes, maar ik was zo stevig als een paard, dat zei ik net al. Of ik kon te pletter zijn geslagen op het asfalt bij de groenteopslag, waar we altijd op het platte dak speelden. Later hielden daar drie herdershonden de wacht, maar voor die tijd speelden we daar en ik had eraf kunnen gevallen. Of ik kon onder de wielen van een vrachtwagen zijn vermorzeld. Die hadden soms wel twintig wielen en daar kon zelfs mijn beendergestel niet tegen. Maar ze waren nooit bezorgd. Niet om zoiets. Meer om andere dingen. Als ik een appel had, of ik die van iemand had gekregen, want ik had hem toch zeker niet gepikt? Niet? Maar dan had ik toch wel netjes bedankt? Hadden ze me misschien gevraagd mijn vader en moeder de groeten te doen?

Mijn hersenen werkten koortsachtig om een taak te vinden. Zodat ik kon opgaan in de verbondenheid die zij volgens mij met elkaar hadden. Niet dat ze me iets weigerden, maar ze vroegen me ook niets. Ik zal u één ding zeggen: deze vier mensen hadden een gezamenlijk aura. Een sterk en helder aura, roodbruin van kleur, dat bijna niet trilde, zoals bij anderen het geval is. Het lag als een strakke hoepel om hen heen. En ik stond erbuiten, omgeven door een kleurloze mist. Iets doen was de oplossing! Wie iets doet, kan niet in twijfel worden getrokken. Ik kon niets bedenken, ik had nog geen huiswerk, want dit was voordat ik naar school ging. Daarom bleef ik staan kijken. Naar de gekookte makreel, naar al die boeken. Naar mijn vader die stil en nauwkeurig werkte. Kon ik maar een stukje van die witte stopverf krijgen! Het tussen mijn vingers kneden.

Gedurende een verlammende seconde werd ik mij bewust van iets wat geloof ik belangrijk is. Belangrijk om voor mijzelf en voor u, die dit leest, te verklaren hoe het kon gebeuren. Dat met Andreas. Ineens voelde ik al die regels en wetten die in deze kamer aanwezig waren. In de stilte, in de werkende handen, in de gesloten gezichten. Regels en wetten waar ik mij aan moest houden, die ik nauwkeurig en tot op de letter moest volgen. Ik stond daar in de stille keuken en voelde het geheel aan voorschriften als een val over mij heen zakken. En toen besefte ik het ineens. Binnen die voorschriften was ik onaantastbaar! Binnen deze duidelijke kaders voor vlijt en fatsoen kon niemand mij iets doen. Daarbinnen kon je met mensen omgaan zonder scheve blikken te krijgen, zonder iemand voor het hoofd te stoten, terwijl je tegelijkertijd een soort rust kon voelen, omdat je net als de anderen was. Net als de anderen dacht. Maar voor mijn innerlijk oog zag ik een verplichte straat met hoge muren. Zo zou mijn leven worden.

Ik werd overvallen door een enorme droefheid. Tot dat moment had ik misschien in de Vrijheid geloofd. Zoals kinderen doen, zij denken dat alles mogelijk is. Maar ik maakte een keuze, ook al was ik klein en begreep ik misschien niet alles. Ik volgde een oeroud instinct om te overleven. Ik wilde niet alleen zijn, dan was ik nog liever zoals zij en hield ik mij aan de voorschriften. Maar op dat moment ontglipte me iets, het steeg op, vloog weg en verdween voorgoed. Daarom herinner ik me dat moment nog zo goed. Daar in die keuken, in dat groene licht, op zesjarige leeftijd, verloor ik mijn vrijheid.

Dit stille, welopgevoede kind. Op foto's van kerst en verjaardagen zit ik op mijn moeders schoot en kijk ik met een vrome glimlach in de lens. Nu heb ik een ijzeren kaak die pijn naar mijn slapen stuurt. Hoe kon het zo eindigen? Er zijn vast een heleboel verschillende redenen en voor een deel is het zuiver toeval dat onze wegen elkaar juist die avond kruisten. Maar het misdrijf op zich? Waar komt het idee vandaan? Wanneer ontstaat de moord? Hier en nu? Dan kan ik de schuld deels op de omstandigheden schuiven. Dat hij op mijn weg kwam, dat hij was zoals hij was. Want samen met hem was ik niet langer Irma, maar Irma met Andreas. En dat is iets anders dan Irma en Ingemar. Of Irma en Runi. De chemie, weet u. Iedere keer ontstaat er een nieuwe formule. Irma en Andreas vernietigden elkaar. Of is het niet zo? Groeit het met de jaren? Ligt het misdrijf ergens in de persoonlijke code van het lichaam te sluimeren? Is de moord het einde van een lang, onvermijdelijk proces? Ik ben gedwongen om mijn leven te bezien in het licht van het afschuwelijke dat gebeurde, en ik moet dat afschuwelijke zien in het licht van wat mijn leven was. Zoals iedereen om mij heen ook zal doen. Terugkijken naar een mogelijke verklaring, het deel ervan wat zich laat verklaren.

De rest blijft in een schemergebied van veronderstellingen drijven.

Maar terug naar waar we waren gebleven. Daar stond ik dus, in die stille keuken. Mijn geluidloze aanwezigheid liet de stilte schetteren. Die stilte was aangenaam geweest, maar nu verdroegen ze hem niet meer. Mijn moeder draaide zich om en kwam naar mij toe. Ze bukte en rook aan mijn haar.

'Het moet gewassen worden', zei ze. 'Het stinkt.'

Ik had even overwogen om mijn tekenspullen te halen. Om de geur te ruiken van het vetkrijt dat ik zo graag gebruikte. Maar ik liep naar buiten, de tuin in, over het hek, langs de oude smidse het bos in. Tussen de sparren heerste een prettige grijsgroene schemering. Ik liep op mijn bruine sandalen over het droge paadje en ontdekte een mierenhoop. Ik prikte er met een stokje in en genoot van de chaos die ik teweeg kon brengen. Een ramp in deze geordende samenleving, die misschien pas na weken weer hersteld zou zijn. De wens te vernietigen! Het gevoel van juichende macht toen ik met de stok in de mierenhoop porde. Het was heerlijk. Ik keek om me heen of ik iets zag om ze te voeren. Een dode muis, of iets anders. Dan kon ik toekijken hoe ze die verteerden. Ze zouden alles laten voor wat het was en de ramp vergeten, voedsel zou op de eerste plaats komen. Daar was ik van overtuigd. Maar omdat ik niets kon vinden, liep ik verder het bos in. Kwam bij een verlaten boerderijtje. Ging op de stoep zitten en dacht aan het verhaal van de mensen die hier ooit hadden gewoond. Gustav en Inger met hun twaalf kinderen. Uno, Sekunda, Trevor, Firmin, Femmer, Sexus, Syver, Otto, Nils, Tidemann, Ellef en Tollef. Het was onvoorstelbaar en echt waar. Maar ze leven niet meer.

Ja. Zowaar ik besta, ik heb Andreas gezien. Ik denk weer aan het verschrikkelijke ogenblik waarop ik het voelde komen, de wens om hem te vernietigen. Op datzelfde moment zag ik mijn eigen gezicht in een raam. En ik herinner me het gevoel, een zoete druk, als stromende warme olie door mijn lichaam. De wetenschap dat dit slecht is. Mijn gezicht in het blauwige glas. De lelijke, slechte mens die je wordt als de duivel het licht draagt.

*

1 september.

Een jongen liep alleen door de straten. Hij droeg een spijkerbroek en een jack van Nike, zwart, met een olijfgroene pas en een rood met witte golvende veeg op zijn rug. Hij moest om zes uur thuis zijn. Dat zou hij misschien net halen. Boven de stad hing een zwak schijnsel van een nevelige hemel. Het begon te waaien. September, een beetje weemoedig misschien, maar zo dacht hij niet. Tot nu toe was het leven goed geweest.

De jongen was een jaar of zeven, een leuk knulletje. Hij liep met zijn handen in zijn zakken. In zijn ene hand zat een zak snoep. Hij had vijftien minuten gelopen en hij kreeg het warm in zijn jack.

Hij tilde zijn hand op en streek over zijn voorhoofd. Zijn huid had de kleur van koffie. Hij had dik, zwart kroeshaar en zijn ogen fonkelden in zijn donkere gezicht.

Toen gebeurde er iets. Achter hem kwam een auto aangereden. In de auto zaten twee mannen, ze loerden door de ruiten naar buiten. Ze deelden de opvatting dat het leven op dat moment doodsaai was. Deze plaats bood weinig verrassingen. De stad lag daar maar, in tweeën gescheurd door een grijze rivier, tevreden in al zijn middelmatigheid. De auto was een groene Golf. De eigenaar droeg de bijnaam Zipp. Genoemd naar het geluid dat je hoort als je de rits van een echt nauwe jeans opent, beter gezegd een rits die met trillende vingers en blosjes op de wangen wordt opengetrokken. Eigenlijk heette hij Sivert Skorpe. Zipp had blond, stug haar en een constant nieuwsgierige uitdrukking op zijn jonge gezicht. Bijna schaapachtig, zouden sommige mensen zeggen. Maar gewoonlijk had hij geluk bij de meisjes. Zijn uiterlijk voldeed en bovendien was hij vrolijk, speels en eenvoudig. Niet geheel zonder diepgang, maar omdat hij nooit over zichzelf nadacht, wist hij niet wat er in zijn innerlijk speelde. Zijn vriend naast hem had iets weg van een faun, of van iets anders sprookjesachtigs. Hij vormde geen concurrentie. Hij leek verheven boven de jacht. De meisjes moesten maar naar hem toe komen, of zoiets. Dat had Zipp nooit begrepen. Hij reed langzaam. Allebei hoopten ze zwijgend hetzelfde, dat er iets zou gebeuren. Ze zagen de jongen lopen.

'Remmen!' zei de ene.

'Verdomme. Waarom?'

Zipp gromde en liet de koppeling slippen. Hij hield niet van lawaai.

'Alleen maar even praten.'

'Laat gaan, Andreas. Het is nog maar een kind.'

'Een klein donker knaapje! Ik verveel me.'

Langzaam draaide hij het raampje omlaag.

'Dat rotjong heeft geen geld. We moeten geld hebben. Ik sterf van de dorst.'

De auto bleef langzaam naast het jongetje rijden. Hij wierp een blik opzij en wendde toen zijn hoofd af. Je moet mensen niet in de ogen kijken, honden ook niet. Daarom concentreerde hij zich liever op zijn schoenen en verlaagde hij zijn tempo niet.

'Hé, jij daar!'

Een jongeman met roodbruine krullen keek hem door het autoraampje aan. Zou hij antwoorden? De man was volwassen, bijna tenminste.

'Dag', zei hij zacht, schijnbaar ongeïnteresseerd, om te laten merken dat hij geen tijd had. Ze wilden waarschijnlijk de weg vragen. Hij liep door en de auto volgde hem.

'Mooi jack heb je aan.' De man knikte bewonderend. 'Van Nike zelfs! Je vader heeft zeker wel poen?'

'Die heb ik van mijn opa gekregen', mompelde de jongen.

'Als het een paar maten groter was geweest, zou ik het gepikt hebben,' lachte hij, 'maar het is een beetje te klein voor mij.'

De jongen gaf geen antwoord, hij concentreerde zich uit alle macht op de punten van zijn schoenen.

'Ik maak maar een grapje', ging de man verder. 'We wilden alleen maar even de weg vragen. Naar de bowlinghal.'

De jongen waagde het op te kijken. 'Die is hier vlakbij. Je kan hiervandaan het bord zien', zei hij.

'Ja. Ik maak maar een grapje, zoals gezegd.'

Hij lachte zacht en flemerig, en stak zijn hoofd helemaal naar buiten.

'Zullen we je naar huis brengen?'

De jongen schudde heftig zijn hoofd. Een stukje verderop zag hij een portiek.

'Ik woon daarginds', loog hij.

'Echt waar?'

De man lachte luid. 'Hoe heet je?'

Hij gaf geen antwoord. Hij had zijn naam vaak genoeg gezegd om te weten wat de reactie zou zijn.

'Is dat een geheim?'

'Nee', mompelde hij.

'Waarom zeg je het dan niet?'

'Matteus', fluisterde hij.

Het werd muisstil. De twee in de auto keken elkaar aan.

'Nou ja!' riep hij. 'Da's nog eens een swingende naam! Matteus! Net als in de bijbel!' Hij klakte met zijn tong. 'Waar kom je vandaan?'

Hij keek vrolijk naar de zwarte krullen en de bruine wangen. Er verscheen even een glimp van verlangen in zijn ogen, die de jongen onmogelijk kon zien.

'Daarvandaan', zei hij wijzend.

'Nee, ik bedoel waar op de wereld. Je bent toch geadopteerd?'

'Verdomme, Andreas', kreunde Zipp. 'Laat hem toch met rust.'

'Somalië', zei de jongen.

'Waarom heb je geen Noorse naam gekregen, zoals andere geadopteerde kinderen? Niet dat het wat uitmaakt, hoor.' Hij wierp zijn hoofd in zijn nek. 'Ik word er zo moe van, als ik Afrikanen en Chinezen ontmoet die Petter of Kåre heten. Dat is toch verdomme niet te geloven!'

Hij lachte luid en liet een rij spitse, witte tanden zien. Matteus trok zijn mond samen. Hij had Matteus geheten op de dag dat ze hem vonden, de mensen die hij zijn vader en moeder noemde. In een kindertehuis in Mogadishu. Ze hadden het niet willen veranderen. Soms wenste hij dat ze dat wel hadden gedaan. Nu staarde hij slechts naar het portiek daar vlakbij, hij klemde zijn bruine vuist om de zak met snoep en wierp een blik in de auto. Toen liep hij het grindpad op van het vreemde huis, waar hij helemaal niet woonde. Hij zag een rek met vuilnisbakken. Hij schoot erachter en hurkte neer. Het stonk er naar rottend afval. De auto gaf gas en verdween. Toen hij aannam dat ze weg waren, sloop hij weer tevoorschijn en vervolgde zijn weg. Hij liep nu sneller. Zijn hart, dat hevig had geklopt, werd iets rustiger. De gebeurtenis had een zweverig gevoel in zijn buik veroorzaakt, een vaag voorgevoel van wat hem verder nog te wachten stond. Achter hem kwam een auto aangereden. Een angstig ogenblik dacht hij dat ze misschien waren gekeerd en weer terugkwamen. Ze hadden door dat hij hier niet woonde en nu kwamen ze hem pakken! Zijn hart bonkte weer sneller, terwijl hij de auto dichterbij hoorde komen. De auto stopte aan de andere kant van de straat.

'Zo, Matteus? Alwéér op pad? Je bent wel uithuizig, hoor!'

Matteus zette het op een lopen. De mannen lachten en reden toen met gierende motor in de richting van het centrum. Het was zeventien minuten over zes toen hij thuis de deur opendeed.

Zipp en Andreas leefden in de veronderstelling dat ze elkaar kenden. In werkelijkheid wisten ze alleen wat oppervlakkige dingen van elkaar, zoals wat ze wel of niet leuk vonden en hoe ze stonden en liepen. Bovendien waren ze allebei te zeer met zichzelf bezig om nieuwe kanten bij de ander te ontdekken. Zipp wist dat Andreas het liefst dat bier met die blauwe dop dronk. Dat hij van The Doors hield en geen mosterd nam als hij een worstje at. En dat geen enkel meisje goed genoeg voor hem was. Dat laatste kon Zipp niet begrijpen. De meeste meisjes keken hem met grote ogen na. Andreas is te mooi, dacht Zipp. Daardoor was hij van nature gemakzuchtig en treuzelend, wat Zipp wel eens kwaad maakte. Andreas had iets onwrikbaars, iets onaantastbaars en traags, waardoor je hem soms bijna wilde slaan en misschien wel pootje lichten, om hem uit zijn evenwicht te brengen. Als dat überhaupt mogelijk was. Verder wist hij waar Andreas werkte en woonde. Hij was op zijn kamer geweest en op zijn werk, bij de Cash & Carry. Tussen blikken verf en broodmessen en teflon koekenpannen. Het was een vrouwenplek. Andreas was de enige jongen die er werkte.

Andreas wist dat de vader van Zipp jaren geleden was overleden, maar hij kon zich nooit herinneren hoe hij heette of waaraan hij was overleden. Hoewel Zipp geen werk had en altijd geld van hem bietste, was hij gesteld op zijn gezelschap en op het feit dat hij een auto had. Die auto was natuurlijk van zijn vader geweest, zijn moeder had geen rijbewijs. Maar ze betaalde de benzine. Zipps moeder werkte onregelmatige diensten in een of ander tehuis en was er bijna nooit. Ze werkte of ze sliep. In de kelder hadden ze een klein kamertje. Een plek om te zijn, als ze blut waren. Het was prettig om altijd met dezelfde rond te hangen. Zipp was voorspelbaar en dat beviel hem wel. En ten slotte, maar niet in de laatste plaats: het was vertrouwd.

Ze hadden elkaar niet veel te bieden. Toch waren ze altijd samen, alles was beter dan alleen zijn. Als Zipp er een derde of vierde bij wilde halen, praatte Andreas hem dat uit zijn hoofd. Hij beweerde dat alles dan ingewikkelder werd, dat er dan geen plaats voor meisjes was in de auto, en dat was natuurlijk een sterk argument. Ze hadden wel eens onenigheid, maar dat leidde nooit tot ruzie. Meestal werden ze het met elkaar eens, meestal was Andreas degene die het conflict in zijn voordeel wist te keren, zo soepeltjes dat Zipp het niet eens merkte. Ze waren wel eens te ver gegaan. Onnozele dingen, een keer bij een kiosk, waar ze een paar sloffen sigaretten en een geldkistje hadden meegenomen. Een andere keer hadden ze een auto gepikt. De accu van de Golf was leeg en het idee om als schooljongens over straat te moeten lopen sprak hen niet aan. Maar ze waren niet ver gekomen. In wezen waren ze nogal laf. Ze gebruikten geen geweld en ze hadden nooit wapens gehad, maar Andreas had een mes, dat hij cadeau had gekregen toen hij belijdenis deed. Soms hing het aan zijn riem, onder zijn shirt. Zipp keek niet graag naar het mes. Het kwam wel eens voor dat ze teveel dronken. Het mes bungelde dan tegen Andreas' smalle heup en was zo toegankelijk. Niet dat Andreas iemand provoceerde, of zich liet provoceren. Zijn verschijning had juist een tegenovergestelde uitwerking op mensen, ze voelden zich prettig in zijn gezelschap, ze ontspanden, ze bleven in zijn lichte ogen zitten staren. Maar als hij dronk, veranderde hij. Dan werd hij onrustig en dan sloeg de loomheid om in een bijna koortsachtige gejaagdheid. Dan kon hij zijn dunne vingers niet stilhouden, ze bewogen voortdurend en zaten overal aan. Zipp verbaasde zich daar altijd over. Zelf werd hij langzaam suf en uiteindelijk slaperig als hij teveel dronk. Andreas was eigenlijk een beetje vreemd. Hij was meer een soort gemoedstoestand, niet helemaal aanwezig, als het ware. Hij boerde niet als hij dronken werd. Hij hoestte niet en hij hikte niet. Alles aan hem was stil. Hij rook ook niet naar iets speciaals. Zelf gebruikte Zipp aftershave van Hugo Boss, als hij daar tenminste geld voor had, anders jatte hij een flesje bij de Cash & Carry als hij durfde. Andreas gebruikte niets. Hij zag er altijd hetzelfde uit, zijn haar werd nooit vet, hij was altijd schoon, maar niet té schoon, eigenlijk was hij altijd hetzelfde. Als Zipp hem wel eens op zondagochtend wakker maakte en hij in zijn ochtendjas in de deur stond, zag hij er niet moe uit. Hij keek altijd helder uit zijn ogen. Zijn haar was altijd even lang. Zijn schoenen waren nooit versleten. Merkwaardig.

Andreas had zijn loon nog niet ontvangen. Samen bezaten ze de duizelingwekkende somma van zestig kronen. Dat was nog niet eens genoeg voor twee bier.

'Waar denk je aan?' vroeg Andreas ineens.

Zipp trok een gekweld gezicht. 'Ik denk aan Anita.'

'Verdomme man, wat heeft dat nou voor zin?'

'Wat bedoel je?'

Zipp liet een wind.

'Anita is zo dood als een pier.'
'Vertel mij wat.'
Zipp keek naar buiten om zijn gezicht te verbergen.
'Hoeveel hagel zit er in één patroon?' vroeg hij toonloos.
'Dat ligt er aan. Hoezo?'
'Ik denk aan haar gezicht. Hoe het eruitzag. Anita was een knappe griet.'
Andreas haalde zijn schouders op. 'Als je er dicht genoeg bij staat, komt de lading als één verscheurende kogel naar buiten. Ik heb Roger nog gesproken. Hij zei dat haar neusbeen naar buiten stak en dat haar hele kaak openlag. Haar ene oog was weg.' Hij nam een trek van zijn sigaret. 'En Anders,' ging hij verder, 'die stond toch achter Anita toen het schot viel? Zijn cap leek wel een zeef.'
Zipp zweeg, hij probeerde het beeld aan te vullen. Er kwamen aldoor nieuwe details bij. Zijn hersenen waren gelardeerd met beelden uit films voor 18 jaar en ouder, in breedbeeld en met digitale geluidseffecten.
'Shit, man.'
Andreas sloeg zijn ogen ten hemel. 'Wat zit je daar nou te miezeren, man. Het was je zus niet. *That's life, Zipp. All will be lost like tears in rain.*'
Andreas citeerde Roy Batty. Maar Zipp dacht nog steeds aan Anita. Hij herinnerde zich haar lach, haar stem en haar geur. Hij herinnerde zich het groene steentje in haar neus. Alles was aan flarden geschoten.
'Ik ben tenslotte een keer met Anita de koffer ingedoken. Het is gek om daar nu aan te denken', zei hij zacht.
'Is er in deze stad ook maar één mosterdpotje waar je je worst nog niet in hebt gedoopt?'
'Nee, hihi. Niet veel.' Hij haalde luidruchtig zijn neus op. 'Robert leek wel van de duivel bezeten', mompelde hij. 'Ik ken Robert. Er moet iets in zijn hoofd zijn gebeurd.'

'Laten we het daar dan maar op houden. Hij was volkomen bezeten. Maar niet van de duivel.'

'Nee?'

'Jezus, man. Hij was straalbezopen! Hij was bezeten van de alcohol. Zijn hersenen waren verlamd. Knock-out, ontoerekeningsvatbaar en hartstikke bedwelmd! Dát was de duivel.'

'Ik denk dat ik maar geheelonthouder word', zei Zipp somber. Waarop Andreas in lachen uitbarstte, want dat was zo'n absurd idee. En toen was het over. De stemming klaarde op en Zipp zette het bloederige beeld uit zijn hoofd. Ze reden een poosje zwijgend verder.

'En jij was gisteren bij de Vrouw?'

Vanuit zijn ooghoek zag hij Andreas' dij in de lichte broek.

'Ja', antwoordde hij. Zipp hoorde de glimlach naast zich en het verzoek niet verder te vragen. Niet dat het geheim was. Hij had verteld dat ze met elkaar naar bed gingen. Of was dat misschien niet waar? Stak hij misschien alleen maar de draak met hem. Andreas was zo geheimzinnig, er was eigenlijk geen peil op hem te trekken.

'Ik snap niet dat je daar zin in hebt', lachte Zipp.

'Wat extra geld', zei Andreas kort. Zijn stem klonk niet geïrriteerd, maar toch waakzaam. 'Jij hebt immers altijd zo'n dorst.' En toen voegde hij eraan toe, hartstochtelijk: 'Ik doe het voor óns, Zipp.'

Zipp probeerde tussen de woorden door te horen wat Andreas niet zei. Hij zat model voor een kunstschilder. Ze schilderde Andreas zonder kleren. Hij probeerde zich voor te stellen in welke houding, of hij op een sofa lag of in een stoel zat, of misschien rechtop stond, in een of andere onmogelijke pose. Hij had het niet durven vragen. Maar Zipp was nieuwsgierig. Het idee om je voor de ogen van een vrouw uit te kleden en je te laten bekijken, terwijl je daar zelf geheel passief staat, gaf hem een onbehaaglijk gevoel. Weliswaar gingen ze daarna met elkaar naar bed. Volgens Andreas. Maar het gevoel, dacht Zipp, om onbeweeglijk te moeten staan, terwijl een vrouw je lichaam tot in het kleinste detail in zich opneemt. Niet dat hij ontevreden was. Hij was niet dik, of te klein, of iets anders. Maar om zo bekeken te worden door een vrouw.

'Komt dat stomme schilderij nooit af? Je gaat er al maanden naartoe.'

Zipp nam nog een flinke trek. Zonder dat hij begreep waarom, kreeg hij het gevoel dat hij een gevaarlijk punt naderde. Maar toch kon hij niet stoppen. Het drong tot hem door dat hij Andreas nog nooit kwaad had gezien. Hij was altijd rustig, verhief nooit zijn stem en hij was altijd hetzelfde. Hij was al elf jaar lang hetzelfde.

'Het duurt een jaar om een goed schilderij te maken', stelde Andreas vast, alsof hij een snotjongen belerend toesprak. Hij draaide aan de uiteinden van zijn halsdoekje. Dat kleurde bij zijn shirt.

'Shit man, een jaar? Dan heb je nog heel wat tegoed.'

Zipp tikte door het raampje de as van zijn sigaret. 'Stel dat ze beroemd wordt en ze hangen dat schilderij ergens op waar iedereen het kan zien. In de bank, bijvoorbeeld. Of in de bioscoop. Shit man, dat zou ik niet aankunnen.'

Zipp zette de auto in zijn vrij. Andreas staarde geduldig naar het rode licht.

'Niemand herkent me', zei hij rustig.

'O nee? Is het zo'n Picasso-achtig ding met je oren aan één kant van je hoofd?'

Andreas lachte vermoeid om deze grenzeloze domheid.

'Het wordt een goed schilderij', zei hij eenvoudig.

'Hoe oud is dat mens eigenlijk?'

Andreas knipoogde mild.

'Oud genoeg om meer kunstjes te kennen dan de schoolmeisjes waar jij het mee doet.'

Dat was een reactie naar Zipps hart. Alles wat naar zijn prestaties in bed wees en waar hij zelf een hoge pet van op had. Ha!

'Hoerenloper', grijnsde hij. 'Zijn er voor een koorknaap misschien ook nog een paar kneepjes te leren?'

Op dat moment draaide Andreas zijn hoofd naar hem toe, net toen het licht op groen sprong. Hij monsterde Zipp van boven tot onder, van het stugge haar dat nooit wilde blijven zitten, naar zijn wipneus en het kloofje in zijn kin, tot zijn ronde dijen en de achterlijke jeans die hij altijd droeg. STRETCH. Met zijn kleine hoofd en zijn brede romp leek Zipp precies op wat hij in feite was: een braadkip. Zipp begon te zweten. Andreas zat hem te keuren, zijn lichaam, ieder detail. En hij keurde hem af! Zipp zou geen enkele kans maken bij de Vrouw. Hij had spijt dat hij het onderwerp ter sprake had gebracht. Zo ging het nou altijd. Hij probeerde het, maar kwam geen steek verder. Dat ze verdomme geen geld hadden voor een rondje bier! Hij sloeg zijn vriend stiekem gade. Andreas had stijl. Hij droeg grote wijde broeken en ruime shirts. Verder niets, niks bonts. Mocassins aan zijn voeten, nooit sportschoenen. 's Zomers rolde hij zijn mouwen op en deed hij een paar knoopjes los. Maar altijd die wijde kleren, licht en losjes. Ze fladderden om hem heen, maakten dat hij er smaller uitzag, zijn armen en benen nog langer dan ze al waren. Zelf perste Zipp precies hetzelfde aantal kilo's – namelijk drieënzeventig – in nauwe jeans en T-shirts die om zijn lichaam spanden. En eroverheen een leren jack. Een kort jack met brede schouders, dat hem echter niet de atletische vorm gaf die hij wilde. Hij zag er eerder een beetje opgeblazen uit. Dat vond hij vreemd, want hij was niet dik. Hij had een beetje o-benen en een dikke kont, maar hij zag er niet opvallend uit. Hij was jaloers op Andreas' stijl en elegantie, maar kon het niet nadoen. Het effect zou niet hetzelfde zijn. Niet dat hij geen meisjes kon krijgen. Maar zelfs in dat opzicht was Andreas superieur. Hij liet ze links liggen. Afgezien van de Vrouw. En hij wist nog steeds niet hoe oud ze was. Dertig? Of nog ouder? Veertig of vijftig? Zipp had een tante van vijftig, hij rilde bij de gedachte. Een vrouw van vijftig. Met kinderen en zo. Hoe zagen de vrouwen er van onderen uit als ze een stel kinderen naar buiten hadden geperst? Heel anders dan meisjes, natuurlijk.

'Heeft ze kinderen?' liet hij zich ontvallen.

'Veel kinderen', knikte Andreas. 'Vier of vijf.'

'Jezus man, zeker wel wijd, zo'n vrouw?'

Andreas draaide het raampje open en er verscheen een minachtend glimlachje op zijn gezicht.

'I have seen things you wouldn't believe.'

'En dat betekent...?'

'Ze zijn veel, veel dieper, Zipp.'

*

Hoog boven de stad, met uitzicht op de rivier, stond een statig huis van rond de eeuwwisseling. Een beetje vervallen, maar de groene muurbetimmering hield nog steeds stand tegen weer en wind. Hier woonde de kunstschilder Anna Fehn.

Op een avond in het late voorjaar wandelde ze over het grote marktplein en observeerde ze de mensen. Ze had een geoefend oog. Mensen zijn over het algemeen niet mooi, dacht ze. De meesten zijn een toevallig samenraapsel van de twee die verantwoordelijk zijn voor hun ontstaan. De lange armen en benen van de vader, met de kleine handen en voeten van de moeder. Bijna niemand onderscheidde zich als een harmonisch geheel. Bijna niemand maakte indruk op haar. Toch wist ze dat het niet om zwaar of licht, grof of fijn ging, maar om hoe ze zich voortbewogen. Zich ervan bewust wie ze waren, met trots als dragende kracht. Of gedwongen in een rol waarin ze zich niet echt thuis voelden. Maar toen zag ze Andreas. Hij zat samen met een vriend op een terrasje. Het eerste wat in haar opkwam, was dat hij zich verveelde. Het leven had hem niet genoeg te bieden. Er was iets belangrijks wat hij nog niet had gevonden. Niet erg origineel, want dat gold voor de meeste mensen. Maar hij zat daar niet met zo'n starende blik, zijn hoofd alle kanten opdraaiend om de meisjes na te kijken, en hij maakte zich niet druk of hij wel genoeg aandacht kreeg. Hij zat volkomen rustig, met zijn lange benen uitgestrekt onder de tafel. Anna zag de leren schoenen op de straatstenen en het katoenen shirt tegen zijn bleke huid. Zijn haar dat heel eventjes bewoog, zijn dunne vingers lichtjes om het glas. Hij lag bijna in zijn stoel, die slechts op de twee achterste poten rustte. Het feit alleen al dat hij zo zat, in een perfecte balans, met het risico om te vallen en met zijn hoofd tegen de stenen te slaan, en er toch zo ontspannen uitzag. Zo ongeïnteresseerd. Zo onneembaar. Dat maakte indruk op haar. Ze bekeek zijn vriend. Ze pasten slecht bij elkaar. Ze hadden ieder een bijna leeg bierglas voor zich staan, maar ze waren niet aangeschoten. Verder zagen ze eruit als de meeste jongeren. Ze hoorden niet bij een bepaalde groep, waren geen rockers of punkers of kakkers, maar gewone jongens van tegen de twintig. Maar Andreas had een lome elegantie en een prachtige haardos die tot zijn schouders reikte. Ze probeerde de kleur te definiëren.

Als ze karmozijnrood mengde met gebrande siena en lichte oker, en er wat ivoorwitte reflexen op legde, dan zou ze misschien in de buurt komen.

Anna kwam dichterbij. Als ze zijn gezicht opdeelde, zoals kunstenaars doen, voorhoofd, wangen, ogen, kaak, viel het haar op dat hij niet beeldschoon was, niet op de klassieke manier. Zijn ogen zaten een beetje te diep. Zijn neus was lang en smal en krom, het puntje boog omlaag naar zijn mond. Die een beetje te klein was, maar regelmatig en mooi. Zijn kin was smal en stak vooruit. Boven zijn linkerwenkbrauw had hij een moedervlek, net onder zijn haargrens. Maar het geheel was indrukwekkend. Onmogelijk te negeren. Hij was slank en hij had lange armen en benen, en ondanks zijn jonge leeftijd was hij al heel markant. Ze probeerde zich voor te stellen hoe hij er naakt uitzag. Jonge jongens hadden iets, wat verdween als ze man werden. Het moment waarop het lichaam nog even aarzelde, net voor de laatste stap naar de zwaarte van de volwassenheid. Op dat punt was hij nu. De teint van zijn huid deed aan slagroom denken. Hij was student of hij had net zijn eerste, laagbetaalde baantje. In ieder geval kon hij best wat geld gebruiken. Ze keerde hem een ogenblik de rug toe. Staarde naar een verlichte etalage, naar een jurk die ze niet kon betalen. Nee, wees eerlijk Anna, die is te kort voor je! Ze lachte om zichzelf en draaide zich weer om. Wilde hem niet aanspreken zolang ze met zijn tweeën waren, bang dat ze hem misschien in verlegenheid zou brengen. Dus wachtte ze geduldig. Vroeg of laat zou een van hen naar de wc onder de markt gaan. Terwijl ze wachtte, plaatste ze hem in de pose waarvan ze meteen al vermoedde dat hij daarin tot zijn recht zou komen. Die lome, onverschillige uitdrukking was ook een pose, een bescherming die hij gebruikte. Zijn vriend had dat niet door. Die zag er jonger uit, iets dommer misschien. Bovendien stond hij plotseling op en verdween. Anna Fehn handelde snel. Ze liep naar het tafeltje toe en boog naar hem toe.

'Ik ben kunstschilder en ik kan altijd modellen gebruiken. Als je wat wilt verdienen, kun je dit nummer bellen. Ik heet Anna.'

Ze gaf hem een kaartje met haar naam en telefoonnummer. Hij was niet van zijn stuk gebracht, maar keek haar met een zekere nieuwsgierigheid aan. Toen nam hij het kaartje aan. Las het nummer en stak het in de zak van zijn grote shirt. Dat stond open. Ze kon een stukje van zijn smalle borst zien.

'Voor de goede orde,' voegde ze eraan toe, 'ik heb het over een naaktschilderij.'

Hij knikte dat hij het begreep. Diezelfde avond belde hij uit een telefooncel. Ze nam aan dat hij bij zijn ouders woonde en niet wilde dat iemand ervan wist. De volgende avond stond hij bij haar voor de deur. Hij kleedde zich zonder aarzelen uit, maar wierp haar wel een paar blikken toe. Zei dat hij dit nooit eerder had gedaan. Ze wees hem zakelijk hoe hij moest staan, maar stond zich daarbij een beetje moederlijke warmte toe. Ze had graag iets anders getoond, maar ze was verdorie oud genoeg om zijn moeder te zijn. De eerste avond maakte ze alleen een snelle schets. Verzekerde zich ervan dat hij langere tijd zonder moeite in die houding kon poseren. Hij kleedde zich aan en vertrok. Sindsdien was hij iedere week op dezelfde tijd teruggekomen. Ze leerden elkaar niet echt kennen. Andreas praatte nooit over zichzelf en hoefde ook niets over haar te weten. Hij had geen plannen of wensen voor de toekomst. Soms zei hij iets over zijn vriend, Zipp. Of hooguit over een film die hij mooi vond. Of over muziek. Verder niets. Het was een plotselinge ingeving geweest. Ze was er niet op voorbereid, het was niet gepland. Misschien had ze erover gedroomd, maar wie zou dat niet hebben gedaan? Op een avond, tijdens het werk, zakte hij een beetje weg. Hij poseerde niet langer. Zijn ogen verdwenen in een van de grote schilderijen aan de wand. Iets van de spanning verdween uit zijn lichaam. Ze wilde hem erop wijzen, maar bedacht zich. Ze kon hem een hele tijd gadeslaan, zonder dat hij het merkte. Ze hield haar adem in en stond stil met de penseel in haar hand. Wist dat hij niet aan haar dacht, dat zou ze gemerkt hebben. Stilletjes liep ze naar hem toe. Hij richtte zich op, nam zijn oorspronkelijke houding weer aan. Maar zij had hem gezien, hem verrast. Dat vond hij niet prettig. Ze wilde tegen hem zeggen dat het niet gaf. Glimlachte snel en streelde hem over zijn wang. Maar toen ze zijn huid tegen haar hand voelde, kon ze niet stoppen. Zijn jukbeen was hoog en mooi en duidelijk zichtbaar onder de witte huid. Hij wendde zijn gezicht niet af. Stond stil en liet zich strelen. Het licht van de lamp links was scherp en berekend op het werk. Ze zag iedere porie in zijn huid en de dunne aderen op zijn slapen. Zijn oogleden, als zijdepapier. Zijn huid rook naar huid, zijn haar naar haar. Hij schikte zich en gaf haar wat ze wilde. Haar lichaam had lang geslapen. Ze werd overweldigd door alles wat ontwaakte, alles dat sijpelde en stroomde. Ze wilde zich overgeven, op leven en dood vrijen, schreeuwen en krabben, maar ze hield zich in. Ze wilde hem niet wegjagen. Later, toen hij wegging, kwam ze weer tot zichzelf. Hij miste passie. Ze had gedacht dat hij haar hartstochtelijk zou beminnen, hij was immers nog zo jong. Ergens moest die hartstocht zijn. Maar ze vond hem nooit. Toch gingen ze door. Elke keer als ze klaar was met het werk, gingen ze met elkaar naar bed. Hij nam nooit het initiatief, dat deed zij altijd. Het schilderij mag nooit afkomen! dacht ze. Zonder zich te schamen.

Ze waren volwassen mensen. Diep van binnen hoopte ze dat hij er tegen anderen over opschepte.

*

Ik verkoop gordijnen en beddengoed en stoffen in een grote, respectabele zaak. Ik ben om vijf uur thuis. De rest van de dag scharrel ik binnen wat rond. Er komt hier bijna niemand, een doodenkele keer mijn vriendin, of mijn zoon misschien. Ingemar. Ik luister beleefd naar wat hij zegt. Hij nodigt me nooit eens bij hem uit of zo, dat is te moeilijk voor ons. Zijn bezoekjes zijn meer een soort plicht, een sessie waarbij we elkaar controleren. Of alles in orde is. Het is prettig om af en toe op het werk te kunnen zeggen dat Ingemar gisteren op de koffie was. Zo betrouwbaar en juist. Gezelschap, de omgang met andere mensen, hun geur ruiken, of de wetenschap dat zij mijn geur kunnen ruiken, is meer dan ik kan verdragen. Zo nu en dan doe ik boodschappen en koop ik wat ik nodig heb. Nooit meer. Soms ga ik naar de bibliotheek, om biografieën te lenen. Of ik kijk er de kranten door. Dat is gratis, weet u. Ik ga er vlak voor sluitingstijd naartoe, dan is het er rustig, nooit een rij voor de balie. De bibliothecaris is een man. Hij ziet er droevig uit. Het moet erg zwaar zijn om alles te moeten lezen.

Ik praat nooit met de buren. Als ze iets over het hek roepen, roep ik terug, maar loop door. Ik ben niet ongelukkig, maar ik ben ook niet gelukkig. Ik ken niemand die dat is. De dokter die ik eens per jaar bezoek, zegt dat ik de gezondheid van een paard heb. Hij zegt het streng waarschuwend en ik weet wat hij bedoelt, maar hij kan het niet begrijpen. Ik heb geen zin om het uit te leggen. Hij meent het niet slecht, hij veinst niet, zit mij maar aan te kijken. Wil iets voor mij betekenen, maar heeft er eigenlijk de kracht niet voor.

Mensen zijn moeilijk. Het is makkelijker om van dingen te houden, of van activiteiten, of van dieren misschien, maar die stinken en verharen, of nog erger. 's Avonds breng ik het huis op orde. Ik dweil en ruim op en stof af. Het is overal schoon. Ten slotte giet ik een scheutje chloor in alle afvoeren. Dat doodt de bacteriën en gaat geurtjes tegen. Achter het huis heb ik een mooie tuin met een klein prieeltje. Als ik 's zomers buiten zit, zet ik een canvas windscherm op. Als er iemand achter de heg staat te kijken, kan die me niet zien. Niet dat ik zomaar in mijn bh zit, dat zou niet in me opkomen. Maar ik hou van die afgesloten ruimte. Ik ben nooit iemand tot last geweest. Ben nooit veeleisend of onredelijk geweest. Ik licht de belasting niet op, ik pik niets uit de supermarkt, ik betaal mijn rekeningen allemaal een dag of twee voor de vervaldatum. 's Zaterdagsavonds drink ik wel eens een glaasje wijn, maar nooit teveel. Ik kijk naar de televisie. Volg het nieuws in de krant, ik weet wat er buiten op straat gebeurt, of in Algerije en Rwanda. Ik slaap goed, ik droom zelden en ik ben niet bang om dood te gaan. Vaak hoop ik zelfs dat ik doodga. Plotseling, zittend in de rode stoel, terwijl ik het me niet bewust ben. Bij het raam, met de zon op mijn gezicht. Het laatste wat ik voel is een beetje warmte. Zo triest als ik er niet meer ben!

Kort gezegd, ik doe mijn plicht. Wat is er eigenlijk mis aan plicht? Is dat niet wat de samenleving bijeenhoudt? Iedere avond als ik naar bed ga, is er een dag minder te gaan. Dat is een opluchting. Ik schaam me niet. Als ik 's morgens wakker word, ben ik altijd weer verbaasd dat ik er nog ben. Maar ik vind het best en doe wat ik moet doen. U moet niet denken dat ik ongelukkig ben of zo, ik heb het goed. Had. Tot dat met Andreas gebeurde.

Ik was zestien toen ik het gele huis verliet. De Voorschriften waren een kooi geworden. Waarin ik niemand binnenliet. Achter de tralies construeerde ik een leven, een toestand waarin ik kon overleven, die bestond uit orde en overzicht, discipline en controle. Mijn ouders keken mij twijfelend en opgelucht na. Het stond zo duidelijk in hun ogen te lezen. Het is niet onze schuld, zeiden ze, als er iets mis gaat. Ze wuifden me niet uit. Ze zouden eindelijk rust krijgen. Geloof in God had ik ook niet meegekregen. Er is meer tussen hemel en aarde, zei mijn moeder altijd, met haar rug naar me toe. Ze hadden me gegeven wat ze zelf hadden geleerd, de beste manier om het leven door te komen. Dus ik vertrok, met de Voorschriften op mijn rug. Ik bekeek de wereld door de tralies. Iedereen om mij heen was onzeker en doelloos en vreselijk impulsief. De mensen verlummelen hun tijd, dat maakt me bang.

Ik heb een vriendin, heb ik dat al verteld? Runi. Zij komt zelden bij mij. Meestal ga ik naar haar toe, dat vind ik prettiger. Een gast in mijn huis geeft me het gevoel een gevangene te zijn, ik kan niet opstaan en weggaan wanneer ik dat wil. Ze praat veel en heeft veel zorgen. Niet meer dan ik, maar ik praat er niet zo graag over. Behalve nu, tegen u. Runi is een leuke vrouw, om te zien bedoel ik. Modern, maar niet overdreven. Ze weet dat ze er goed uitziet, dat is belangrijk voor haar. Meestal is ze vrolijk en spraakzaam en druk. Maar ze kakelt vreselijk over alles wat ze lastig vindt en soms is ze ronduit een zeurpiet. Ik word er moe van. Soms wil ik Runi iets vertellen, maar ik doe het niet. Bijvoorbeeld als ik naar haar wc ga. Ik ga het kleine kamertje binnen, til mijn rok op en plas. Veeg me zorgvuldig af. Was mijn handen. Het kost me geen moeite. Dat kan ik niet tegen Runi zeggen, ze zou het niet begrijpen. U ook niet. O ja, ze is heel innemend, maar ze staat niet met beide benen op de grond. Denkt nooit over de dingen na. Als haar iets overkomt, is ze daar niet op voorbereid. Dat kinderachtige idee, dat haar niets zal overkomen, hoe komt ze daarbij? Ze is nu volwassen. En ze kan slecht liegen. Eén keer, ja, ik moet toegeven dat het wel een beetje vals was. Maar ik zat bij haar in de kamer taart te eten. Met slagroom en groene suikerwerkfiguurtjes. Ze vertelde hoe goed ze het huis vrijdags altijd schoonmaakte en dat ze daar dan zo'n pijn van in haar rug kreeg. Ik geloofde er niets van. Ik kon de geur van stof in de kamer ruiken, ik heb een uitstekende neus. Toen ze naar de keuken ging om iets te halen, pakte ik een suikerfiguurtje van de taart en gooide dat onder de bank. En toen wachtte ik. Eerst een week, maar daarna kreeg ik er schik in en wachtte nog een week. En om het lot helemaal te tarten wachtte ik nóg een week. En toen ging ik bij haar op bezoek. Toen ze naar de wc ging, keek ik onder de bank en vond het suikerfiguurtje. Dat was inmiddels niet meer groen. Ik heb haar nooit met dat stoffige suikerfiguurtje geconfronteerd, ik ben niet gemeen. Ik probeer iets voor haar te betekenen, we zijn tenslotte vriendinnen. Wat is een vriendin? Iemand met wie je omgaat, zonder te veel ergernis? Want eigenlijk geef ik niet om haar. Als ze dood zou gaan, zou me dat enorm aangrijpen, maar tegelijkertijd zou het veel dingen makkelijker maken. Of ik verdriet om haar zou hebben? Voor mijn gevoel niet. Het is immers prettig om weer iets achter de rug te hebben.

Soms neemt ze me mee uit, naar een restaurant, of naar het theater. Dat kost me vrij veel moeite. Om tussen al die mensen te zitten, zo dichtbij dat je kunt horen wat ze zeggen, dat is een beproeving. We zijn een keer naar Hanna's Keuken geweest, omdat Runi jarig was. Dat is al weer lang geleden. We hadden een tafeltje naast twee jonge vrouwen, jonger dan wij dan, maar absoluut volwassen. Ze gingen tekeer en stelden zich enorm aan, en ze giechelden als een paar pubers. Ze dronken te veel en waren uiteindelijk behoorlijk tipsy. Ik begreep ten slotte dat het twee lichtekooien waren. Ik ben ook niet gek. Wat ze bespraken was niet voor herhaling vatbaar, zo erg was het! Om ze zo dichtbij te hebben. Niet weg te kunnen! Runi regelt altijd alles als we iets gaan doen. Soms ontroert ze me. Als ik haar stem door de telefoon hoor, als ze vraagt of ik zin heb om mee te gaan en bang is dat ik misschien nee zal zeggen. Ze heeft verder niemand. Het leven is voor niemand makkelijk.

Als ik ooit voor een rechtbank zou moeten verschijnen, zouden ze me op het moment van de daad vast ontoerekeningsvatbaar verklaren. Dat was ik niet. Ik herinner me alles, dus moet ik toerekeningsvatbaar zijn geweest, nietwaar? En u ziet toch dat ik logisch denk en de zaken op een rijtje heb? Dat ik normaal ontwikkeld en niet verminderd toerekeningsvatbaar ben? Daar ben ik van overtuigd.

Ik heb een stuk plastic over het lijk gelegd. Ik ben niet van plan hem te verplaatsen, hoe zou me dat ooit lukken? Hij is vrij zwaar, ik kan hem hooguit in een hoek trekken. Ik heb een oude aardappelzak voor het raam gehangen. Aan het plafond hangt een kaal peertje. Hij ligt op zijn rug, met zijn armen langs zijn zij. Hij ziet er niet zo knap meer uit. Ik heb het al zo vaak gezegd: uiterlijke schoonheid is een vluchtige gave. Zelf heb ik niet veel te verliezen. Ik weet dat ik lelijk ben. Niemand heeft het ooit hardop gezegd, maar ik zie het aan de mensen, als ik hun ogen ontmoet, die terugkaatsende doodse blik. Waarom tut je je niet een beetje op, vraagt Runi boos. Het verontrust haar dat ik er niets tegen doe. Laat de jongeren maar glad zijn, is mijn idee. Zoals Andreas, hij is jong en glad. Ja, nu niet meer. Mijn gedachten zijn bij hem. Hij is niet vergeten of zo. Hij zal nooit vergeten worden. Wat mijzelf betreft, ben ik daar niet zo zeker van.

Andreas rookte Craven. Geen Prince of Marlboro, zoals anderen. Als zijn sigaretten op waren, ging hij naar de kiosk, boog zich naar voren en zei: Craven. Dan werd er achter de toonbank geknikt en in de schappen gezocht. Er waren niet veel mensen die dat merk kochten. Overal waar hij kwam trok hij de aandacht, maar zodra hij die kreeg, wees hij hem af. Zipp wist dat hij zelf de dingen aan het toeval overliet, dat hij nergens consequent in was. Hij proefde het verschil ook niet. Tussen Prince en Marlboro. Tussen Coke en Pepsi. Hij zag het aan de verpakking. Hij vroeg zich af of anderen logen of dat ze echt verschil proefden. Misschien loog Andreas. Hij was niet helemaal te vertrouwen. Er was nog iets aan Andreas dat hem verbaasde. Er ontbrak iets. Hij kon nooit zeggen: vorig jaar een keer, of afgelopen zaterdag, of verdomme, Zipp, weet je wat er gisteren is gebeurd? Hij praatte nooit over het verleden. Alleen over het nu, of over wat er nog zou komen. Niet dat het verleden te erg was om over te praten, want dat was niet zo. Dat wist Zipp. Ze kenden elkaar al elf jaar. Maar Andreas horen zeggen: weet je nog toen? Nee, dat gebeurde niet.

'In 2019', zei Andreas, 'dan zijn we negenendertig. Heb je daar wel eens aan gedacht?'

Zipp haalde zijn schouders op. Dat had hij niet en hij had geen zin om het na te rekenen, maar het klopte vast. Bijna veertig.

'Nou en?'

Andreas tuurde naar het trottoir. 'Dan heeft de mensheid al verschillende planeten gekoloniseerd. Alle dieren zijn uitgeroeid. De lucht is dodelijk vervuild en zonder dat we het weten leven de eerste kunstmatige mensen tussen ons.'

'Je kijkt te veel films', zei Zipp. 'We moeten geld hebben, man!'

Andreas las de tekst van een reclamebiljet op een muur op.

'Saga Zonnereizen. Schone lucht, kristalhelder water. Ik weet het', zei hij. 'Rij maar richting Furulund.'

Hij gaf zijn bevel op een milde toon, alsof Zipp een kind was. Het kwam niet bij hem op dat hij kon worden tegengesproken, in ieder geval niet serieus.

'Furulund? Waarom?'

'Daar is het stil.'

'Maar geld, Andreas!'

'Precies', zei hij rustig.

Zipp keerde en Andreas trok een kam uit zijn zak. Hij begon zijn wilde haren te kammen.

'Heb je soms zin in een vrouw?' plaagde Zipp. 'Iets jongers, bij wijze van uitzondering?'

Andreas worstelde met zijn krullen. 'Bek houden en rijden.'

Zipp trapte de Golf op zijn staart, langs de dynamietfabriek naar de fjord. Andreas gaf zijn ogen goed de kost. Na vijf minuten vroeg hij Zipp langzamer te rijden. Er kwam hen een fietser tegemoet, een man van een jaar of veertig op een racefiets. Hij had een rugzakje op zijn rug, droeg een helm en fietshandschoenen en reed snoeihard. Hij keurde de man af en loerde door de voorruit. Ze naderden een recreatiegebied. Dat bestond uit een aardig badstrand, picknicktafels en een aantal grote, permanente barbecues die 's zomers veelvuldig werden gebruikt.

'Rechtsaf', beval Andreas.

'Daar staat alleen maar een luizige kiosk en die is al gesloten voor de herfst', protesteerde Zipp.

'Er zijn daar mensen', zei Andreas. 'Het is een wandelgebied. Als we geluk hebben is er een vrouw met een handtas bij.'

Zipp stuurde voorzichtig in de richting van de fjord.

'Langzaam rijden. We zijn hier niet bekend, we zoeken iets.'

'Wat zoeken we?'

Andreas schudde ongelovig zijn hoofd. 'We stoppen om de weg te vragen.'

'Aan wie?'

'Wie we maar tegenkomen', kreunde hij. De onnozelheid van zijn vriend was werkelijk verschrikkelijk.

'Dat we verdomme in een land moeten leven waar een halve liter bier veertig kronen kost. Als we vanavond teut willen worden, hebben we een duizendje nodig', meende Zipp.

De golven rolden het strand op. Grijsgroen, schuimend en ijskoud. Een oud clubhuis stond op instorten. Buiten stond een stapel kapotte tuinmeubelen, een brandstapel voor het midzomerfeest, die echter nooit was aangestoken. Het was een droge zomer geweest. Ze reden een parkeerterrein op en keken rond. In de verte zagen ze een gedaante langs het strand zwoegen. Andreas maakte het handschoenenkastje open en pakte er een cap uit. Hij trok hem goed over zijn hoofd en duwde zijn krullen eronder. Zipp grijnsde toen hij de tekst op de blauwe stof las.

'Holy Riders. Onderweg voor Jezus. Verdomme, wat ben jij een ploert, Andreas!'

Het waaide hard. Andreas zette een voet buiten de auto.

'Een vrouw', zei hij kort, 'met een kinderwagen. Prima.'

'Waarom?'

'Vrouwen worden zo hulpeloos als ze achter een kinderwagen lopen.'

Hij draaide zich om en keek Zipp aan. 'Denk maar eens aan wat erin ligt.'

'Wat ben je eigenlijk van plan?'

Zipp was nerveus. Hij kon niet protesteren, ze hoorden bij elkaar, ze deden alles samen. Maar hij had vaak gedacht dat ze op een dag over de schreef zouden gaan. Die was trouwens akelig rekbaar. Andreas' mes hing aan zijn riem, verborgen onder zijn shirt.

'Eerst moeten we zien of ze een tas bij zich heeft. Als ze in de buurt woont, ligt die thuis. Maar verder hebben alle vrouwen een tas bij zich.'

Ze wachtten terwijl de gedaante langzaam dichterbij kwam. Ze duwde de kinderwagen langs de waterlijn, de wielen zakten weg in het mulle zand. Ze was tamelijk lang, had een doek om haar hoofd en haar lichte jas wapperde in de wind.

'Ze is twee meter lang', liet Zipp, die zelf een meter zeventig was, zich ontvallen.

'Maakt niet uit. Meisjes hebben niet veel spieren.'

De vrouw had de auto gezien. Ze boog zich voorover en rommelde wat in de wagen. Ze zagen een stuk van een blauw dekentje. Andreas tuurde ingespannen.

'Ik zie een tas', fluisterde hij. 'Hij ligt op het dekentje. Uitstekend!'

'Waarom?'

'Het is lastiger als ze hem over hun schouder hebben.' Hij zat een tijdje vanonder de klep te turen. In gedachten nam hij het aanvalsplan door. Dat was niet op dreigementen of geweld gebaseerd, maar zuiver op lenigheid.

'Jij blijft zitten. Laat de motor aan. Zoek iets in het handschoenenkastje. Doe alsof je op een kaart kijkt of zo. Ik ga naar buiten om de weg te vragen naar... het een of ander. Het sportcomplex. Ik pak haar tas en ren als de weerlicht terug.'

'Ze neemt het kenteken op.'

'Meestal niet. Ze schrikken zich gewoonlijk dood.'

Andreas stapte uit en liep naar de vrouw toe. Ze kreeg hem in de gaten en begon langzamer te lopen, keek een beetje onzeker naar de auto. Vrouwen zijn vreemd, dacht Andreas, ze ruiken het verdomme als er iets loos is. Of ze houden op een andere manier rekening met dingen dan mannen. Omdat ze meer vijanden hebben, misschien. Stel je toch voor een vrouw te zijn. Aldoor maar te moeten opletten. Wat ontzettend vermoeiend! Ze was eigenlijk op weg schuin omhoog naar de parkeerplaats, maar dan moest ze langs de auto. Ineens draaide ze de kinderwagen om en begon ze de andere kant op te lopen. Een zielige, doorzichtige manoeuvre. Je kon je afvragen hoe ze op dat idee kwam. Door de schuimende zee wellicht, dat haar weg aan die kant was versperd, of misschien door het kind. Doordat ze, behalve voor zichzelf, ook nog ergens anders voor verantwoordelijk was. En doordat ze mannen waren. Een plotselinge, onbegrijpelijke angst. Bovendien waaide de wind dreigend en het water werd woedend het strand opgeblazen. Niemand zou haar horen roepen. Andreas bleef staan, hij hield zijn hoofd schuin en keek haar na. Ze draaide zich voorzichtig om. Hij reageerde snel en stak zijn handen hulpeloos omhoog. Het licht was wit en scherp, waardoor zijn gezicht leek te glanzen. Ze liep een wandelpad op, dat steil omhoogging naar een plateau boven de fjord. Een mogelijke uitweg. Zipp zat in de auto te wachten. Hij volgde Andreas met zijn ogen. Andreas liep achter de vrouw aan, ze begon sneller te lopen, maar toen hoorde ze zijn stem. Ze draaide zich onwillig om. Ondanks alles kunnen de meeste mensen maar moeilijk iemand negeren die vriendelijk iets roept. En natuurlijk was hij niet gevaarlijk, wat een belachelijk idee! Ze had alleen maar een voorzorgsmaatregel getroffen, geprobeerd een mogelijk gevaar te ontwijken. De baby in de wagen had haar duidelijk gemaakt hoe gevaarlijk de wereld was. Ze deed 's nachts bijna geen oog meer dicht, als ze sliep verdween het kind uit haar bewustzijn en dat hield ze niet uit.

'Hallo!'

Andreas riep met een fluweelzachte stem. Zijn gele shirt wapperde om zijn smalle middel. Zijn rechterhand bedekte het mes, met zijn linkerhand wuifde hij. Zipp wachtte nerveus in de auto, hij zag dat de vrouw eindelijk bleef staan. Het leek niet juist om haar uit te kiezen, een vrouw met een baby. De manier waarop ze de wagen stevig vasthield beangstigde hem. De angst, haar witte handen rond de stang geklemd. Het ging niet om de tas, maar om het wezentje onder het blauwe dekentje. Hij bedacht dat er iets kon gebeuren, dat ze vanwege het kind onberekenbaar kon worden. Hij zette de auto op de handrem en stapte uit. Ook al had Andreas hem gevraagd te blijven zitten. Andreas was nu heel dicht bij haar. Hij bleef op een afstandje staan om haar niet te erg af te schrikken. Hij had een uitstraling die je onmogelijk kon weerstaan. Zipp kon aan haar ogen zien dat ze las wat er op zijn cap stond, dat ze het witte kruisje en de tekst eronder zag. Ze liet haar schouders zakken. Ze haalde zelfs een hand over haar hoofddoek, bijna koket, en keek hem glimlachend aan. Andreas zei iets. De vrouw antwoordde en begon te wijzen, langs het parkeerterrein in de richting van de weg. Zipp begon naar hen toe te lopen. Hij keek naar de kinderwagen en zag de tas. Een nylontas, zwart met rood. Andreas deed een paar stappen, terwijl hij ondertussen de andere kant opkeek, hij naderde de tas als het ware ruggelings. Zipp liep verder, plotseling kreeg Andreas hem in de gaten, hij leek even in de war. Ze stonden vrij hoog op het pad. Er was geen strand meer naast, alleen een steile helling omlaag naar de fjord, met onderaan allemaal puntige rotsen. Plotseling zag Andreas zijn kans schoon. Hij dook naar voren en griste de tas weg, toen rende hij als een haas terug naar de auto. De vrouw gilde. Ze probeerde vertwijfeld de nieuwe situatie te doorgronden, dat ze haar toch voor de gek hadden gehouden, net toen ze besloten had dat het fatsoenlijke jongens waren, die geen kwaad in de zin hadden. Ze werd ergens door gegrepen, door een intense woede, of misschien was het onmacht. Ze schopte automatisch naar de rem van de kinderwagen, een reflex, en zette de achtervolging in.

'Naar de auto!' schreeuwde Andreas.

Maar Zipp bleef staan. Ze renden op hem af, maar hij bleef staan, want hij zag dat de kinderwagen omlaag begon te rollen. Ze had de rem niet geraakt! Verlamd keek hij toe hoe het blauwe pluchen voertuigje over de rand wipte. Hij schreeuwde en rende er als een bezetene op af en botste bijna tegen Andreas op. Ineens bleef de vrouw staan. Eindelijk drong tot haar door wat er gebeurde. Ze draaide zich om en zag Zipp over de rand verdwijnen. Toen slaakte ze een ijselijke gil en rende erachteraan. Andreas keek haar verbaasd na. De tas gleed uit zijn handen. In de verte hoorde hij het gebulder van de zee, een golf van geluid die hem bijna omverwierp. Hij hoorde een zwak gehuil. Eindelijk zag hij Zipps blonde haar weer boven de rand verschijnen. Zijn gezicht was rood van opwinding.

'Rennen, verdomme, rennen!'

'Het kind!' schreeuwde Andreas. Hij pakte snel de tas op en holde achter hem aan.

'De wagen kantelde toen hij tegen een steen aan kwam! De baby is eruit gevallen! O shit, man!'

Ze sprongen in de auto en reden met brullende motor de parkeerplaats over. Geen van beiden durfde om te kijken. Maar ze hoorden nog steeds het ruisen van de golven, een zwaar gebulder dat steeg en daalde.

'Verdomme, man! Die baby krijste als een speenvarken!'

'Rustig, het is goed afgelopen.'

'Goed? Dat kind had wel kunnen verdrinken!'

'Het is niet verdronken!'

'Maar het heeft zich wel pijn gedaan. Verdomme, je had het eens moeten horen krijsen!'

'Het was erger geweest als hij dat niet had gedaan.'

'Jezus Christus!'

'Hou Jezus erbuiten!'

De Golf schoot brullend de weg op, gierde over het grind en helde over in de bocht. De versnellingsbak maakte een lelijk, schrapend geluid. Andreas moest zich aan de portierkruk vasthouden. Hij trok de cap van zijn hoofd en propte hem in zijn zak. Zijn krullen dijden uit toen ze de vrijheid hervonden.

'Ze heeft ons allebei gezien. Ze heeft de auto gezien. Heb je de tas?'

Hakkelend bracht Zipp de woorden uit.

'Denk je dat ik een amateur ben?' mompelde Andreas.

'Vanavond staat de politie voor de deur.'

'Nee. Ze is teveel met dat kind bezig. De rest vergeet ze.'

'Ben jij helemaal gestoord?' schreeuwde Zipp, terwijl hij zijn best deed om met trillende handen het stuur vast te houden.

'Ik weet hoe vrouwen zijn. Ze zal God op haar blote knieen danken dat dat kind het heeft overleefd. En ze zal inzien dat geld niet belangrijk is. Die vrouw krijgt geheel nieuwe levenswaarden. Bek houden en doorrijden!'

Hij dook in de tas en rommelde er wat in rond. Haalde er een zuigfles uit.

'De melk is nog warm', zei hij verbaasd. Daarna volgden een blauwe fopspeen, een vliegennetje voor de kinderwagen en een portemonnee. Die maakte hij snel open. 'Ze heet Gina', zei hij verbouwereerd. 'Stel je voor dat je Gina heet.'

'Zit er geld in?' vroeg Zipp boos.

'Een paar briefjes van honderd. Vierhonderd. Verdomme, Zipp, wees eerlijk: ik ben niet te evenaren in lenigheid en kracht! Volgens Tyrell Corporation. Gevechtsmodel Nexus!'

Zipp gromde iets onverstaanbaars en gaf gas. Het zweet parelde op zijn voorhoofd. Andreas was verdomme niet goed bij zijn hoofd!

*

Mijn moeder was geen echte moeder, meer een soort corrigerende instantie. Daardoor ben ik een welopgevoed meisje. Ik zeg ja graag en nee dank u, het maakt mij niet uit, zegt u het maar. Ik heb een stevige handdruk. Kijk de mensen recht in de ogen. Herinner me namen. Herinner me kleine dingen, wat ze prettig vinden en wat ze niet prettig vinden, zie hoe ze charmant blozen. Ik ben best aardig, hoor. Ik zorg goed voor mezelf, ik kom niets te kort, het is geen opoffering. Je kunt ruziënd door het leven gaan en op je strepen staan, of op die van anderen, en een leven vol pijn leiden. Waarom zou ik? Niets is belangrijk voor mij, niet belangrijk genoeg. Ik kan prima achteraan in de rij staan, ik ben een geduldig mens. Als anderen haast hebben laat ik ze voor. Dat vind ik leuk. Ik moet lachen als ze mij niet zien. Ik lach om andermans "op leven en dood"-gezicht. Ik huil alleen op slechte dagen. Maar ik heb niet veel slechte dagen. Of beter gezegd: die hád ik niet.

Het gebeurt wel eens dat ik huil, bijna verbaasd over die kraan die zonder enige waarschuwing opengaat. Als ik beelden van arme landen zie. Kinderen met vliegen in hun mondhoeken, tandeloze oudjes zonder vlees op hun lichaam, korsten en wonden, gebrek aan water, ze kijken mij beschuldigend aan. Misschien ben ik ook wel schuldig. Iemand moet tenslotte de schuld hebben. Ik heb er nooit iets mee gedaan.

Ik ben blij dat Henry is weggegaan. Ik had het zien aankomen. Zag zijn gezicht als ik me 's avonds uitkleedde. Geen afschuw, maar een verschrikkelijke gêne, en ik hielp hem niet. Dat was mijn taak niet. Henry moest míj helpen. Dat zei de dokter, laat je man je helpen. Maar hij kon het niet. Het is gemakkelijker om alleen te leven. Bovendien hoeft hij nu niet mee te maken wat er allemaal gebeurt, dat is een prettig idee. Mijn zoon Ingemar heeft het nooit over hem. Ik zeg dat dat niet hoeft, maar dat hij moet proberen het te begrijpen. Hij houdt niet van mij, dat weet ik best. Hij haat me ook niet, dat geloof ik niet, maar ik heb hem het leven opgedrongen dat ik ken. Hij is ook een fatsoenlijk mens. Werkt bij de directie prijsregulering. Hij heeft geen schulden en hij drinkt niet. Ik weet niet precies wat voor werk hij doet, misschien bepaalt hij wat alles moet kosten. Iedereen klaagt over de prijzen en iedereen heeft te weinig inkomen. Laten we staken! schreeuwen ze, we pikken het niet meer, we worden genegeerd, niet naar waarde geschat, anderen krijgen wel wat, waarom krijgen wij niets! Mensen worden niet meer volwassen. Overal waar ik kom zie ik zeurende kinderen. Runi bijvoorbeeld, zij zeurt vaak.

Heel soms zou ik willen dat Ingemar naar hierheen komt, dat we samen naar het centrum wandelen. Arm in arm. Irma Funder met haar volwassen zoon. Hij is niet lang en knap, maar hij ziet er best goed uit. Dat volle gezicht heeft hij van mij en het staat hem goed. Hij is heel serieus. Iemand die overal over nadenkt. Hij heeft dan wel geen grote doelen in het leven, maar hij doet zijn plicht en hij klaagt niet. Met Ingemar door het centrum. We gaan naar een lunchroom. Hij betaalt en draagt het blad naar de tafel. Schuift de stoel voor me naar achteren. Maar hij komt niet. Het is inmiddels alweer langgeleden. Als ik het voorstelde, zullen we samen naar het centrum wandelen, zou hij me verbaasd aankijken. Maar nu hoop ik dat hij wegblijft.

Het huis is oud. Henry zei dat het op kleigrond is gebouwd. Dat het een kwestie van tijd was, of voldoende regen, dan zou het losraken en wegglijden. Niets ontziend langs de helling omlaag razen en tegen nummer 15 botsen. Hij was zo bang voor van alles, Henry. Ik hou van dit huis. Ik ken alle kamers, de inhoud van iedere lade. De treden van het buitentrapje als ik naar mijn werk ga. Ging. Het is allemaal van mij, en het is oud en bekend en altijd hetzelfde. Ingemar zat een keer hier aan tafel, langgeleden, en hij kreeg het in zijn hoofd dat het huis geschilderd moest worden. Rood, zei Ingemar. Nu is het wit, met groene kozijnen. Wat zou ik schrikken, iedere keer als ik het hek door kwam. Van iets groots en roods dat zou opdoemen. Wat zou ik steeds weer gillen van schrik. Ik vertel u deze losse gedachten. Het is belangrijk voor mij dat u ziet dat ik helder ben, dat ik me dingen herinner, dat ik niet gek ben. Natuurlijk zullen de mensen mij veroordelen. Maar ik ben liever mijn eigen rechter. Er is geen excuus. Dat zoek ik ook niet. Maar er is wel een verklaring. Andreas was nog maar een jongen. Ik wenste hem niet dood. Wat zeg ik? Zeker wenste ik hem dood, in die ene, boze seconde. Toen ik daar stond, dacht ik: nu vermoord ik hem, ik kan niet anders! Was ik dan helemaal alleen? Dat afschuwelijke moment waarop ik hem kapot maakte. Ik herinner me een merkwaardig licht in de kamer. Waar komt het vandaan? Heeft u het wel eens gezien?

*

De vrouw jammerde en huilde. Ze lette nergens op, niet op het feit dat ze eigenlijk stond te verkleumen, of dat het kind misschien koud werd omdat ze het in haar armen hield.

Het ging nu alleen om haar en het bundeltje met het natte mondje. En om het geluid waar ze meer van hield dan van wat dan ook: zijn gehuil! Een teer gekrijt. Ze hield haar adem in en luisterde, hij haalde geen adem. Ze schudde hem hen en weer, deed een paar stappen en eindelijk kreeg hij lucht in zijn longetjes. En toen begon hij weer te huilen.

Ze strompelde tussen de stenen rond tot het kind rustiger werd. Deed voorzichtig zijn mutsje af. Vond een schaafwond op zijn kale kruin. Met haar ene arm drukte ze het kind zo stevig als ze durfde tegen haar borst, met de andere trok ze de kinderwagen tegen de steile helling omhoog. Ze gleed terug, stampte hard op de grond om grip te krijgen en snikte wanhopig. Uiteindelijk was ze boven, nat van het zweet. Haar armen deden pijn. Ze legde het kind in de wagen en vouwde het dekentje over hem heen. Een van de wielen stond scheef, de wagen liet zich lastig duwen. Gelukkig had ze de sleutels in haar jaszak.

Thuis tilde ze de bak van het onderstel, schoof hem op de achterbank van de auto, zette hem met de veiligheidsgordel vast en reed naar de eerstehulppost. Ze vervloekte de twee jongens die haar hadden beroofd. Haat en woede laaiden als vuurtongen op in haar lichaam. Ze wenste hen de ergste dingen toe. Dat ze zich onderweg naar de stad te pletter zouden rijden, dat ze krankzinnig werden en vanaf hun middel verlamd!

Het jongetje sliep. Diep en vredig. Maar hij had dat wondje op zijn hoofd. Een klein krasje. Ze reed in slechts elf minuten naar het centrum toe. Ze tilde hem uit de bak en ging naar binnen.

De arts onderzocht het wondje. Kleedde hem bijna helemaal uit. Scheen met een lampje in zijn donkerblauwe irissen. Het kind kwijlde en sloeg met zijn armpjes.

'Hij ziet er prima uit', zei hij. 'Je moet die tasjesdieven aangeven.'

'Nee', zei ze vermoeid. 'Mijn kind is het enige dat telt.'

'Hoe heet hij?'

Ze glimlachte verlegen. 'Hij is niet gedoopt. Als ik een naam heb bedacht krijgt hij een naamdag. Maar geen enkele naam is goed genoeg', zei ze trots. Aangezien haar geld was gestolen, schreef hij een rekening voor haar uit, die bijna symbolisch was. Veertig kronen.

Toen reed ze naar huis. Liet hem lang drinken. Ze bleef bij zijn bedje zitten, kon hem niet alleen laten. Toen bedacht ze zich en droeg hem naar haar eigen bed. Sloeg het dekbed over hen beiden heen. Knipte het licht uit. Probeerde te kalmeren, maar het lukte niet. Ze geloofde niet in God, ze had zich uit de kerk laten uitschrijven. Maar in het donker onder het dekbed meende ze de contouren van iets hogers te zien. Ze werd erdoor overweldigd. Dat ze toch iets betekenden, zij en haar kind, ondanks wat ze eigenlijk geloofde, als ze goed over haar eigen bestaan nadacht. Iets hield hen in de gaten, zoals ze daar samen lagen. Ze voelde zich bekeken. En later, een andere gedachte, dat haar tijd op aarde ooit om zou zijn. Of die van het kind. Dat het ineens kon gebeuren. Ze legde haar hand op zijn hoofdje. Het paste perfect in haar handpalm. Hij bewoog niet. Hij sliep zo diep.

Zipp en Andreas waren druk bezig haar geld op te drinken. Zipp hing als een oude man voorover, het was hem allemaal een beetje teveel geworden. Andreas zat op zijn stoel te wippen, een stille demonstratie. Wie het eerst iets over het kind zei, zou de avond verpesten. Het was een vervelende, onvoorziene gebeurtenis die hen was overkomen.

Ze waren van plan geweest om een snelle, nette actie uit te voeren, die in een paar seconden voorbij zou zijn. Pats! Vierhonderd kronen. Niets aan de hand.

Andreas bestudeerde de ventilator aan het plafond. Die draaide langzaam rond en deed hem aan een van zijn geliefde films denken. Ze dronken meer, wachtten geduldig tot de roes als een koele doek op hun voorhoofd zou neerdalen. Naarmate de tijd verstreek begon het leven er weer beter uit te zien, de meisjes waren mooier, de toekomst lichter. Zipp veegde het schuim van zijn bovenlip. En toen ontschoot het hem.

'Hoe denk je dat het met dat kind gaat?'

Andreas liet een diepe, vermoeide zucht. Hij zette zijn glas geluidloos neer.

'Baby's zijn zo buigzaam als rubber. Hun schedel is nog niet dichtgegroeid, die is elastisch.' Hij keek in Zipps angstige ogen. 'Die bestaat namelijk uit flexibele platen die onder druk over elkaar glijden. Handig, nietwaar?'

'Bluf!'

Zipp keek hem verwilderd aan. Andreas had altijd overal een antwoord op, maar zat nooit om een leugen verlegen. Maar dat was juist wat hij wilde: hoe dan ook een antwoord krijgen. De vrouw met de wagen was een stomme keus geweest. Het bier smaakte net zo goed als anders, dat was het niet. Maar dat kind, verdomme, het was nog maar zo'n klein bundeltje. Hij drukte zich tegen de tafelrand en probeerde zijn hart rustiger te laten slaan. Hij zag het aldoor voor zich. Die achterlijke kar van blauwe pluche die in de afgrond verdween. Die schuddend en slingerend naar beneden reed en toen ineens tegen een steen stootte, kantelde en omsloeg. Die kleine, hulpeloos zwaaiende handjes. Een lege kiosk, een verlaten auto, verdomme, dat was niets. Maar een levend mens!

'Als er iets is gebeurd, staat het morgen in de krant.'

'Hou op, Zipp. Ontspan, man!'

Andreas staarde weer naar de ventilator. Die draaide in slow motion en slaagde er niet in de rook weg te houden. Maar hij hield van de beweging, het regelmatige tempo, de grote waaiers als een rotor onder het plafond. De aanblik deed hem zacht het bekende lied van The Doors neuriën. *I will never see you again, my friend.*

Zipp schraapte zijn keel.

'We gaan straks een video kijken. Bij mij thuis. Oké?'

Hij keek Andreas smekend aan. Hij móést het voorval bij de fjord vergeten. Een stuk of drie, vier halve liters bier en een actiefilm. En dan naar bed. Het zou spoedig achter de rug zijn. Voortaan moesten ze zich maar tot kiosken beperken.

'*Blade Runner*', zei Andreas kort. 'Als die er is.'

'Nee, die niet. Niet wéér!'

'Jij snapt er ook niks van. *Blade Runner* is de beste.' Andreas hief geagiteerd zijn handen op.

'Die heb ik al zo vaak gezien', klaagde Zipp. 'Ik weet wat er komt.'

'Vanavond gebeurt er iets anders', zei Andreas. 'Die film leeft zijn eigen leven. Het zijn allemaal lagen. Het duurt een tijdje voor je ze allemaal hebt gezien.'

Zipp dronk treurig zijn glas leeg.

'Een mens verandert toch, man? Dat is er mis met jou,' zei Andreas, terwijl hij de natte kring van het glas op de tafel wegveegde, 'jij snapt niet dat de tijd doorgaat.'

Zipp trok een lelijk gezicht. Andreas was volkomen verslaafd aan de film *Blade Runner*. Hij had hem al zeker honderd keer gezien en hij kreeg er nooit genoeg van. Regelmatig citeerde hij eruit. Zipp bekeek de bezoekers van de pub. Meestal lukte het hem wel de blik van een meisje naar zich toe te lokken, als ze niet te ver weg zat. Dan voelde hij meteen de kriebels in zijn onderlijf. Hij hield van die kriebel, die zijn bloed sneller deed stromen en hem duizelig maakte. Een meisje staarde terug. Andreas volgde zijn blik en sloeg zijn ogen ten hemel. Een klein dikkerdje met strakke kleren. Gestreept truitje, te kort, zodat je haar buik kon zien. En een minuscuul ringetje in haar navel. Haar tieten leken net twee rubberen ballen.

'Siliconen', zei Andreas. 'Jezus, wat een rotzooi zit er tegenwoordig onder de kleren van de meisjes.'

'Het kan me niet schelen wat het is,' grijnsde Zipp, 'als ik ze maar mag kneden. Bij zulke jonge meisjes is het verschil tussen echte en onechte niet te voelen. Die Vrouw van jou,' ging hij verder, 'ik wed dat die hangtieten heeft. Jij hebt geen idee hoe de tieten van jonge meisjes eruitzien. Het wordt tijd dat je dat verschil eens onderzoekt. Ze heeft een vriendin bij zich. Kijk, daar komt ze aan. Ze is naar de wc geweest om een nieuw inlegkruisje in te doen, denk ik. Ik ken dat soort meisjes. Die worden al vochtig als je naar ze kijkt.'

Andreas bekeek de vriendin met een doodse blik. Zipp kon het niet zien, maar het meisje zag het wel. Het gebrek aan interesse in de lichte ogen. Ze keerde hem de rug toe. Duidelijk ontmoedigd vanwege het feit dat ze geen indruk maakte.

'Het zijn net sneeuwhoenders,' mompelde Andreas, 'ze drukken zich niet eens, ze spreiden hun benen al voordat er geschoten wordt.'

'We krijgen die meiden daar niet mee naar *Blade Runner*', zei Zipp bezorgd. 'Wat vind je van *Independence Day*?'

'Over mijn lijk.'

Andreas liep naar de bar en trok een van Gina's bankbiljetten uit zijn borstzakje.

Hij keurde de twee meisjes geen blik waardig. Pak ons, pak ons! smeekten de ronde schouders. Het was toch niet te geloven! Hij gaf een fikse fooi en liep met de glazen terug naar het tafeltje.

'Wat is er mis met die vriendin?' vroeg Zipp.

'Alles', zei Andreas. 'Er gebeurt maar één ding in dat hoofd van haar.'

'Ja, en jij weet wat dat is!'

'Er draait daarbinnen een bandje dat zichzelf constant herhaalt. Al sinds haar tieten nog maar een paar pruimen waren. En dat zegt: vind mij aardig, alsjeblieft, vind mij aardig! En elke keer als er niemand toehapt, is ze weer even verbaasd. Het is toch verdomme niet te geloven.'

'Jij bent ook niet te geloven', mompelde Zipp. 'Hoe zit het met die oude taarten waar jij het mee doet? Wat zegt hun bandje?'

Andreas nam een slokje.

'Ik vind je aardig, ik vind je aardig. Dat is het verschil.'

Ze slurpten het ijskoude bier weg. Ze waren de baby vergeten en dat was precies wat ze wilden. Later zaten ze bij Zipp thuis in de kelderkamer naar *Blade Runner* te kijken. Andreas was totaal in de ban van de film. Zipp dacht aan het meisje met het strakke truitje.

'Die vent die papieren figuurtjes vouwt', zei Zipp, naar het scherm knikkend, 'dat is toch een van de schurken?'

Andreas kreunde. 'Ik dacht dat je alles nog wist?'

'Ik weet het alweer. De kunstmatige mensen. De replicanten. Die maar vier jaar leven.'

'Correct, Zipp. Geniet nu het kan.'

Andreas scheurde een hoekje van een weekblad dat op de tafel lag.

'Ik kan een kleine erectie voor je vouwen.' Hij boog zich naar het scherm toe. 'Nu bestelt hij een Tsin Tsao. Verdomme, dit is zo steengoed. Salomé en de slang.'

'Dat heb ik al eens gezien', zei Zipp chagrijnig.

'De manier waarop ze sterft', zei Andreas aangedaan. 'Zo ontzettend mooi. Als ze door het glas vliegt.'

'Dat heet slow motion. Niet erg vernieuwend.'

'Jij snapt het niet', zei Andreas heftig. 'Moet je d'r zien! Met alleen een doorzichtige regenjas aan. En het bloed in het plastic als ze geraakt wordt door de kogels, echt geniaal. Salomé's dood. Het is gewoon prachtig. En die daar is goed!' ging hij verder. '"*Can the maker repair what he makes?*"' Hij keek Zipp aan. 'Om met je duimen iemands ogen in zijn hoofd te drukken... zou jij dat kunnen?'

Zipp dacht van niet. Maar het drong tot hem door dat Andreas waarschijnlijk een replicant was. Die alleen bij het zien van zijn eigen soort opleefde. Met geïmplanteerde herinneringen en ingebouwde emoties, net als Roy Batty. Een geavanceerd ontwerp van de Tyrell Corporation. *Gevechtsmodel Nexus 6*. Nog even en dan zou hij het slachtoffer worden van muterende cellen. En hij moest zelfs de muziek van Vangelis tijdens de aftiteling nog helemaal horen. Toen was Zipp al bijna in slaap gevallen.

'Wake up', zei Andreas, met een klap op zijn schouder. *'It's time to die.'*

*

Ik wil met rust worden gelaten. De prijs die ik daarvoor betaal, is dat ik niet meetel, niet word gezien of als belangrijk word beschouwd. Met mijn bruine mantel word ik niet serieus genomen. En dan dat andere, ja, als de mensen het eens wisten, moge God het verhoeden, maar het allerergste...

Ik ben gezond, zegt de dokter, er mankeert mij niets. Zo sterk als een paard. Dat beest achtervolgt me. Ik ben snel ter been, beweeg me makkelijk, al heb ik een stevig postuur. Sommigen zouden het mollig noemen, maar ik heb tenminste vormen. Ik ben niet erg lang en dat is in orde, vrouwen moeten klein zijn. Anderen zijn zo anders dan ik, dat is vreemd. Ik ben bijna onzichtbaar, niemand ziet mij. Ze doen automatisch een stapje opzij als we elkaar op de stoep in de weg lopen. Maar ze zien niet voor wie ze opzij gaan, ik ben slechts een schaduw in hun ooghoek. Dat maakt me niet wanhopig, ik weet niet beter. Jazeker, ik heb een zoon. Ingemar. Toen hij klein was, droeg ik hem op mijn arm, ik wiegde en streelde hem. Eigenlijk was ik verbaasd dat dit mij ten deel was gevallen. Dat hij van mij afhankelijk was, dat hij dood zou gaan als ik hem liet vallen. Toen bloeide Irma op. Ze was onmisbaar voor een ander mens. Ze was leven of dood! Maar dat bleef niet zo. Niets blijft. Hij groeide, schoot mij voorbij en praatte omlaag tegen mijn voeten. En toen ging hij het huis uit. Zo gaat dat. Ik ben onzichtbaar, zo verschrikkelijk gewoon, zo vreselijk anders. Ik ken een paar mensen, ik ken hen beter dan zij mij. Ze denken dat ze mij kennen, maar ze vergissen zich. Ze vergissen zich op alle punten.

Na een paar dagen stond er een opsporingsbericht voor Andreas in de kranten. Zijn collega's zeiden natuurlijk positieve dingen over hem. Niemand zal later in verlegenheid worden gebracht, als hij dood zou worden gevonden. Het woord zweeft als een giftige bacterie tussen de regels van de krant. Niemand durft het hardop te zeggen, stel dat het werkelijkheid wordt. Of ze denken dat hij zelfmoord heeft gepleegd? Nee, nee, ben je gek, Andreas toch niet. Die ging fluitend door het leven. Hij zou er niet vrijwillig tussenuit knijpen en hij had ook geen vijanden. Ja, dat klopt, hij nam wel eens een risico, onschuldige dingen, zoals zoveel jongens. Een paar pilsjes op zaterdagavond. Dat is toch niet verboden? We maken ons erge zorgen. Ze poseren voor de fotograaf van de krant en ruiken de sensatie, dat ze iemand kennen die misschien onder verdachte omstandigheden is overleden. Wat zou het een vreselijke kater zijn, als hij ineens weer heelhuids opduikt, als blijkt dat hij alleen maar even een boemelreisje met de boot naar Denemarken had gemaakt. Terwijl het iets groots had kunnen zijn. Ik heb ze niet teleurgesteld.

Ik heb de meeste lampen in huis uitgedaan. Maar het licht in de badkamer is nog aan. Binnenkort zal Andreas verrotten. Als een stuk vlees dat op het aanrecht ligt. Eerst verandert de kleur, het wordt zacht en geleiig, dan begint het te stinken. Op een gegeven moment wordt het vlees giftig. Ook ik ben nu giftig, ik ruik anders misschien. Terwijl ik altijd zo precies op mezelf ben. Met zeep en deodorant. Ik was mijn haar vaak. En dweil de vloeren. De ramen blinken. Alle deurkrukken zijn glad en schoon. Maar zelf ben ik een bedorven stuk vlees. Het was niet mijn bedoeling dat dit zou gebeuren.

*

'Matteus?'

De deur was nog niet dichtgevallen of hij hoorde haar stem al. Meteen trok hij de zak snoep uit zijn jaszak. Hij wilde dat ze die zou zien en haar handen ineen zou slaan.

'Ja', zei hij zacht, terwijl hij de zak liet ritselen. Zijn moeder kwam de gang in. Zijn wang werd platgedrukt tegen haar borst.

'Ben je onderweg iemand tegengekomen?'

'Mijn jas hing helemaal onderop', zei hij snel.

Een beetje te snel. Ze was al achterdochtig.

'Opa is er.'

Matteus stormde de kamer in, rechtstreeks in zijn open armen. En toen vloog hij omhoog, hij vloog als de wind, bijna tot het plafond.

'Pas op je rug', zei Ingrid tegen haar vader.

En toen glimlachte ze. Nadat hij jarenlang alleen was geweest, had hij zich weer opgericht en zich uitgerekt van één zesennegentig tot twee meter, zo leek het in ieder geval. Vanwege een vrouw.

'Je bent zeventien minuten te laat', zei Sejer, op zijn kleinzoon neerkijkend.

'Mijn jas hing onderop', herhaalde Matteus.

'Zo', glimlachte hij. 'En alle lusjes zaten in de war?'

Naarmate zijn glimlach groeide, verscheen er een fijn net van dunne lijnen op zijn gezicht. Niets maakte hem zo enthousiast als dit chocoladekleurige kind. Hij werd kwetsbaar, hij werd week, bijna slap in zijn knieën. Het was verontrustend, als je bedacht wat het leven inhield en wat er allemaal kon gebeuren. Daar wist hij alles van. De jongen schoot onder zijn arm door en pakte achter zijn rug zijn handen vast.

'Leer mij de politiegreep!' vroeg hij ijverig.

'Ik zal je in de politiegreep nemen', lachte Sejer en hij draaide hem rond, pakte hem als een bundeltje op en droeg hem naar de bank. 'Beloof je de waarheid te zeggen, de hele waarheid en niets dan de waarheid?'

Matteus gierde het uit van plezier.

Ingrid sloeg hen gade, geleund tegen de deurpost. Sejer keek even naar haar. Haar typische holle rug deed hem aan haar moeder denken.

'Je vergat de tijd, omdat je zo'n lol had!' probeerde hij, terwijl hij recht in de bruine ogen keek. 'Je vergat wat je moeder had gezegd.'

'Nee', schreeuwde Matteus en hij draaide zich op zijn buik.

'Je kwam een loslopende hond tegen op straat. Je bleef hem in de greppel zitten aaien, terwijl je nadacht over hoe je mamma moest vragen of je hem kon houden. Een voddige bastaard. Heb ik gelijk?'

'Nee, nee!' schreeuwde de jongen weer. Hij graaide een kussen naar zich toe en legde dat over zijn hoofd.

'Je kwam een stel rotjongens tegen en toen kon je er niet langs.'

Het werd helemaal stil. Ingrid keek verbaasd van haar vader naar haar zoon, die zich tot een bal van denim en ribstof oprolde.

'Ze zaten in een auto.'

'Wie!' Ingrid was met één grote stap bij hem.

'Rustig', zei Sejer snel. 'Hij ís er nu toch.'

'Wat deden ze? Vertel!'

'Niets.'

Hij praatte met zijn gezicht in de bekleding van de bank.

'Hou op met die onzin!'

'Ik vind mijn naam niet leuk! Matteus is een stomme naam!' schreeuwde hij en hij gooide het kussen op de vloer. Hij huilde niet. Hij huilde sowieso bijna nooit. Hij had al snel begrepen dat hij anders was, dat ze andere dingen van hem verwachtten. Dat hij zich maar beter rustig kon houden en niet te veel moest opvallen. Met die kleur erbij was het als het ware teveel voor hen.

'Ik wil weten wat ze deden', zei zijn moeder weer.

'Ingrid', zei haar vader, 'als hij het niet wil vertellen, moet hij het recht hebben het voor zich te houden.'

Matteus schraapte zijn keel. 'Ze vroegen de weg naar de Bowlinghal. Maar ze wisten waar die was. Daarna kwamen ze nog een keer terug. Ze deden niks.'

Hij hield de snoepzak, die hij de hele tijd in zijn hand had gehouden, bij zijn neus en rook eraan. Er zaten zure voeten, gekleurde wormen en schuimkussentjes in.

'Het spijt me', zei zijn moeder zacht. 'Ik maakte me gewoon zorgen.'

Inspecteur Konrad Sejer tilde zijn kleinkind op en zette hem op zijn schoot. Hij snoof aan het kroeshaar en dacht aan de toekomst. Deed zijn uiterste best om de duistere beelden te duiden die daar, ver weg, lagen.

'Ze zeiden dat ik een mooi jack had', grijnsde Matteus.

'Wat erín zit is veel fraaier', zei Sejer. 'Breng me naar de deur. Ik moet naar huis.'

'Dat hoef je helemaal niet. Kollberg is niet alleen, dat weet ik heus wel.'

'Ik wil naar huis, naar Sara.'

'Komt ze bij je wonen? Waar moet ik dan slapen als ik op bezoek kom?'

'Ze komt niet bij me wonen. Ze woont bij haar vader. Omdat hij ziek is. Maar ze komt op bezoek en soms blijft ze slapen. Als ze bij mij is als jij komt, moet jij op de vloer slapen. Helemaal alleen. Op een schuimrubber matrasje.'

Matteus knipperde geschrokken met zijn ogen. Hij bleef met zijn opa's hand in de zijne staan en plukte eraan. Ingrid draaide zich grinnikend om.

'Ze is toch niet zo dik dat er geen plaats is voor ons alledrie?' vroeg hij hoopvol.

'Nee,' zei hij, 'ze is niet dik.'

Hij aaide zijn dochter een beetje onhandig over haar arm en liep toen naar buiten. Zwaaide naar Matteus die in de open deur stond. Langzaam reed hij naar de flat. Later zou hij zich dit herinneren, de paar minuten die het duurde om van zijn dochter naar huis te rijden. Het leven was zo goed geregeld geweest, zo voorspelbaar en veilig. Eenzaam misschien, maar hij had de hond. Een Leonberger van zeventig kilo, gespeend van enige opvoeding. Eigenlijk schaamde hij zich voor hem. Sara had ook een hond. Een welopgevoede Duitse herder. Sejer hield niet van verrassingen. Hij was eraan gewend om voorbereid te zijn, altijd. Hij had bijna alles. Aanzien. Respect. En na jaren als weduwnaar te hebben geleefd, had hij Sara. Het leven was niet voorspelbaar meer. Ze wachtte op hem. Ze hadden Jacob Skarre te eten gevraagd, een jonge brigadier die Sejer graag mocht, die hij gek genoeg als een vriend beschouwde, hoewel hij zijn vader had kunnen zijn. Maar hij vond het prettig. Met iemand te kunnen omgaan die nog jong was. En hij moest toegeven dat het goed was om iemand te hebben die luisterde, die nog iets te leren had. Hij had nooit een zoon gehad. Zo. Nu had hij die gedachte geaccepteerd.

Hij remde zachtjes voor het stoplicht. Sara staat in de keuken. Ze heeft zich opgemaakt, een beetje. Een jurk aangedaan, dacht hij. Ze heeft haar lange, blonde haren geborsteld. Ze is ontspannen. Ze beweegt langzaam en soepel, zoals ik de auto door de stad stuur. Haar nek. Er liep een rilling langs zijn rug. De korte, blonde haartjes tegen de gladde huid. Haar brede schouders. Ze kijkt op de klok, want ze verwacht me thuis en Jacob kan ieder moment komen. Het eten is klaar en ook als het nog niet klaar is, wordt ze daar niet nerveus van. Ze is een klasse apart. Ze is top. Ze is van mij. Hij begon een deuntje van Dani Klein te neuriën. *Don't break my heart.* Toen keek hij in het spiegeltje. Schrok even toen hij zag hoe grijs hij was geworden. Sara was blond en glad. Nou ja. Ik ben een volwassen man. Dacht Konrad Sejer, terwijl hij de parkeergarage in reed. Hij nam de trap, ook al woonde hij op de twaalfde verdieping. Hij wilde graag in conditie blijven en misschien kon hij snel nog even douchen. Hij rende naar boven zonder achter adem te raken. Toen hij de deurkruk omlaag drukte, hoorde hij het kabaal van de hond binnen, die kwam aangerend. Hij zette de deur op een kier en floot. Het beest ging op twee poten staan en drukte hem tegen de muur. Daarna was hij kleddernat. Nu moest hij absoluut douchen. De hond sjokte weer naar de kamer. Sara riep hallo.

Toen rook hij die geur. Hij bleef even staan, hij snoof. Hij rook verschillende geuren, nootmuskaat en gesmolten kaas uit de keuken. Versgebakken stokbrood uit de oven. Zelf rook hij naar de hond die hem had afgelikt. Maar dat andere! De vreemde geur die uit de kamer kwam. Hij deed een paar stappen, wierp een blik in de keuken. Daar was ze niet. Hij liep verder, de geur werd sterker. Er was iets mis. Hij bleef staan. Ze zat op de bank, met haar benen op het tafeltje. Er klonk zachte muziek uit de cd-speler. Billy Holiday. *God bless the child.* Ze had lippenstift op en droeg een groene jurk. Haar haren glansden licht en hij dacht: ze is mooi, dat is het niet. Maar hij staarde haar aan.

'Wat is er?' vroeg ze zacht, zonder een spoortje angst in haar stem.

'Wat doe je?' stamelde hij.

'Ik geniet.' Ze keek hem met een stralende glimlach aan. 'Het eten is klaar. Jacob heeft gebeld, hij komt zo.'

Het ruikt naar hasj, dacht Sejer. Hier, in mijn kamer. Ik ken die geur, die is heel speciaal, ik vergis me niet. Hij was sprakeloos. Hij was een stom rund, een vis op het droge. De geur hing in de hele kamer. Hij keek verwilderd naar de balkondeur, liep erheen en maakte die open. Hij was zo ongelooflijk verrast, zo verschrikkelijk van zijn stuk gebracht!

'Konrad', zei ze. 'Wat zie je er vreemd uit?'

Hij draaide zich langzaam om. 'Eh, nee. Ik moest ergens aan denken.' Zijn stem klonk niet zo vast als het hoorde. Hij probeerde te denken. Jacob kon hier ieder moment zijn. Sara zag er niet stoned uit, maar misschien werd ze dat later. Jacob zou denken dat hij het allemaal maar goed vond, terwijl dat niet zo was. Wat moest hij in godsnaam doen? Ze is psychiater, dacht hij, ze werkt met heel erg zieke mensen, van wie er veel juist door drugs aan onderdoor zijn gegaan, door heroïne en ecstasy, en dan zit ze hier te blowen. Op mijn bank. Ik dacht dat ik haar kende. Nee, dat dacht ik niet, maar toch... Uitgerekend dit! De frons op Sejers voorhoofd werd almaar dieper.

Plotseling stond ze op. Ze legde haar handen op zijn borst en ging op haar tenen staan. Toch haalde ze het niet helemaal.

'Je ziet er zo bezorgd uit. Wil je alsjeblieft niet bezorgd zijn?'

Het enige wat hij rook was de geur van karamel, van haar lippenstift. Er klonk een klikje in zijn keel toen hij snel even slikte.

Waarom word ik als een kind in de armen van deze vrouw? dacht hij. En toen zei hij, hardop, een beetje aangeslagen: 'Wat ruikt het hier vreemd?'

Ze lachte schalks. 'Ik heb een hele muskaatnoot in de moussaka laten vallen en die kan ik niet meer vinden.'

Hij keek naar zijn voeten. Hij had geen tijd meer om te douchen. Zo dadelijk zou Jacob aanbellen. De frisse septemberlucht stroomde de kamer binnen. Billy Holiday zong. Hij wist niet of de stank er nog was, het werd langzaam kouder in de kamer. De Noorse wet, dacht hij toen. Volgens de Noorse wet. Het klonk zo belachelijk. Hij kon alles tegen haar zeggen, maar dat niet. Hij besefte dat deze vrouw haar eigen wetten had. Maar dat ze toch een hogere moraal had dan enig ander die hij kende. Hij voelde zich een schooljongen. Hij werd zich ervan bewust dat er nog veel was wat hij niet wist. Veel wat hij nooit had uitgeprobeerd. Hij was nieuwsgierig naar mensen, hij wilde over hen weten, wie ze waren en waarom ze zo waren. Hij wilde graag begrijpen, hij stond niet meteen klaar met zijn oordeel. Maar nu had hij het gevoel dat er iets in hem wankelde. Toen werd er aangebeld. Sara deed open. Jacob was pienter, hij was allerminst een schooljongen, hij zag er alleen maar zo uit. Hing de geur er nog? Zijn blik bleef hangen bij de foto van Elise aan de wand voor hem. Ze glimlachte terug. Ze had geen zorgen. Ze verdween even uit zijn beleving, leek meer dood dan anders. Het werd steeds moeilijker om haar weer voor de geest te halen, haar stem, haar lach. Een nieuw soort verdriet, omdat ze op een andere manier voor hem verdween. Dat hield nooit op. Hij liep het balkon op. Hij hield van de scherpe herfstlucht en de heldere kleuren. Meer dan van de zomer. Hij haalde een paar keer diep adem. Bedacht dat hij meer zou moeten trainen, hij werd er niet jonger op. Er restte nog een deel van het leven. Matteus zou zwart opgroeien, in een witte wereld. Hij moest er voor hem zijn. Sejer schudde verward zijn hoofd. Hij begreep deze plotselinge somberheid niet. Hij draaide zich om toen Jacob Skarre naast hem het balkon op kwam.

'Het ruikt heerlijk!'

'Wat bedoel je?' vroeg Sejer nerveus.

'Uit de keuken', zei Jacob.

Ze aten en dronken en praatten over hun werk. Sara vertelde over Het Baken, waar ze als afdelingsarts werkte. Ze werd helemaal niet stoned, in ieder geval merkte hij er niets van. Maar hij gluurde af en toe naar haar en hij observeerde Jacob nauwlettender dan anders. Jacob was altijd zo tactvol. Als hij al iets merkte zou hij het nooit zeggen. Zou hij er zelf over beginnen, als ze een keer alleen waren? Daar dacht hij over na terwijl Jacob over een schietpartij vertelde. Een vreselijke gebeurtenis, maar weer het oude liedje, net weer een beetje anders. Maar Jacob zou met zijn God confereren. Proberen de zin te vinden van iets wat geen zin had. Want het had geen zin. Het was geen opzet, geen deel van een plan dat hen naar iets goeds zou leiden. Daar was Sejer vrijwel zeker van.

'Het was een stel jongeren dat een feestje wilde bouwen. Het ging zoals het meestal gaat. De jongens zorgden voor de drank, de meisjes werden hier en daar opgepikt. Een van de jongens, Robert, woonde ergens op kamers. En hij had een muziekinstallatie. De eigenaar van het huis was weg, een perfecte gelegenheid. Het was de bedoeling om dronken te worden, een meisje te versieren en een nummertje te maken, om daar dan de volgende dag over op te scheppen.'

Skarre keek Sejer met de blauwste ogen van de wereld aan.

'Een paar rookten ook een joint. Het waren geen echte junks, maar het is in om op een feestje hasj te roken en het is tegenwoordig ook geen ernstige overtreding meer. Maar goed. Het eindigde echt ellendig. Dronkenschap en hooglopende ruzie. Robert haalde een hagelgeweer en schoot zijn vriendin recht in het gezicht. Ze heette Anita en ze was achttien jaar. Ze was op slag dood.'

Hij zweeg en staarde in zijn wijnglas. Hield de steel correct vast, wilde geen vingerafdrukken op de kelk maken. Het was überhaupt bijzonder waar die jongen allemaal niet op lette.

'Het waren gewone jongelui', zei hij tegen Sara. 'Ik weet dat het klinkt alsof het allemaal minkukels waren die het slechte pad op dreigden te gaan, maar dat waren ze niet. Ze hadden allemaal werk of ze gingen naar school. Ze kwamen uit fatsoenlijke gezinnen. Hadden nooit iets crimineels gedaan.'

Hij liet de rode wijn in het glas rondwalsen. 'Het is eigenlijk niet te begrijpen, hè? Alsof hij ergens door werd gedreven. Iets van buitenaf.'

'Je kunt niet de duivel de schuld geven', zei Sejer glimlachend.

'O nee?'

'Is hij niet officieel door de Noorse kerk geëxcommuniceerd? Als niet-bestaand?'

'Dat is de grootste fout die de mens heeft gemaakt', zei Skarre peinzend.

'Waarom?' wilde Sara weten.

'Als we niet in hem geloven, dan herkennen we hem ook niet als hij ineens opduikt.'

'De duivel de schuld geven? In hemelsnaam. Dat zou voor heel wat opschudding zorgen in de rechtbank.'

'Nee, nee.' Jacob schudde zijn hoofd. 'Probeer het zo te zien. We komen de duivel voortdurend tegen. De vraag is alleen hoe we met hem moeten omgaan.'

Hij zweeg even. 'Ik geloof niet echt in de duivel', glimlachte hij. 'Maar soms begin ik te twijfelen. Bijvoorbeeld toen ik de foto van Anita zag. Van wat er van haar over was. Of Roberts gezicht door het luikje, toen hij in voorarrest zat. Hij is een goed mens.'

'Wij zijn zowel goed als slecht, Jacob', zei Sara. 'Niet het een of het ander.'

'Jawel. Sommigen zijn in wezen goed. Andere zijn in wezen cynisch. Ik heb het over een grondtoon die in ieder mens aanwezig is. Bij Robert is die goed. Denk je ook niet, Konrad?'

Ja. Hij was het met Jacob Skarre eens. Maar hij snapte het niet. Hij bleef nog even op. Gunde zich nog een extra uurtje. Sara en Jacob moesten dezelfde kant op en hadden samen een taxi genomen. Hij sloeg op zijn dij, het teken voor de hond dat hij bij zijn voeten mocht komen liggen. De gedachten wervelden door zijn hoofd. Matteus, Sara, Jacob, Robert, en alles wat er gebeurt. Maar eigenlijk was het leven zo slecht nog niet. Dat kwam ook door de rode wijn, dat moest hij toegeven. Hij had alles wat hij nodig had en zelfs nog een beetje meer. Het ging goed met Matteus, iedereen was gezond, hij had het naar zijn zin op zijn werk. En dit met Sara, dat moest hij maar eens uitzoeken. Later. Hij staarde naar de foto van Elise. Aangezien het eindelijk stil was in huis en niemand hem kon zien, liet hij haar langzaam dichterbij komen.

Ingrid Sejer was ook nog op. Ze had Matteus om acht uur naar bed gebracht, had voor hem gezongen en hem ingestopt. Later haalde ze zijn schooltas. Wilde controleren of hij alles nog had. Boeken en gymspullen. De tas was stevig dichtgebonden, de riempjes zaten op het laatste gaatje. Ze nam de tas mee naar de kamer. Maakte hem open. Keek zijn boeken door, controleerde of het potlood een goede punt had, dat gum en plakstift en schaar er nog waren. Er viel een opgevouwen briefje op de grond. Ze kende het blauwige papier niet. Misschien was het een briefje van de onderwijzer dat voor haar bedoeld was.

Iek ga drie rooie strepen in je rug snijen en daar ga iek zoveel zout in strooien dat je dood gaat van de pijn.

Smerige zwartjoekel!

*

Zoals ik al zei, Andreas was mooi. Een perfecte huid. Licht en glad, met blozende wangen. En schoon. Ik ben me altijd bewust geweest van het belang van hygiëne, dat heb ik al vroeg geleerd. En er slingert bij mij nooit iets rond, zowel binnen als buiten niet. Ik ga 's avonds naar buiten om de tuin te controleren. Bij de buren luistert dat niet zo nauw, daar heb ik van alles op de tafel gezien, van bikinibovenstukjes tot vuile koffiekopjes. Dat is natuurlijk geen ramp, maar ik begrijp het niet. Dat ze als ze naar buiten kijken de vuile kopjes zien staan en toch rustig kunnen gaan slapen. Zelf houd ik altijd rekening met anderen, ik vind dat dat moet. We zijn tenslotte niet alleen op de wereld.

Ik zit in de rode stoel in het donker te luisteren. Hoewel het stil is, denk ik af en toe buiten iemand te horen. Een waarschuwing voor wat er gaat komen. Een stille stroom mensen naar het huis, verwonderd. Ingemar zal mij niet missen, maar hij zal zijn plicht wel doen. Een advertentie zetten. Mensen op de hoogte stellen. Mijn twee zussen, die ver weg wonen. Maar ze schrijven met kerst. Alles is in orde. We houden net als andere mensen contact.

Eigenlijk zijn we niet bang voor de dood. We zijn alleen bang om vergeten te worden. We weten dat we vergeten worden en dat is een ondraaglijke gedachte, vindt u ook niet? Naarmate de tijd verstrijkt verschijnen we steeds minder vaak in de herinnering van de nabestaanden. Die je huis leeghalen en de spullen verdelen. Die het als afval weggooien. En die je vergeten. Als je wist dat er iemand was die iedere avond een kaarsje aanstak en even aan je dacht. Je zich een paar seconden herinnerde. Dan zouden we de aarde gerust kunnen verlaten. Niemand zal voor mij een kaarsje aansteken. Wie zou dat moeten zijn? Ik heb het zo geregeld dat mijn naam met afgrijzen en bevreemding zal worden genoemd. Een afschrikwekkend verhaal. Misschien komt mijn foto in de krant. Ik heb ze allemaal weggedaan, op één na, waar ik nog bijna jong op ben, misschien veertig. Het ergste van sterven is niet het dood en begraven zijn. Niets is zo fatsoenlijk en definitief als dood en begraven. Maar de uren ervoor, als je in de handen van de levenden valt. Want het zijn immers maar mensen. Ik kan me voorstellen wat ze zoal zullen zeggen. Ik zal het hier niet weergeven, maar het komt. Ik ken ze.

*

Andreas liep met zijn lange benen te slenteren, Zipp liep als een stampend paard naast hem. Ze liepen in de richting van de rivier. Of het door het regelmatige ruisen kwam, of door de lichtjes die in het zwarte water glinsterden, daar dachten ze niet bij na. Maar het water trok. De lucht was guur, Zipp warmde zijn handen in zijn jaszakken. Ze zochten een bank op. Bleven daar zwijgend zitten. Als er water voor je langs stroomt, hoef je niet te praten. In plaats daarvan zaten ze ieder voor zich te fantaseren hoe het zou zijn als je erin viel, vechten tegen de stroming en het koude water. Er ontstond een doodernstige stemming. Zipp dacht met pijn in zijn hart aan het meisje met het gestreepte truitje. Geërgerd krabde hij in zijn kruis.

'Nu nog een afzakkertje. Dat kunnen we wel gebruiken.'

Andreas knikte en tuurde naar de rivier. Een zwarte, zware stroom, die nooit echt woest werd. Gina's geld was op.

'Als er nu een bejaarde met een handtas aankwam, dan zou ik die verdomme klauwen', zei hij. 'Gewoon klauwen en wegrennen.'

'We hebben vandaag al genoeg gedaan', mompelde Zipp. 'En bovendien... oude dames liggen nu te slapen.'

Ze zwegen weer. Er klonk geroezemoes vanaf het marktplein achter hen, gelach en gescheld. Er waren veel dronken lui, ze hadden de hele avond zitten drinken en hadden nu blijkbaar genoeg moed en zelfvertrouwen om zich buiten te vertonen. Klaar voor de strijd, om het maar zo te zeggen. Er werd wat geduwd in de rij voor de taxi's en ze hoorden een paar woorden. 'Aap.' 'Vuile rotturk.'

'Verdomme', zei Andreas ineens. 'We plukken verdomme gewoon iemand.'

'Wie?'

'Iemand.'

'Relax, man!'

Zipp snapte niet wat er met Andreas aan de hand was. Hij was zichzelf niet. Er broeide iets in hem. Maar ze draaiden zich allebei om en keken naar de stad. Ze zochten naar een gewond dier, een makkelijke prooi. Maar de meesten zouden redelijk van zich afslaan. Het was zelfs mogelijk dat ze zelf in elkaar zouden worden geslagen. Het zoeken naar een ontlading maakte hen zelfs bang. Voor hun plannen, die diep binnen in hen lagen te pruttelen. Een intuïtief gevoel waar het toe zou kunnen leiden. Alsof ze het einde naderden van een langdurig proces dat een hele tijd geleden al was begonnen. De angst bezorgde hen een flinke dosis adrenaline. Het voelde goed. Ze slenterden in de richting van de taxistandplaats. Passeerden de biertent, die er nog stond, nu verwarmd met straalkachels. Ze knarsetandden geïrriteerd toen ze het gelach en het getinkel van de glazen hoorden. Ze staken de hoofdstraat over, liepen langs het gemeentehuis. Zipp ontdekte dat ze in de richting van de kerk liepen. Andreas leidde, hij drentelde er achteraan. Hij begreep niet goed wat ze daar moesten. Er waren nu geen mensen om de graven te verzorgen. Geen bejaarden met hun tas vol AOW. De kerk pronkte op een hoogte boven het marktplein en was ongetwijfeld het gebouw met de meest gunstige ligging in de stad. Daar zou het slot hebben gestaan, als de stad een koning had gehad, dacht Zipp, en hij loerde naar Andreas. Ze doolden wat tussen de graven rond. Lazen wat er op de zerken stond. Ik ben de weg, de waarheid en het leven. Andreas stond met zijn handen in zijn zij naar de tekst te kijken. Zipp schopte in de grond, besluiteloos.

'Hier eindigt het', zei Andreas zacht.

Zipp keek hem met open mond aan. 'Wat bedoel je?'

'Alles. Wat wij zijn.'

Zipp keek verward om zich heen. Ze werden omringd door stilte en duisternis. 'Wat is er met je? Laat je werk morgen stikken', stelde hij voor. 'Laten we gaan liften. We bedenken iets, we gaan naar Zweden, verdomme.'

'Ik ben al te vaak weggebleven.'

Zipp hoorde de moedeloosheid in zijn stem. Er was duidelijk iets mis. Plotseling werd hij nerveus.

'Ze houden me nu nog een beetje de hand boven het hoofd', ging Andreas verder. 'Ik moet oppassen.'

'Maar je chef is een vrouw. Ik snap niet dat je je door een vrouw de wet laat voorschrijven.'

'Ze is nu eenmaal mijn chef. Zij betaalt me.'

'En in natura?' probeerde Zipp. 'Een wip voor een vrije dag!'

'Er zijn grenzen.'

'Waar dan?'

'Bij spataderen en een snor.'

'En de Vrouw dan? Je vindt het toch lekker als ze zo zijn, of niet dan?'

Andreas gaf geen antwoord.

'Zeg!' Zipp kreeg ineens een duivels idee, maar in feite was het een poging om Andreas op te vrolijken. 'Lig je op een schapenvel, of zo?'

Andreas staarde hem aan. Zipp kon zijn lachen niet inhouden, hij zag Andreas duidelijk voor zich, naakt op een schapenvel liggend. En een oud wijf met penseel en schildersjas. Hij borrelde over bij de gedachte, misschien had hij wel een kleurige bal in zijn handen. Of een sinaasappel. Toen moest hij nóg harder lachen. Hij brulde het uit in de stilte tussen de graven, sloeg bijna dubbel van de lach, stond kromgebogen in het gras te snikken. Een paar nasale stoten door zijn wipneus, gevolgd door hese, naar binnen gekeerde snikken, en dan weer nieuwe stoten. Andreas glimlachte stijfjes. Hij trok zijn handen uit zijn zakken, sprong naar voren, greep Zipp bij zijn jack vast en begon te boksen. Niet hard, in hemelsnaam, ze waren immers vrienden, maar Zipp verloor bijna zijn evenwicht. Hij stapte struikelend achteruit, terwijl hij zijn handen ophief in een halfslachtige poging zich te verdedigen. Het komische beeld liet hem niet los, hij lachte tranen met tuiten, terwijl hij zijn vriend op een afstand probeerde te houden. Andreas deed een nieuwe uitval. Hij dook naar voren, er was gras onder hen, Zipp viel, maar hij deed zich geen pijn, hij vocht nog steeds tegen de enorme lachbui. Toen zag hij Andreas' gezicht. Dat had iets duivels gekregen, alsof hij volledig buiten zinnen raakte. En hij lag nu bovenop hem, verdomme! Andreas was vastberaden, zijn kracht kwam voort uit pure wilskracht, terwijl Zipp volkomen willoos aan zijn hysterische gesnik was overgeleverd, hij hapte naar lucht en vroeg zich af wat hem wachtte. Een oorvijg, of een knie in zijn maagstreek. Andreas zag er vreemd uit. Zipp wachtte tot zijn greep losser werd, maar dat gebeurde niet. Terwijl hij Andreas door zijn lachtranen heen aankeek, probeerde hij zich te herinneren wat hij had gezegd dat zo'n ernst in het hem zo bekende gezicht teweeg had gebracht. Dat gezicht, dat zo vreselijk dichtbij was. Die glanzende ogen, die rode wangen, de tanden die in het donker oplichtten. Zipp voelde zijn warme adem tegen zijn kin. Andreas hield zijn handen vast, zodat hij hulpeloos op zijn rug lag, in zijn nauwe jeans. En toen, langzaam, begon Andreas in een regelmatig ritme tegen hem op te rijen. Zipp keek hem verbaasd aan, begreep niet waar hij mee bezig was. Hij was niet zo snel van begrip en Andreas leek in trance, terwijl hij boven op hem heen en weer bleef schuiven. Plotseling hield hij op. Zijn ogen konden weer zien, ze keken Zipp kwetsbaar aan. Zijn greep werd losser. Zipp bleef liggen, terwijl hij het probeerde te begrijpen. En toen, voordat hij alles weer op een rijtje had, voelde hij Andreas' hand tussen zijn dijen. Die begon hem te kneden, zijn slanke hand, die kneedde en kneedde. Hij werd volkomen overrompeld. Voelde tot zijn schrik de begeerte in hem groeien en toen ontplofte er iets verschrikkelijks in hem, een angst zo groot dat hij bijna uiteen werd gereten. Uit het diepst van zijn ziel wist hij eindelijk te schreeuwen. Het kwam uit zijn tenen, het sneed omhoog door zijn lichaam, midden in Andreas' gezicht, blies hem weg, en met een reusachtige sprong was hij op de been. Hij schreeuwde nog steeds, een ongearticuleerd gebrul met een stem die hij niet kende. Hij balde zijn vuisten, stond klaar om wat dan ook neer te slaan, kapot te maken, te vernietigen, in stukken te scheuren!

Andreas stond heel langzaam op, zijn ogen lieten hem niet los. Zipp was een getergd dier, klaar om aan te vallen. Andreas stond op een veilige afstand, hield hem in het oog, bereidde zich voor, op dit moment was Zipp sterker, sterk genoeg om te doden. Eén vergissing nu, en hij zou met zijn blote vuisten doden.

'Verdomme, Zipp', fluisterde hij. 'Dat was niet de bedoeling.'
'Hou je bek! Hou je bek, klootzak! Vieze, gore homo!'
'Het was niet mijn bedoeling...'
'Ik wil het niet horen! Ik wil niks weten. Raak me niet aan, verdomme!'
Andreas verhief plotseling zijn stem. Vreemd genoeg registreerde Zipp een woede achter de woorden.
'Het ís gewoon zo! Het is altijd al zo geweest!'
Zijn ogen smeekten. Zipp was volkomen in de war. Dit had hij niet verwacht, nog niet in zijn wildste fantasieën. Al het andere. Dat hij kieskeurig was ten opzichte van meisjes, dat hij een voorkeur had voor volwassen vrouwen, dat was best, dat paste bij hem. Maar homo?'
'De Vrouw', fluisterde hij ademloos. 'Is dat gewoon bluf?'
'Nee.' Andreas staarde naar zijn voeten. 'Zij is een... een alibi.'
'Godverdomme! Een alibi?'
'Jij geloofde het toch, of niet dan?'
'Doe je het met dat mens of niet?'
Zipp kon zich niet meer beheersen, hij was volkomen in de war. Hij had het niet gezien, hij had er geen barst van begrepen, maar eigenlijk sprak het voor zich. Andreas was nooit geïnteresseerd geweest in meiden en hijzelf, de idioot, was zo bijziend geweest als een kip. Een stomme kip.
'Ik ga met haar naar bed. Maar het is een alibi.'
Eindelijk werd het stil. Een schijnwerper bij de kerkmuur wierp een wit licht op de plek waar ze stonden, met gebalde vuisten tegenover elkaar. Zipp had het gevoel dat alles door iemand daarboven in scène was gezet. Iemand had hen hier neergezet, iemand legde zinnen in zijn mond. En die gevoelens die hij had gehad. De begeerte toen Andreas hem aanraakte. En daarna: het verlangen hem te vernietigen. Hij stampte verward op de grond. Het enige wat hij

kon doen was weggaan. Dit was te moeilijk voor hem. Had hij maar de minste achterdocht gehad, er wel eens over nagedacht, zich kunnen voorbereiden. Maar als hij nu wegging, was alles voorbij. Voor eeuwig en altijd. Dat wist hij en Andreas wist het ook, hij wachtte nog steeds, hij stond met gebalde vuisten klaar om aan te vallen, of zich te verdedigen misschien. Van nu af aan moest hij leven met de wetenschap dat Zipp het wist. Dat hij zijn mond voorbij zou kunnen praten. En Zipp moest leven met wat Andreas had gedaan. Binnen enkele seconden was de begeerte in hem gegroeid. Door een hand, als alle andere handen, als een meisjeshand. Wat hij tussen zijn benen had leefde verdomme een eigen leven! Wat was het verschil eigenlijk? Want er was toch verschil? Hij had zin om alle grafzerken om te stoten, om alle planten uit de grond te rukken, de hele stad kapot te maken!

'Dat jij...' Andreas stamelde. 'Het wil niks zeggen dat je zo reageerde. Dat is heel natuurlijk, iedereen...'

'Hou je mond!' Zipp wond zich enorm op. 'Ik weet verdomme heus wel dat ik geen homo ben. Dat hoef jij me niet te vertellen. Hou verdomme je bek, Andreas!'

Hij greep wanhopig naar zijn haar. Begon ineens zacht te huilen, veegde snot en tranen weg, zag het gele shirt van Andreas in het donker oplichten. De hele wereld lag in puin, maar die rotkerk stond daar gewoon nog, die wilde hij ook slopen! Je kon niet bevriend zijn met een homo. De mensen zouden erachter kunnen komen en dan zouden ze natuurlijk denken dat hij ook... Zo dachten de mensen. Dat ze iets met elkaar hadden of zo, dat ze elkaar al jaren van achteren neukten. Hij draaide zich om en liep weg. Naar de hoek van de kerk.

Aan de voorkant stond een bank. Daar ging hij zitten, hij moest nadenken. Naar bed gaan en slapen, hierna? Je kon toch onmogelijk slapen, als je hele toekomst zojuist in duigen was gevallen. Hij had jarenlang met een leugen geleefd, hij was bedrogen. Misschien had Andreas hem al die tijd al begeerd, was hij een bezoeker in zijn dromen geweest als hij onder zijn warme dekbed lag. Zijn schouders schokten. Hij huilde geluidloos. Andreas, een homo. Dat betekende dat jan en alleman homo kon zijn, dat was aan de buitenkant niet te zien. Andere mensen die hij kende ook, gewone mensen. Meisjes zelfs. Hij dacht aan Anita. Stel dat Robert haar alibi was geweest. Hij en alle anderen met wie ze naar bed was geweest. Maar Anita was dood, dus dat maakte niet meer uit. Misschien deed niemand zich voor zoals hij was. En hij zelf? Ja, verdomme! Een goede vriend. Was hij een goede vriend? Verwachtte Andreas echt dat hij hem niet zou laten vallen? Dat was wel heel veel gevraagd. Maar daar ging vriendschap toch om? En al die jaren dan? Hij had tijd nodig. Een paar dagen om na te denken. Maar hij was niet gewend om over problemen na te denken. Bovendien had hij het koud. Achter zich hoorde hij slepende voetstappen. Hij wist dat het Andreas was. Hij dacht dat hij een andere weg gekozen zou hebben. Zipp staarde naar de grond. Hij wilde weg uit deze situatie, terug naar hoe het was geweest, maar hij snapte dat dat niet meer ging, dat ze een andere manier moesten vinden. Wat zouden de mensen zeggen als ze plotseling niet meer samen optrokken? Ze waren altijd samen geweest. Hij snapte dat de geruchtenmachine dan pas goed op gang zou komen. Het praatje zou gelanceerd worden, eerst als grap. Heb je het al gehoord? Zipp heeft het uitgemaakt met Andreas.

Zijn schoenen waren nat van de dauw. Hij had koude tenen.

'Als je dat ooit nóg eens doet, dan vermoord ik je!'

Andreas hief wanhopig zijn handen. 'Ik zal het nooit meer doen!'

Ze haalden hun schouders op. Zipp stond op, bijna mechanisch. Ze begonnen te lopen, tegelijkertijd, met langzame passen naar de stenen poort. Toen ze buiten het hek kwamen, was het net alsof achter hen iets dichtviel en voor altijd verdween. Weggestopt in het donker tussen de graven. Zipp veegde zijn neus af. Hij zwol een beetje op van zijn eigen generositeit, toen hij zei: 'Verdomme! De mensen snappen ook niks. Ik haat deze stad.'

Andreas knikte. Wat een shitstad was dit. Woonden hier sowieso wel normale mensen? Wisten de mensen wel hoe moeilijk alles was, de mensen die in hun warme kamers naar Amerikaanse soaps zaten te kijken en op iedereen onder de twintig afgaven? Klotelui! En wat zei Roy Batty, toen de nood het hoogst was? *Mijn beste en enige vriend.* En toen, in het donker, twee ijle stemmen:

'Vertel je het niemand?'

'Nee.'

Alles was voorbij. Ze hadden even in een onbekende afgrond gekeken. Die was nu weer gesloten. Binnen een paar minuten liepen ze weer gewoon naast elkaar. Zipp begreep dat Andreas hem nodig had. Had hij zijn vriend zojuist niet het allergrootste respect getoond? En waar kon hij nu dus aanspraak op maken? Iets wat hij nog nooit had gehad.

HET ALLERGROOTSTE RESPECT!

Het zong binnen in hem, een heel nieuw gevoel. Hij zou zich niet meer klein laten krijgen. Hun vriendschap zou een nieuwe kwaliteit krijgen. Andreas was misschien knapper, slimmer, populairder, hij had meer geld en mooiere kleren, maar hij was verdomme wel homo! Dat woord riep verschillende associaties bij Zipp op: een gescheurde endeldarm, vaseline, stront onder je nagels. Dat had hij toch altijd gedacht? Eigenlijk was het leven prima. Zelf was hij volkomen normaal. Meteen moest hij weer denken aan de hevige begeerte die hij daarnet door Andreas' hand had gevoeld. Maar het was ook zo onverwachts gebeurd en was hij niet in de bloei van zijn leven, borrelend van levenslust en begeerte? En niemand had hen gezien. Ze deelden een lot, een wonderlijke ervaring, het was overweldigend en beangstigend, maar ze zouden iets anders vinden. Iets beters. Daar was hij van overtuigd. Nee, niet overtuigd, maar hij hoopte het. Zoals alleen een man van achttien kan hopen.

Ze keerden de doden de rug toe en zetten koers naar het centrum. Ze liepen zwijgend. Op naar iets gruwelijks, iets echt verschrikkelijks, iets wat erger was dan wat er zojuist was voorgevallen. Ze hadden allebei even een pas opzij gedaan, maar nu gingen ze weer recht op hun doel af. Ze loerden vals naar de mensen die ze tegenkwamen, lieten hun blik door de zijstraten gaan, liepen met hun handen diep in hun zakken. Andreas' mes bungelde tegen zijn heup. Ze moesten ervoor zorgen een herinnering aan deze avond te krijgen die dat andere zou overschaduwen. Als ze dan later nog eens terugdachten, konden ze aan iets anders refereren, terwijl ze allebei wisten waar het om ging, dat het eigenlijk om die afschuwelijke avond ging waarop ze in het gras belandden, boven op elkaar. Zipp herinnerde zich Andreas' puntige heupen tegen zijn dijen. Maar hij slikte het weg, hij wilde verder. Het liep tegen middernacht. Ze moesten het centrum uit, naar een stillere wijk. Ze gaven hun ogen de kost, maar vermeden zorgvuldig elkaars blik, daar was het nog te vroeg voor. Morgen misschien. De nacht zou hen er doorheen slepen. Ze passeerden de bioscoop aan de linkerkant en staken de straat over. Liepen langs Gotten Kiosk, een opticien en een tweedehands winkel. Het werd stiller, de straat was uitgestorven. En daar, alsof ze door de duivel zelf was gezonden, liep een eenzame vrouw.

Ze zagen haar op hetzelfde moment. Een gedrongen vrouw in een bruine jas. Ze droeg schoenen met hoge hakken, waar ze duidelijk niet aan gewend was. Zonder iets te zeggen gingen ze sneller lopen. Ze liepen in de maat, als een waakzaam organisme op jacht. Met hun hoofden dicht bij elkaar, alsof ze een belangrijk gesprek voerden. Vroeg of laat zou ze zich omdraaien en hen zien. Ze wisten niet precies wat ze met haar van plan waren. Maar ze kwam als geroepen, een spannend spel voor twee grote, onberekenbare kinderen. Iets aan de angstige verschijning zei hen dat ze helemaal alleen was en dat er niemand op haar wachtte. Een vrouw van tegen de zestig, dat dachten ze tenminste, die midden in de nacht over straat liep, die niet door haar man of door haar zoon werd afgehaald. Natuurlijk was ze alleen. En aangezien ze liep, woonde ze waarschijnlijk niet ver weg. Of misschien had ze niet in de rij voor de taxistandplaats durven te gaan staan. Er waren mensen vermoord die gewoon op een taxi stonden te wachten, ze las vast ook de krant. Toen draaide ze zich om. Ze keken recht in haar bleke gezicht. Onmiddellijk begon ze sneller te lopen, maar ze had last van haar schoenen. Ze had misschien acht stappen gedaan toen ze zich weer omdraaide, ze stak de weg over, kroop dicht tegen de etalage van een makelaar aan. Die baadde in het licht, misschien voelde ze zich daar veiliger. Ze liep langs het park, sloeg linksaf en liet het centrum achter zich. Ze waren nu in de Thornegate en de straat begon te stijgen. Weer sloeg ze linksaf. De weg liep door een beter gesitueerde villawijk met oudere huizen. Andreas kreeg het idee dat ze zich moesten opsplitsen.

'Ik volg haar', fluisterde hij. 'Het zal haar geruststellen als ik alleen ben. Jij rent door de tuinen verder, zodat ze je vanaf de straat niet kan zien. We gaan met haar mee naar huis!'

Zipp gehoorzaamde. Hij keek de vrouw na en bedacht hoe bang ze moest zijn, misschien bang om te sterven. Haar schoenen klepperden op het asfalt. Andreas liep achter haar aan de helling op, terwijl Zipp een tuin binnenglipte, hij rende tussen struiken en fruitbomen door, onzichtbaar in het donker. Andreas liep verder. Hij hoorde haar hortend en stotend ademen. Hij probeerde te slenteren. Ze draaide zich voortdurend om, zelf stapte hij rustig door. Hij voelde zich zo koud als ijs en tastte naar zijn mes. Misschien liep ze te bidden. Halverwege de helling ging ze een tuin in. Nu is ze bijna veilig, dacht hij. Hij passeerde, wierp een blik in haar richting, hoorde haar voetstappen in het grind. Een hek sloeg dicht. Een sleutel in een slot. Hij was nu voor het huis, hij wurmde zich door de heg heen en sloop de tuin in, verscholen in de duisternis tussen de bomen. Hij bleef staan en luisterde. Er hijgde iemand in zijn nek.

'Ze is binnen. Wat doen we nu?'

Zipps ogen lichtten op in het donker, getemperd, als vlammen achter een beslagen ruit. *Mijn beste en enige vriend.*

Andreas dacht even na. Toen maakte hij zijn halsdoekje los en liet het door zijn handen glijden.

'Verdomme. Wou je haar soms wurgen?'

Zipp verbleekte. Op dat moment zagen ze het licht in het huis aangaan. Een zwak schijnsel viel door het raam op het gras.

'Denk je dat ik helemaal achterlijk ben?'

Andreas knoopte het doekje voor zijn gezicht, alleen zijn ogen waren nog te zien. Daarna pakte hij de cap uit zijn broekzak en trok die over zijn hoofd. Hij legde een hand op Zipps schouder en het wonder geschiedde, de hand mocht blijven liggen. Even werd hij wee in zijn knieën, uit pure dankbaarheid. Ze zouden alles delen. Het afschuwelijke geheim in het gras bij de kerk en ook waar ze nu mee bezig waren. Niks groots. Gewoon een oude vrouw overvallen. Er kwam geen enkel bezwaar in hun zoemende hoofden op.

'Jij wacht hier. Ik ga naar binnen.'

'Ze zal de deur wel op slot hebben gedaan', zei Zipp twijfelend.

'Ik kom binnen waar ik wil.' Andreas' stem was diep en vast. Hij zou boete doen voor wat er allemaal was gebeurd. De grote pijn moest ergens door worden overschaduwd, pure angst had zo zijn nut. Het gevaar en de spanning begonnen te overheersen en verdreven het verlammende gevoel dat hij bij de kerk had gehad.

'Verdomme, Andreas', mompelde Zipp. 'Dit is *dirty business.*'

'I am the business.' Andreas grinnikte en verdween om de hoek. Niet het grootste en gevaarlijkste dier in het bos, maar het rankste, het snelste en misschien het sluwste. Geen vijand te zien, alleen een makkelijke prooi. Zipp sloop naar de muur. Hij was niet lang genoeg om door het raam naar binnen te kunnen kijken, maar hij zag het plafond met een kroonlamp in wat de woonkamer moest zijn. Hij hoorde binnen wat zwakke geluiden. Zipp stond stil in het donker. Als ze maar geen man met een geweer had, of een kwaaie hond. Hij had genoeg verhalen gehoord over wat er allemaal kon gebeuren, intussen was hij bijna gek van de spanning. De zwarte nacht met het vreemde licht. De zwijgende bomen, de dauw op het gras, zilverachtig in de maneschijn. Hij leunde tegen de muur en drukte zijn oor tegen het koele hout.

Zo knap als Andreas was, kon hij vast alle meisjes krijgen die hij wilde. Het is gemakkelijk om van iets moois te houden. De gelovigen praten met een domme glans in hun ogen over Gods volmaakte schepping. Maar een heleboel mensen zijn ontzettend lelijk. Mensen zoals ik. Mensen die veel meer moeite moeten doen. Die het van andere kwaliteiten moeten hebben, om het maar zo te zeggen. Maar zelfs ik vond iemand, of misschien vond Henry mij wel. Ik was zo verrast dat hij me vroeg, zo vreselijk ontroerd door de moed die hij bijeen had moeten rapen, dat ik meteen ja zei. Ik rekende er niet op dat iemand anders mij nog zou vragen. Zou ik, Irma Funder, meer aanzoeken krijgen? Ik, met mijn aan elkaar gegroeide wenkbrauwen en veel te dikke kuiten? En met het beendergestel van een paard? Ik dacht er niet over na of ik al dan niet van hem hield, zoveel verlangde ik niet van het leven. Is het niet gewoon een karwei dat geklaard moet worden? Wat is dat, beminnen? Iemand meer nodig hebben dan jezelf? Het heerlijke gevoel eindelijk buiten jezelf te treden, op te stijgen en in een ander op te gaan? Ik weet niet wat mij van mijzelf zou kunnen bevrijden, behalve de dood. En wat is verdriet? Dat je dat gevoel niet meer hebt? Ik voel niet eens verdriet om Henry. Of om mijn zoon, die nooit komt. Zijn er überhaupt mensen met onzelfzuchtige gedachten? Ik help Runi, omdat zij mij gisteren ook heeft geholpen. Als ik maar genoeg van dit kind houd, zal hij mij later op handen dragen. Als ik oud ben. Ja, Ingemar dus niet. Maar dat hoopte ik wel. Evenwicht. Vraag en aanbod. We moeten hier overleven, balanceren op de bouwplaats die de wereld is, die nooit af is. We bouwen maar door, we durven niet te stoppen, zolang we bouwen, hopen we dat er op een dag iets zal verrijzen dat alles zal overstijgen. Maar dan ontmoeten we iemand en storten we ons op hem. De rest is een kwestie van hormonen, warmte, vochtigheid, een kloppend hart. Alles wat binnen in ons stroomt. Biochemie. Begrijpt u mij? Henry en ik, wij kregen zelfs een kind. We leefden zoals iedereen, dat denk ik tenminste. Toen hij mij verliet, was het in het begin onwennig, zo stil in huis, maar ik was er snel aan gewend. Ik was graag alleen. Ik hoefde niet meer steeds te vragen wat hij bedoelde en dacht. Natuurlijk ben ik eenzaam, maar wie is dat niet? Er zijn ergere dingen. Ziekte en pijn. Vernedering. Zoals Andreas mij vernederde. Hij was onbesuisd, maar in de allereerste plaats was hij jong. In dat opzicht had hij wel recht op begrip. Heeft iedereen dat? Ik weet niet waarom hij mij koos, misschien was het toeval, zoals het hele leven op een akelige manier van toeval aan elkaar hangt.

Runi belde me om te vragen of ik meeging naar de schouwburg. Die is na de brand weer gerestaureerd. De koning had het gebouw weer geopend, de kroonluchter alleen al was een attractie op zich, ze had het op de televisie gezien. Het stuk heette *Toevallige verbintenissen*. Ik zei ja toen ze me vroeg, ik had nee moeten zeggen. Ik ben altijd van mening geweest dat het gevaarlijk is om 's nachts over straat te lopen. Op het marktplein wordt heroïne verkocht. Maar ze moest niet aan me gaan twijfelen, niet gaan denken dat ik misschien anders was dan anderen, dus zei ik ja. Zij is mijn alibi. Zo nu en dan moet ik een beetje enthousiasme aan de dag leggen, om de rest van de tijd met rust te worden gelaten. Ik maakte me gereed. Het was nog licht en het kwam niet bij me op om bang te zijn voor de twintig minuten durende wandeling naar het centrum. Ik koos een marineblauwe jurk met een wit kraagje. Eronder droeg ik mooi ondergoed, een zijden onderbroekje en een strak hemdje dat alles op zijn plaats hield. Ik had schoenen met hoge hakken, maar het was niet ver. Ik was ruim op tijd. We zaten ieder met een glaasje port in de foyer. Ik keek waar de deur van het damestoilet was, dat doe ik altijd. Runi kletste en lachte aan een stuk door, maar ondertussen beklaagde ze zich zoals altijd, over de jeugd, of wat er verder maar in haar opkwam. Over het leven in het algemeen. Af en toe beaamde ik iets, iemand die nooit klaagt is in zekere zin verdacht. Runi zou in ieder geval argwaan kunnen krijgen, dus hoewel ik te voet was gekomen, mopperde ik wat op de bus. Dat die nooit op tijd is. En over de programma's op de televisie, de toenemende criminaliteit in de stad, onderwerpen genoeg. Jongeren die niet willen deugen. Straatvuil. Alle synthetische troep in het eten, u weet wel wat ik bedoel. Ze knikte en dronk van haar port. Het is prettig om het eens te zijn.

We hadden mooie plaatsen, maar af en toe kon ik niet goed verstaan wat ze zeiden. In de pauze dronken we nog een glaasje port. Ik snapte het stuk niet, maar dat zei ik niet. Haalde ongenadig mijn schouders op en zei, jawel, het is misschien niet slecht, maar bewaar me, ik heb het wel beter gezien. En Runi was het met me eens. Maar de schouwburg was prachtig. Met veel rood en goud. En de kroonluchter was een droom van kristal. Honderden kleine prisma's. En door ieder vlakje viel licht. Runi zei dat hij in Tsjechië was gemaakt. Een cadeau van de Spaarbank. De oude uit 1870 brandde op gas, maar in 1910 was men overgegaan op elektriciteit. Toen er brand ontstond. Georg Resch, zei Runi gewichtig, hij had het initiatief genomen. Ze etaleert altijd graag het weinige dat ze weet. Het duurde lang voor we buiten waren. Aan alle kanten dromden mensen en versperden ons de weg. Er werd door vreemde mensen aan me geduwd en getrokken, ik rook al die verschillende geuren, dure wollen jassen, zware parfums en de rook van de eerste sigaretten. Geroezemoes. Een golvend geruis dat aanzwol en weer afnam. Als ik mijn ogen sloot kon ik meedrijven, mij overgeven. Maar ik weersta verleidingen moeiteloos. Ik denk altijd aan de volgende dag. Ik vestigde mijn blik op Runi's mantel, ik had het idee dat ik werd fijngeperst, ik kreeg bijna geen adem. Dan kun je beter naar de televisie kijken of een boek lezen. Maar uiteindelijk waren we buiten en de menigte zwermde naar alle kanten uit. Runi wilde lopen, ze hoefde niet ver. Ik zei dat ik een taxi nam. Hoopte dat ik een Noorse chauffeur zou treffen. Ik ben niet racistisch, maar ik versta ze niet als ze zo krom praten. En dan worden ze boos. Terwijl ze het toch al niet makkelijk hebben, nee, ik zou ze niet graag aan Irma Funder blootstellen. Dus ik hoopte op een Noor.

De schouwburg is niet ver van de taxistandplaats op het marktplein. Ik liep langs de rivier en bleef op de hoek staan. Keek naar een eindeloze rij jonge mensen die stonden te duwen en te dringen, te vloeken en te schreeuwen. Daar kon ik niet bij aansluiten, voor geen goud. Ik bleef een poosje twijfelend staan, ik had het koud en kon maar geen beslissing nemen, terwijl dat toch niets voor mij is. Er zat niets anders op dan te gaan lopen. Het was vijf voor twaalf. Toen ik naar de verlichte kerk opblikte, dacht ik, zoals kinderen denken: dit is het spookuur. Ik keek wanhopig om me heen, maar zag alleen de rumoerige rij voor de taxi's en wat loslopende, ronddolende types. Er kwam een lege taxi aangereden, het lampje doofde en hij verdween weer. Als ik nou op de hoek bleef staan tot de rij korter werd? Op dat moment kwam er een paartje aangelopen dat achteraan ging staan. Ze staken allebei een sigaret op. Ik stak het marktplein over en begon door de hoofdstraat te lopen. Zolang ik in de hoofdstraat was, die helemaal doorliep tot aan het park, liep ik geen gevaar. Toen werd het pas echt donker. Het laatste stuk was spaarzaam verlicht. Ik liep aan de rechterkant van de straat, zo snel ik kon, maar mijn schoenen deden me pijn. Ik probeerde me oninteressant te maken, want dat ben ik immers, maar mijn schoenen verraadden me. Ik had net zo goed een bel om mijn nek kunnen hangen. Pak me, pak me! schreeuwden de schoenen. Ik had geld in mijn tas, maar niet veel. Ik ben niet gek. Net genoeg voor een taxi. Ik passeerde de opticien en de Fietsspecialist. Dacht voetstappen achter me te horen, maar draaide me niet om. Als er iemand was, zou ik in paniek raken. Het was niet ver meer naar huis. Over een paar minuten zou het allemaal voorbij zijn. In gedachten zag ik het huis voor me, mijn eigen huis met de groene kozijnen en het buitenlicht dat ik voor ik wegging had aangedaan en dat me zou verwelkomen. Ik dacht nog steeds iets te horen, lichte voetstappen, niet klepperend als de mijne, en ik kon me niet langer beheersen. Toen zag ik hen! Twee jongemannen. Ik sprak mezelf streng toe. Natuurlijk waren er mensen op straat, ze moesten dezelfde kant op, zo simpel was het. Toch had ik het idee dat ze naar mij keken, mij begluurden als een mogelijke prooi, maar wij vrouwen zijn tenslotte hysterisch. We denken altijd meteen het ergste. Maar we weten dan ook wat het is, om in een mannenwereld op te groeien. Ik ging sneller lopen. Keek nog eens om. Ze liepen er nog steeds. Ik ging zo dicht mogelijk tegen de etalages aan lopen, voelde me even veilig in het licht. Daarna was ik weer in het donker. Toen ik mij voor de derde keer omdraaide, was er eentje verdwenen. Opgelucht haalde ik adem, dat was een goed teken. Die ene was al thuis! Maar ik ging niet langzamer lopen. Ik dacht aan wat er allemaal kon gebeuren. Nee, ik was niet bang om dood te gaan. En ik bad ook niet tot God. Er konden me ergere dingen overkomen dan doodgaan. Ik dacht er goed over na en wist dat dat nooit mocht gebeuren. Zo denken we soms, en dan gebeurt het toch. Zoals toen ik ziek werd en naar het ziekenhuis moest. Door anderen verzorgd moest worden. Ik liep tegen de steile helling op en dacht aan het ziekenhuis en alles wat er was gebeurd. Een nachtmerrie die deze situatie bijna overschaduwde. Dat hielp. Ik bleef de voetstappen horen. Wat me beangstigde, was dat hij me niet inhaalde. Een jongeman met lange benen, hij had me allang kunnen passeren. Ik kon het dak van mijn huis al zien, ik hoorde mijn hart bonzen, ik had pijn in mijn voeten en zweette in mijn strakke hemdje. Met opzet sloeg ik het hek hard dicht, alsof iemand in het lege huis het moest horen en zou opstaan. Ik had nog maar een paar passen te gaan. De buitentrap had vijf treden, ik bedacht me dat ik mijn sleutel nog niet had gepakt, ik moest in mijn tas zoeken, in het kleine vakje. Ik stond als een levende schietschijf onder de lamp. Maar toen vond ik hem en stak hem in het slot. De deur ging open. Ik had een brok in mijn keel van pure opluchting. De jongeman was op weg naar huis om naar bed te gaan. Kalmeer, Irma! Ik wierp een blik in de donkere keuken. Toen hapte ik luid naar lucht. In het donker lichtte een rood lampje op. Het koffiezetapparaat stond nog aan. De kan was nog halfvol koffie. Ik was van huis gegaan terwijl de koffiemachine aanstond, heel mijn heerlijke huis, alles wat ik heb, had wel kunnen afbranden. Ik trok de stekker eruit. Het stonk als een koffiebranderij. Ik deed het licht aan en pakte de kan van het plaatje. Moest steun zoeken bij het aanrecht. Het werd me allemaal teveel. De schouwburg, het gedrang, de wandeling door de nachtzwarte stad, de vreemde man en de koffiezetter die aanstond, in dit oude huis. Ik richtte me op. Het zou lang duren voor ik weer uitging, daar was ik heilig van overtuigd. Toen ging ik naar de badkamer. Ik stond met mijn rug naar de spiegel toe en liet mijn jurk op de grond zakken. Wrong het strakke hemdje over mijn hoofd. Stak mijn armen in mijn ochtendjas. Die is wit, ja, uit zuivere baldadigheid is mijn ochtendjas wit. Ik blijf toch nooit bij iemand slapen. Ik bleef in de deuropening staan en keek de keuken in. Naar het gestreepte vloerkleed. Een glaasje ter geruststelling was nu wel op zijn plaats. Ik had wijn in de kelder, dus rolde ik het kleed weg om bij het luik te kunnen. Ik pakte de ring vast en tilde het luik op. Toen gebeurde er iets. Ik hoorde een geluid, in de gang. Ik had de deur niet op slot gedaan! Door de ontzetting over het brandende koffiezetapparaat was ik vergeten het haakje op de deur te doen, ik was naar binnen gerend met maar één gedachte: het voorkomen van een ramp. Ik stond stokstijf en geloofde mijn eigen ogen niet. Er kwam een man de keuken binnen, met een mes in zijn hand. Zijn ogen, het enige wat ik onder de klep van zijn blauwe cap kon zien, lichtten vastberaden op. Hij had een doekje voor zijn gezicht en hij keek naar mijn tas die op het aanrecht lag. Daar had ik tweehonderd kronen in. Maar in de kluis in Henry's werkkamer lagen sieraden en zilver en meer contant geld. De eerste seconden bleef alles stil. Hij snoof even, alsof de geur van verbrande koffie hem verbaasde. Hij keek mij aan. Hij wankelde even, het mes trilde. Ik deed een stap naar achteren, maar hij volgde me, duwde me tegen het aanrecht, stak de punt van het mes onder mijn kin en snauwde: 'Je geld. Snel een beetje!'

Mijn knieën begonnen te beven. En toen gebeurde het ongeluk, ik kon het niet tegenhouden. Het stroomde warm langs mijn dijen, maar hij merkte het niet, hij werd in beslag genomen door het mes dat trilde en dat verraadde hoe bang hij was. Net zo bang als ik. Ik wierp een blik in de richting van Henry's werkkamer. Ik wilde de kluis openmaken, maar mijn benen wilden me niet dragen. Hij werd kwaad, dreigde met het mes, gaf me een stomp. Niet hard, maar ik kromp ineen. Hij schreeuwde wollig door het doekje: 'Schiet op, wijf! Snel!'

Ik was maar een wijf. En hij was maar een snotneus, ik hoorde het aan zijn stem. Toen ik nog steeds bleef staan gaf hij me nog een stomp en uiteindelijk wist ik mijn voeten naar de werkkamer te slepen. Ik stond voor de kluis, staarde naar het wiel, probeerde me de code te herinneren. Mijn vingers trilden onbeheerst, ik wist de code niet meer. Ik wilde overgeven, ik wilde wegrennen. Ik wilde hem alles geven wat ik had, er zat toch niet veel in, misschien vijfduizend kronen. Maar ik wist de code niet meer. Hij begon nu echt nerveus te worden, instinctief dacht ik dat ik hem moest kalmeren en ik probeerde hem uit te leggen hoe het met de code zat, dat ik die had opgeschreven. In een theepot, snikte ik, het briefje ligt in een theepot in de keuken! Hij schreeuwde dat hij geen tijd had. Hij greep de kraag van mijn ochtendjas vast. Meteen trok ik die hard dicht, omdat ik bang was, en hij begreep het, dat dat het ergste was. Dat hij mij zou zien zoals ik was. Met één hand trok hij de ceintuur strak, toen tilde hij het mes op en sneed de ceintuur doormidden. De zware witte badstof gleed opzij. Ik bedekte me met mijn handen, maar het was al te laat. Hij keek verbaasd, stapte met een vreemde uitdrukking op zijn gezicht achteruit, geen echte afschuw, maar hij snapte niet wat hij zag. Schudde alleen zijn hoofd. Was vergeten waar hij voor was gekomen. Maar de seconden tikten door en langzaam drong het tot hem door. Hij staarde naar mijn darm. Die steekt door mijn buik naar buiten en eindigt in een zakje. Dat was bijna vol en bovendien gescheurd, de punt van het mes had het kapot gestoken. De inhoud stroomde over mijn onderbroekje. Ik kon niet naar zijn gezicht kijken, ik draaide me om en rende naar de keuken, maar hij kwam snel achter me aan. Bleef met opgeheven mes voor me staan.

'Dat daar... dat zal me een rotzorg zijn! Ik wil geld zien!'

Achter hem, dacht ik – ik voelde het omlaag stromen, het was dun, niet helemaal verteerd, en langzaam begon de stank zich te verspreiden, terwijl ik daar zo precies mee ben – achter hem staat het kelderluik open. Hij zag het niet, hij trippelde ongeduldig, ik zag dat hij op het punt stond in paniek te raken, dacht dat hij me misschien zou neersteken als hij niet snel kreeg wat hij wilde. En toen duwde ik. Hij hapte verbaasd naar adem toen hij achterover de steile trap af viel. Met een donderend lawaai viel hij langs de treden naar beneden. Ik hoorde een akelig, dof geluid toen hij de betonnen vloer raakte. Een zwak gerochel dat een paar seconden aanhield. Toen werd het stil.

*

Zipp stond in het donker te wachten. Hij hoorde binnen wat geluiden, een vrouw die gilde, voetstappen. Hij staarde door het raam naar binnen, maar zag alleen het plafond en een stukje van een schilderij. Er verstreek een eeuwigheid. Waarom kwam Andreas niet terug? Hij keek om zich heen of hij iets zag waar hij op kon staan. In de tuin stond een prieeltje met een paar stoelen erin. Hij sloop erheen, pakte er een op en droeg die naar het raam. Drukte hem stevig in een rozenbed. De doornen staken door zijn broek heen. Hij klom op de stoel en loerde naar binnen. Zag een keukentafel en een gestreept vloerkleed. Verder niets. Geen mens. Alles was stil. Verward stond hij op de stoel te wachten, hij snapte niet waar ze gebleven waren. Was het hele plan in duigen gevallen? Was het ergste gebeurd? Was de politie onderweg? Verdomme nog aan toe! Hij sprong weer op de grond, maar hoorde op datzelfde moment een zacht geluid. Opgelucht draaide hij zich om en staarde naar de hoek van het huis. Er verscheen niemand. Had Andreas hem vernacheld? Had hij de vrouw beroofd en was hij er met de buit vandoor gegaan? Stond hij ergens het geld te tellen, grinnikend en lachend bij de gedachte dat Zipp nog steeds in het donker stond te wachten? Hij stapte weer op de stoel. Stond daar zo lang dat hij pijn in zijn nek kreeg. Plotseling zag hij binnen een vrouw. Ze kwam door een deur, droeg alleen een nachthemd. Ze liet zich op een stoel bij de tafel zakken. Ze zag er ongedeerd uit, dat was tenminste iets. Hij besloot te blijven staan tot ze iets ondernam. Moest ze de politie niet bellen? Of had ze dat al gedaan? Zipp sprong weer van de stoel, rende om het huis heen en bleef een beetje verscholen om de hoek staan. Niemand. Hij rende terug, keek nog eens naar binnen. Ze zat er nog steeds. Hij luisterde of hij in de verte sirenes hoorde, maar hij hoorde niets. Alleen een zwak geruis uit het centrum verderop. Hij was moe en in de war. Door alles wat er op deze onwerkelijke dag was gebeurd. Hij pakte een sigaret, inhaleerde diep en zag in het donker de lange gloeiende punt rood oplichten. Hij moest hoesten, maar wist het te smoren. Hij rookte de hele sigaret op en klom weer op de stoel. Ze zat er verdorie nog steeds, in precies dezelfde houding. De vrouw had natuurlijk een shock, dat begreep hij wel. Maar hij kon hier niet de hele nacht blijven staan. Hij moest ervandoor. In zijn eentje de donkere tuin verlaten. Dat was toch niet mogelijk! Maar de tijd liep door. Hij had lang gewacht. Stilletjes sloop hij door het hek, terwijl hij zijn hoofd brak over de vraag waar Andreas verdomme was.

*

Het gebonk toen hij over de trap naar beneden stuiterde, het akelige geluid toen zijn hoofd de grond raakte, ik kan het niet beschrijven! De dreun verplantte zich als een flinterdunne pijn in mijn lichaam. Nu is hij te pletter gevallen, dacht ik. Dat tengere lichaam op de keiharde vloer. Ik deed het luik dicht. Dan kon hij er tenminste niet meer uit komen en mij nog langer bedreigen. Natuurlijk moest ik iemand bellen, iemand moest mij helpen. Runi misschien, of Ingemar. Nee, bewaar me, niet Ingemar! En zoals ik eruitzag! Ik strompelde naar de badkamer. Verwisselde het zakje. Het was lastig om het goed vast te krijgen, omdat mijn handen zo trilden. Ik bedacht me dat hij het had gezien. Wat niemand ooit mocht zien. Erover horen, ervan weten, ja, desnoods, als het echt niet anders kon. Maar het zien. NEE! Zijn gezicht, vol ongeloof. Misschien had hij niet begrepen wat het was, misschien dacht hij dat ik mismaakt was, een gedrocht. Een rode, glimmende darm op een buik, dat kan lijken op, ja het spijt me, maar het is moeilijk om dit te vertellen. Het lijkt op een penis. En ik ben immers een vrouw.

Ik trok een schoon nachthemd aan. Ging aan de keukentafel zitten. Ik weet niet hoe lang ik daar zat. Ik was ingekapseld, zonder ruimte voor gedachten, niet eens voor wanhoop. Toen hief ik mijn hoofd op. Onwillekeurig gingen mijn ogen naar het raam. Een fractie van een seconde dacht ik een gezicht voor de ruit te zien. Ik bleef kijken, maar het kwam niet meer terug. Ik moet daar een eeuwigheid zo hebben gezeten, voordat ik mezelf eindelijk de vraag stelde: wat moet ik nu doen? Toen dat ten slotte tot mij doordrong, verdween het verlammende gevoel. En met de realiteit kwamen de emoties. Die sloegen mij bijna knockout. Ik herinnerde me zijn ogen. Ze glansden van angst en vastberadenheid. Het was belangrijk voor hem geweest om hier binnen te dringen. Hoe kan geld zo belangrijk zijn? Ik zat een meter van het kelderluik af. Als ik het nu opende, zou ik hem in het licht van de keuken kunnen zien. Ik móést opstaan en kijken. Bij het gat gaan staan en naar beneden kijken. En toen wist ik weer dat ik snel moest bellen. Dat ik alles moest uitleggen. Er was veel te doen. Ik stond moeizaam op. Maakte het luik open. Ik had de moed niet om te kijken.

Maar ik kon niet doen alsof er niets was gebeurd. Als ik naar een andere kamer ging en daar tot de ochtend bleef zitten, zou hij er nog steeds liggen. Ik stond er met mijn rug naartoe en telde, tot tien, tot twintig. Hij kon niet wegkomen, hij was te pletter gevallen. Dertig, veertig. Ik draaide me langzaam om. Waarom schreeuwde hij niet? Ik ging op mijn hurken zitten. Kreeg de onderste trede scherp in beeld, toen die er boven. Het licht viel schuin langs de trap naar beneden. Het eerste wat ik zag waren zijn voeten. Ze lagen op de een na onderste trede. Zijn lichaam was in een onmogelijke houding gedraaid. Zijn ene arm lag opzij, de andere kon ik niet zien, misschien lag hij erop. Zijn voorhoofd was een witte vlek in de duisternis van de kelder, de cap was verdwenen. Iemand die zo lag, kon niet meer in leven zijn. De hoek waarin zijn hoofd lag deed mij het ergste vermoeden. Zolang ik het aankon stond ik daar te kijken. Ik luisterde of ik iets hoorde, maar het was zo stil als in het graf. Ik richtte me weer op. Begreep dat het allerergste was gebeurd. Dat hij dood was.

Die gedachte drong zonder dramatiek tot mij door, als iets groots en rustigs. Wat ik gedaan zou hebben als hij nog had geleefd? Dan had ik een ambulance moeten bellen. En die gedachte, om alles te moeten vertellen, nee, dat was ondenkbaar. Vreemde mensen die Irma's huis binnenstampten? Ik legde het luik weer op zijn plaats. Legde het kleed er weer overheen. Dat was gemakkelijk. Niemand wist dat hij hier was. Ik probeerde na te denken. Het was zaak om een paar belangrijke beslissingen te nemen. Diep ademhalen, in en uit, in en uit. Ik besloot de volgende dag thuis te blijven. Ik bleef bijna nooit weg van mijn werk, niemand zou er iets achter zoeken. Ik zou zeggen dat ik een griepje onder de leden had. En toen werd ik overvallen door het vreemde gevoel dat ik dit al eerder had meegemaakt. Ik begreep het niet. Het zou wel door de angst komen. Maar ik heb altijd gedacht dat er vroeger of later iets verschrikkelijks zou gebeuren. In mijn fantasie, als ik in de rode stoel bij het raam zat te peinzen, was me al van alles overkomen. De nachtmerrie die mij zou treffen. Nu was het zover. Dit was waarop ik had gewacht. Toen dit tot me doordrong, werd ik langzaam kalmer. Het ergst denkbare was dus gebeurd. Met andere woorden, er was iets achter de rug. Het probleem was duidelijk, nu moest het worden opgelost. Het was tijd om te handelen. Ik zei tot mezelf dat ik eerst moest gaan slapen. Ik was verschrikkelijk moe. Later zou ik de sporen uitwissen. Had hij sporen achtergelaten? Ik keek om me heen, liep naar de werkkamer. Waar was het mes? Lag het in de kelder? Ik praatte zacht tegen mezelf. Er ligt een dode man in de kelder. Hij wilde me aanvallen. Het was een ongeluk. Niemand weet dat hij hier is en er komt hier bijna nooit iemand. Er moet een oplossing zijn. Er moet een oplossing zijn! Ik deed alle lichten uit, behalve in de badkamer. Ging naar bed. Trok het dekbed over me heen. Lag met open ogen in het donker te staren. Wilde mijn ogen sluiten, maar kon het niet. De tranen bleven maar stromen.

Zipp klom op een stapel brandhout die achter het huis van Andreas lag. Het licht scheen zwak door het gordijn heen. Het raam was dicht. Hij meende zich te herinneren dat Andreas altijd met het raam open sliep. Nu sta ik alweer ergens te gluren, dacht hij. Het bed was netjes opgemaakt. Hij zag de zwart met wit gestreepte sprei. Die lag strak over het bed. En hij zag het affiche van The Doors. Op het bureau stond een leeg colaflesje. Geen Andreas. Zipp was er van overtuigd geweest dat Andreas in zijn bed lag. Maar hij was er niet. Hij sprong weer op de grond. Hij moest naar huis. Waar moest hij verdomme anders heen? Tot morgen wachten en dan bellen? Zijn bezorgdheid ging over in woede. Toen liep hij weg. Langs de kerk en de graven. Hij liep snel, met zijn handen in zijn zakken. Over straat, verdomd alleen. Hij moest slapen. Als het licht werd, zou er een of andere stomme verklaring komen. Andreas had altijd overal een verklaring voor. Hij ging naar binnen. Rende naar de kelder. Trok zijn nauwe jeans uit. Zijn huid was klam, met strepen langs zijn benen van de dubbele naden. Hij ging op de bank liggen en trok een plaid over zich heen. Lag in het donker te staren. Andreas had alles gedaan. Zelf had hij alleen maar toegekeken. Niemand had hem gezien. Hij voelde eindelijk een heel klein beetje opluchting. Vlak voordat hij door de slaap werd overmand, herinnerde hij zich de stoel. Die stond nog onder haar raam. Wat zou ze denken? Wat hadden ze zelf gedacht? Ze hadden helemaal niet gedacht, ze hadden in een opwelling gehandeld. Plotseling zag hij de baby weer op de keien vallen. Het kleine, tandeloze mondje. De woeste zee, het hoge gekrijs. Wat wij waren, dacht hij, eindigt hiermee.

*

Ik lag een hele tijd te beven alsof ik koorts had. Het ging niet slecht en niet goed met me, ik was niet meer dan een lichaam dat zijn eigen verwarde leven leidde, zonder enige samenhang. Ik droomde dat mijn darm groeide. Dat hij naar buiten kwam, langzaam maar zeker, tot hij over de grond sleepte. Ik moest hem oprollen en in mijn handen dragen, waardoor iedereen hem kon zien. Een enorme kluwen darm. Kijk eens! Toen werd ik wakker. Ik was het gruwelijke in de kelder niet vergeten. Ik had het alleen maar even op een afstandje weten te houden, als een kwaaie hond die niet bij mij kon komen, omdat hij aan de ketting lag. Maar nu gromde hij zacht. Ik opende mijn ogen en staarde naar het gebloemde behang. Hij gromde nog eens, harder nu. Ik lag stijf als een plank, probeerde de vreemde geluiden te interpreteren. Ondertussen wist ik heel goed dat ik niet gek was. Ik ben niet gek. Ik ben heel helder, ik vertel alles precies zoals het was, tot in de kleinste details. Leest u nog?

Het werd weer stil. Misschien waren het de naweeën van een droom. Toen begon hij te huilen. Eerst een langdurig, zwak gekerm, daarna harder. Ik heb nog nooit iemand zo zielig horen janken, het kwam van een wezen in grote nood, een wezen dat verschrikkelijke pijnen leed. Er kwam een waanzinnige gedachte in me op, maar die verdrong ik. Het was niet mogelijk. Zo slecht kon de wereld niet zijn! Het was allemaal al erg genoeg zoals het was. Maar het geluid kwam uit de kelder. Een wollig geroep, alsof hij geen kracht had en het hem de allergrootste moeite kostte om te huilen. Ik richtte me in bed op, trillend van schrik, stak een punt van het kussen in mijn mond. Hij leefde nog! Hij lag beneden in de koude kelder om hulp te roepen! Ik draaide me op mijn buik en drukte het kussen tegen mijn hoofd. Ik kon het niet aanhoren. Dit geschreeuw als van een gewond dier, hij riep mij. Misschien konden anderen het horen. De buren. Mensen die op straat langsliepen. Ze zouden blijven staan luisteren, het adres onthouden. Ze dachten misschien dat ik iemand mishandelde. Ik moest bijna overgeven. Waarom was hij hierheen gekomen? Hield hij zijn mond maar! Uiteindelijk stond ik op, heel voorzichtig. Ik wilde voorkomen dat hij voetstappen boven zijn hoofd hoorde. Hij had duidelijk veel pijn. En hij was nog maar een jongen, stel je voor zo te huilen, ik heb nog nooit iemand zo zielig horen huilen, met zoveel angst. Een jonge jongen. Helemaal alleen beneden in het donker, op de ijskoude vloer.

In de keuken bleef ik staan. Ik maakte het licht boven het aanrecht aan. Ik kon niets doen zonder dat hij me hoorde. Een kraan openen, of de deur van de koelkast. Ik trok voorzichtig een keukenstoel naar me toe en zakte erop neer. Hield een hand tegen mijn buik, voelde de warme inhoud van het zakje door de stof van mijn nachthemd heen. Het was weer stil. Misschien was hij buiten kennis geraakt, of misschien verzamelde hij kracht om nog harder te schreeuwen. Ik weet niet hoe lang ik zo zat. Toen begon hij weer, luider nu. Ik stond ineens op, liep naar het aanrecht en zette de radio die daar stond aan. Nachtradio. Ze speelden muziek. Ik zette hem harder. Zette hem zo hard dat ik het gehuil niet meer kon horen. Ik luisterde verbaasd naar alle hartstocht die de kamer binnenstroomde. *I will always love you. Hold me baby, hold me now.* Ik dook ineen. Ik paste niet in deze wereld, ik was niet geliefd. Hier zat ik, een vrouw van middelbare leeftijd met een zakje ontlasting op haar buik, en nam ruimte in beslag. Ineens moest ik kokhalzen, maar er kwam niets, alleen de smaak van zure port. Het huilen stopte. Zou ik het luik durven openen? Alleen snel even kijken en het dan weer dichtdoen? Ik begon het kleed op te rollen. Het luik werd zichtbaar. Ik luisterde ademloos, hoorde niets. Hij zou wel buiten kennis zijn. Ik kon weer naar bed gaan en het probleem nog een paar uur uitstellen. Ik staarde naar de muur, naar de kalender die september aangaf. Het is herfst, dacht ik. Het wordt nog donkerder en kouder dan nu. Toen haakte ik mijn hand in de ring en trok het luik open. Keek naar het bleke gezicht. De ogen boven het doekje staarden me aan en ik hoorde zo'n hartverscheurend gehuil dat ik bijna viel. Ik hervond mijn evenwicht en liet het luik los, liet het met een knal vallen. Hij was verre van dood. Hij zou nog lang leven, hij had er de kracht voor. Hij wist dat ik hier boven was, dat ik hem kon redden. Ik zette de radio nog harder. Ging terug naar bed. Hoorde de muziek door de open deur. Een man krijste wanhopig, *I lied for you, and that's the truth.* Ik zat rechtop tot het dag werd. Het grijze licht stroomde als vuil water door het raam naar binnen. Terwijl ik zo secuur ben en ik kon er niets tegen doen. Hij huilde niet meer.

*

2 september.

Een grote, goedgeklede vrouw kwam de receptie binnen. Ze bleef staan en keek om zich heen. Toen liep ze met korte, kordate passen naar het glazen hokje. Vanaf de hoofdingang gezien had dat hokje iets lachwekkends. Maar mevrouw Brenningen voelde zich er uitermate prettig. Hier was ze veilig, ze merkte nog geen zuchtje van de mensen die ze hielp. Ze hoefde hen niet aan te raken. Was een soort verkeerslicht. Rood of groen. Meestal rood. De meesten moesten gaan zitten wachten tot er iemand zo goed was om hen op te halen. De vrouw was buiten adem. Mevrouw Brenningen dacht onmiddellijk aan inbraak of diefstal. Er was haar iets afgenomen, daarom was ze zo verontwaardigd. Ze had hectische rode vlekken op haar wangen en haar lippenstift zat in droge kruimels in haar mondhoeken. Mevrouw Brenningen glimlachte vriendelijk door het glas.

'Ik moet iemand van de politie spreken.'

'Waar gaat het over?'

De vrouw reageerde afwijzend. Ze had duidelijk geen zin om een armzalige receptioniste te vertellen wat er aan de hand was. Maar het was nu eenmaal zo dat de taken hier waren verdeeld en het was belangrijk dat ze bij de juiste persoon terecht kwam. En in de allereerste plaats was het belangrijk om uit te vinden of ze hier überhaupt iets te zoeken had. Het bevolkingsbureau was bijvoorbeeld verhuisd naar een pand verderop in de straat.

De vrouw keerde zich in zichzelf. Ze herinnerde zich de benauwende stilte in huis. Hoewel er zo vroeg op de dag nooit veel lawaai was, had ze meteen gevoeld dat er iets ontbrak. Iets heel essentieels. Ze was de deur van zijn kamer genaderd, zijdelings, als een krab. Had de deur opengemaakt en naar binnen gekeken. Hij was er niet. Ontredderd had ze de deur weer dichtgedaan. Was blijven staan, had op haar onderlip gebeten. Op zijn deur hing al jaren hetzelfde affiche. Maar nu zag ze het voor het eerst. *Kneel in front of this brilliant genius.* Ze kwam tot zichzelf omdat de vrouw in het hokje kuchte, maar ze beantwoordde de vraag niet.

Mevrouw Brenningen vertegenwoordigde een overheidsinstantie en wilde geen ruzie maken. Ze belde naar Skarres kantoor en knikte naar de dubbele glazen deur. De vrouw verdween de gang in. Skarre wachtte op haar in de deuropening. Ze nam hem van top tot teen op, duidelijk niet erg verheugd over wat ze zag.

'Neemt u mij niet kwalijk, maar bent u een aspirant of zo?'

'Pardon?'

Hij knipperde met zijn ogen.

'Het gaat om iets ernstigs.'

Dat neem ik aan, aangezien u hierheen komt, dacht Skarre. Hij glimlachte, nadat hij een bijbelpassage die over geduld ging in zijn geheugen had opgeroepen.

'Die noemen we tegenwoordig studenten', zei hij rustig. 'Nee, ik ben bevoegd. Laten we ter zake komen.'

'Mijn zoon wordt vermist.'

Hij bood haar een stoel aan.

'Uw zoon is verdwenen. Hoelang is hij al weg?'

‘Hij is vannacht niet thuisgekomen.’

‘Dus we hebben het over één nacht?’ Hij manoeuvreerde zichzelf op zijn plaats achter het bureau.

‘Ik weet wat u denkt. Dat er geen reden tot bezorgdheid is. Maar daar kunt u in feite niets over zeggen. U kent hem niet.’

Skarre schudde eventjes zijn hoofd. De situatie kwam hem bekend voor. De zoon was eerder weggebleven. Nu wilde ze zich voor eens en voor altijd wreken en het hem flink lastig maken. Het maakte niet uit, hij moest toch zijn werk doen. Hij pakte een standaardformulier, ‘Melding vermist persoon’, en begon te schrijven. Vulde plaats, datum en tijd in, en zijn eigen naam en functie.

‘Volledige naam van de vermiste?’

‘Andreas Nicolai Winther.’

‘Nog een andere roepnaam?’

‘Nee, heeft hij nooit gehad.’

‘Geboortedatum?’

‘4 juni 1980.’

‘Adres?’

‘Hij woont bij mij. Cappelensgate 4.’

‘Goed. Ik moet een beschrijving van hem hebben. Lengte en lichaamsbouw, of hij een bril draagt, dat soort dingen.’

Ze begon haar zoon te beschrijven. Geen baard of bril, geen bijzondere kentekenen, mooi gebit, Oost-Noors dialect, normale psychische gesteldheid. Eén meter vijfentachtig lang, lichtblauwe ogen, ja, op het randje van groen, om precies te zijn, lang, krullend, roodbruin haar. Geen bijzonderheden aan zijn manier van lopen. Skarre schreef. In gedachten vormde hij zich een beeld van de jongen dat waarschijnlijk niet klopte.

‘Gebruikt hij een creditcard?’ vroeg hij toen.

‘Die wilde hij niet hebben.’

‘Is hij wel eens eerder een nacht weggebleven?’

'Dat heeft er toch niets mee te maken?' antwoordde ze onwillig.

'Jawel', zei Skarre. 'Dat heeft er wel mee te maken.'

'Zodat jullie dit onderop de stapel kunnen leggen en het als onbelangrijk kunnen bestempelen?'

'Uw zoon is volwassen', zei Skarre bedachtzaam, terwijl hij deze assertieve vrouw tactvol probeerde te benaderen.

'Och, volwassen', zei ze droog.

'Juridisch gezien wel. En dan moeten we hem ook als zodanig behandelen. Excuses voor deze vragen. Maar u zult begrijpen dat wij dit, aangezien uw zoon volwassen is en vast ook in staat is om voor zichzelf te zorgen, voorlopig niet als zeer dramatisch zullen beschouwen. Als het om een kind ging, zou het iets heel anders zijn. Dat bent u toch wel met mij eens?'

Zijn stem klonk uitermate vriendelijk.

'Hij komt altijd thuis.'

'En dat doet hij nu vast ook. De meesten komen relatief snel weer opdagen. Sommigen zijn vermoeid na een nacht doorzakken op de veerboot naar Denemarken, of na een feestje dat een beetje heftig uitviel. Is het wel eens eerder voorgekomen?' herhaalde hij.

'De boot naar Denemarken?' Ze keek hem gekwetst aan. 'Dat kan hij helemaal niet betalen. Ja, het is wel eens eerder voorgekomen', gaf ze toe. 'Eén keer. Misschien twee. Maar het is geen gewoonte.'

'We lossen het heus wel op. Gezamenlijk', voegde hij eraan toe, als een hoopvol verzoek.

Ze maakte haar handtas open en haalde er een foto uit. Skarre keek ernaar. De jongen was ongewoon knap. Logisch dat zijn moeder bang was. Hou je in, dacht hij.

'Wie heeft die foto genomen?' vroeg hij nieuwsgierig.

'Waarom vraagt u dat?' vroeg ze bits.

'Ik weet niet.' Hij haalde zijn schouders op. 'Ik probeer aardig te zijn. Op mijn eigen onbeholpen manier.'

'Het spijt me', fluisterde ze. 'Ik ben mezelf niet helemaal. Ik ben om acht uur opgestaan om hem te wekken. Hij werkt bij de Cash & Carry. Zijn bed was niet beslapen. Ik heb tot tien uur gewacht en toen heb ik de winkel gebeld, hij werkt op de ijzerwarenafdeling, maar hij was niet komen opdagen. Hij is wel eens vaker niet op zijn werk verschenen. Dat moet ik toegeven.'

'U bent boos op hem?' vroeg Skarre mild. 'Omdat hij zomaar verdwijnt?'

'Natuurlijk ben ik boos!' zei ze.

'Meer boos dan bang?' Hij keek haar met zijn blauwe ogen aan.

'Hij is weg', zei ze zacht. 'Nu heb ik tenminste gedaan wat ik kon.'

'Ik zal een rapportje schrijven. Mag ik de foto houden? We zullen een opsporingsbericht laten uitgaan. In eerste instantie naar het OB.'

'Wat is dat?'

'Het Opsporingsbulletin. Die hebben contact met de centrale recherches van alle Scandinavische landen. We leven in het datatijdperk, weet u. Dat is toch een goed begin?'

'En de tv en de kranten?' probeerde ze.

'Misschien niet in eerste instantie. Daar beslissen anderen over. U moet begrijpen,' zei hij glimlachend, 'dat ik maar een simpele agent ben.'

Hij rolde zijn overhemdmouwen op. Ze moest niet denken dat ze hier uit hun neus zaten te eten. Ze moest eens weten, dacht Skarre.

'Wat voor kleren droeg hij?'

'Een katoenen broek. Licht. Een T-shirt met daaroverheen een licht shirt, waarschijnlijk geel. Ik heb hem niet gezien toen hij wegging, hij riep vanuit de gang, maar het gele shirt ligt niet in de kast. En zwarte schoenen. Hij is knap', voegde ze eraan toe.

'Ja', glimlachte Skarre. 'En zijn vader? Wat zegt die ervan?'

'Die weet het niet.'

'Is hij misschien op reis?'

'Hij is verhuisd', zei ze zacht.

'Moet hij niet op de hoogte worden gesteld?'

'Maar niet door mij.'

Ze sloeg een beetje dicht. Skarre keek haar onderzoekend aan.

'Het zou prettig zijn als we kunnen samenwerken. Kan hij eventueel bij zijn vader zijn?'

'Onmogelijk!' zei ze heftig.

'Heeft u dat al gecheckt?'

'Nee.'

'Heeft u zijn vrienden gebeld?'

'Hij heeft er maar eentje. Ze waren gisteren samen. Ik heb gebeld, maar er werd niet opgenomen. Ik zal het nog eens proberen.'

'Misschien is hij daar?'

'Nee. Ik ken zijn moeder. Zij zou hem naar huis hebben gestuurd.'

'Dus dat betekent dat ze allebei verdwenen kunnen zijn?'

'Dat weet ik niet. Ik heb mijn handen vol aan die ene.'

'Ik moet zijn vaders naam weten', zei Skarre. 'En die van die vriend. En het telefoonnummer. Als u het moeilijk vindt om zijn vader op te bellen, kunnen wij dat voor u doen.'

Ze dacht even na, probeerde de consequenties tot zich te laten doordringen. Een confrontatie die ze misschien lang gevreesd had. In een modderpoel duiken die eindelijk tot rust was gekomen.

'Wat gaan jullie nu doen?' vroeg ze.

'Ik heb uw melding genoteerd. We nemen contact op als we iets weten. Ik stel voor dat u thuis blijft voor het geval hij opbelt.'

'Ik kan niet thuis gaan zitten wachten. Ik hou het daar niet uit.'

'Heeft u werk?'

'Ik heb een parttime baan. Vandaag ben ik vrij.'

'Probeer niet boos te zijn. Daar zit hij misschien niet op te wachten, als hij opduikt.'

'Wat bedoelt u nu? U maakte zich toch geen zorgen? U zei toch dat hij een boemelreisje naar Denemarken maakt?'

'Nee', zei Skarre vermoeid. 'Dat zeg ik niet. Laten we rustig afwachten. Misschien zit hij al op u te wachten.'

Hij herinnerde zichzelf eraan dat dit toch was wat hij wilde en waar hij altijd van gedroomd had. Mensen van dienst zijn.

'Heeft u familie met wie u kunt praten? Die u kunnen steunen?'

Mevrouw Winther wreef in haar oog. Hij hoorde een zacht klikje toen de arme oogbol heen en weer werd gedrukt in haar ooghoIte.

'Ik heb een taxi nodig. Kunt u die voor me bellen?'

Skarre stopte de melding in een plastic mapje, belde de centrale en vroeg hen een taxi te bestellen.

'Belt u ons alstublieft op wanneer hij thuiskomt. Niet vergeten.'

Hij beklemtoonde het woord wanneer. En toen vertrok mevrouw Winther. Ze schreed plechtig door de deur naar buiten, met een gekwelde uitdrukking op haar gezicht, alsof ze zojuist een vervelende taak had volbracht, zonder een beloning te krijgen. Skarre bleef naar de foto zitten staren. Andreas Winther, dacht hij, geef het maar toe. Je ligt ergens met een enorme kater onder de wol. Naast een meisje van wie je de naam niet meer weet. Ik neem aan dat ze leuk is, dat was ze gisteren tenminste. Je probeert met het beetje energie dat je nog hebt een excuus te bedenken om op je werk te vertellen. Migraine. Een beetje koorts. Met dat charmante gezicht van je weet je je chef vast om je vinger te winden. Of dat nu een man of een vrouw is.

Plotseling stond Konrad Sejer in de deuropening. Het viel Skarre iedere keer weer op hoe lang hij was. Zo duidelijk aanwezig. Nu liet hij zich in de vrije stoel zakken, met een gezicht alsof hij die eigenhandig had getimmerd. Meteen bukte hij zich om zijn sokken op te trekken. Die hadden slappe boorden. 'Nog iets spannends?'

Hij zag de foto. Pakte hem op en bestudeerde hem diepgaand.

'Waarschijnlijk niet. Maar hij is wel knap. Sinds gisteren vermist. Andreas Winther. Woont bij zijn moeder.'

'Een zeer charmante jongeman, zo te zien. Check of hij de laatste tijd de aandacht heeft getrokken in de stad.'

'Het is goed dat mevrouw Winther je niet kan horen.'

'Hij zal wel aan de zwier zijn. Er zit iets in, dat met jongemannen en moeders pappot.'

Sejer was maar matig geïnteresseerd. Er waren te veel van dit soort gevallen, maar in de eerste plaats waren er een heleboel andere ernstige zaken die hem bezighielden. Robert, bijvoorbeeld. Die schuld wilde bekennen voor de moord op Anita. Tot grote wanhoop van zijn raadsman. Het zal wel loslopen, dacht hij. Maak dat je thuiskomt, Andreas.

De nieuwe dag drong zich op. Ik bleef tot negen uur liggen. Sleepte me van het bed naar de keuken. Mijn schuifelende voetstappen stoorden me. Klonk ik werkelijk zo? Was het echt waar? Ik staarde naar de kleine oneffenheid onder het kleed, de ijzeren ring. Er ligt een dode man in je kelder te schreeuwen, Irma. Het is een echte nachtmerrie en hij gaat niet over! Ik liep naar de telefoon. Stond een tijdlang met de hoorn in mijn hand. Uiteindelijk draaide ik het nummer van mijn werk. Het verbaasde me dat ik het nog wist. Dat mijn hersenen niet waren overspoeld door dit afschuwelijke in de kelder, dat ze toch nog werkten. Ik kon oproepen wat ik nodig had, wanneer ik het nodig had. Wat dat betreft zijn mensen vreemde wezens. Maar ik móést bellen. Ik moest hoe dan ook verhinderen dat er iemand aan de deur kwam. Onwillekeurig snufte ik even bij die gedachte. Als ik nu doodging, zou ik hier dagenlang kunnen liggen, tot de buren de stank vernamen. Ik kreeg Merete aan de lijn.

'Goh, Irma, ben je ziek? Ja, sorry dat ik het zeg, maar jij bent nooit ziek! Natuurlijk, ik hou ze wel in de gaten. Ziek maar lekker uit.'

Ze was duidelijk verheugd. Ze zijn allemaal jonger dan ik, ik ben een soort demper. Nu konden ze lekker hun gang gaan en naar hartelust over de klanten roddelen. En over mij, natuurlijk. Ze vond het helemaal niet erg. Zoals gewoonlijk had ik weer eens gelijk gehad, dat is altijd al zo geweest. In gedachten zag ik Merete voor me, in het kleine kantoortje achter de balie. Met een blik naar de winkel, naar Linda, die met de kunstnagels. Samenzweerderig glimlachend. Nee, ik werd er niet neerslachtig van, het is altijd al zo geweest.

'Dank je', fluisterde ik. Mijn stem bracht bijna geen geluid voort.

'Ben je al bij de dokter geweest?' vroeg ze snel. Blij dat ze zo alert was, midden in de vreugde.

'Die ga ik nu bellen. Maar het kan best eens een paar dagen gaan duren.'

'Denk maar niet aan ons. Wij houden de zaak wel draaiende.'

Ja, dacht ik, ik heb nooit gemeend dat ik onmisbaar ben. Ik dacht: dit is de laatste keer dat ik Meretes stem hoor. Een hoge stem, kwetterend. Nu kunnen ze op de tafel dansen. Ik kom nooit meer terug.

'Beterschap', zei Merete snel. En toen was ze weg. Ze dartelde door het leven, zonder enig vermoeden van de diepe afgronden. Heel even had ik medelijden met haar, met al die jongelui, die zo weinig weten.

Ik bleef een poosje staan luisteren. Het was stil in de kelder. Nu is hij dood, dacht ik. Hij heeft de nacht niet overleefd. Want dan zou hij nu geschreeuwd hebben, hij zou mijn stem hebben gehoord en om hulp hebben geroepen.

En toen schreeuwde hij.

Van schrik trok ik het telefoontoestel op de grond. Hij moet het op de grond hebben horen vallen. De nachtmerrie was absoluut nog niet voorbij, hij lag daar nog steeds te roepen. Ik moest om hulp bellen!

Ik trok een vest aan en staarde naar het gestreepte kleed. Een ambulance bellen. Waarom had ik niet eerder gebeld? Hoelang lag hij daar nu? Sinds middernacht ongeveer? Sinds middernacht? Echt waar? En waarom? *Omdat ik dacht dat hij dood was.* Wat was dat nu voor antwoord? Ik liet me op een stoel zakken. Het enige wat ik zag, was het gebloemde tafelkleed, dezelfde bloemetjes als altijd, ik had het zelf geborduurd, alle steekjes. Ik heb een jaar aan dat tafelkleed gewerkt, het is mijn grote trots. Neemt u mij niet kwalijk, ik draaf een beetje door, maar het is een mooi kleed, dat vind ik echt. Een kopje koffie misschien? Ik staarde naar het koffiezetapparaat. Een kopje koffie kon geen kwaad. Ik stond op en draaide de kraan open. Hij schreeuwde weer, nu iets zachter. Ik zette de radio aan. Wat zou hij denken, nu hij de muziek hoorde? Waarschijnlijk dat ik gek was. Maar ik was niet gek, dat beangstigde me zo. Ik had zelfs het gevoel dat ik heel rationeel was. Ergens in mijn hersenen was nog steeds een ruimte open en glashelder.

Het was koud in de kelder. Zou ik naar beneden sluipen en een plaid over hem heen leggen? Ik hoefde niet naar hem te kijken, alleen maar de plaid over hem heen leggen en snel weer naar boven gaan. Ik had tijd nodig. Hij zou heus wel gevonden worden. Daar zou ik wel voor zorgen, maar eerst moest ik iets voor mezelf regelen. Er was te veel uit te leggen. Het idee was onmogelijk, wat zouden ze denken? Ingemar. De mensen op het werk. Als het in de krant kwam. Ik keek naar buiten. Door het raam zag ik de tuin. Het prieeltje en de bovenkant van de heg. Ik zag het dak van de buren. Vanaf de bovenverdieping konden ze mijn keukenraam zien. Ik deed het gordijn dicht. Maar bedacht me en trok het weer open. Op dit tijdstip van de dag had ik nooit de gordijnen dicht, alles wat als abnormaal kon worden opgevat moest vermeden worden. Ik haalde de plaid van de rode stoel. Een wollen plaid met franjes, bijna te warm. Als ik na het eten een dutje deed, schopte ik hem altijd van me af. Ik stond ermee in mijn handen. Wat zou hij denken? Zou hij nog harder gaan schreeuwen? Kon je het op straat horen? Ik begon het vloerkleed op te rollen. De ring was groot, mijn hele hand paste erin. Ik luisterde weer. Alles was stil, alsof hij ook luisterde. Langzaam trok ik het luik open. Ik wist dat het licht nu op zijn gezicht zou vallen. Zo bleef ik met kloppend hart staan. Toen hoorde ik wat zacht gekreun. Misschien dacht hij dat zijn redding eraan kwam. En hij kon mij immers niets doen, hij had een ware doodsmak gemaakt. Ik kon maar niet begrijpen dat dit gebeurde, in mijn eigen huis. Toen zette ik een voet op de bovenste trede. Het was een eenvoudige opgave, de trap aflopen, in totaal negen treden, de plaid over hem heen leggen, me omdraaien en weer naar boven gaan. Een goede daad. Vanuit mijn ooghoek zag ik zijn witte gezicht. Of, het stukje dat boven het doekje was te zien. Waarom had hij het niet weggehaald? Kon hij zijn armen niet bewegen? Ik bleef de hele tijd naar mijn voeten kijken, dat deed ik altijd, ik was bang om te vallen, iets te breken en in het ziekenhuis te belanden. Toen ik nog twee treden had te gaan, moest ik een sprongetje maken. Zijn benen versperden de laatste treden. Ik vouwde de plaid open, een beetje onhandig, omdat ik nerveus was. En toen dekte ik hem toe. Tot geen prijs moest ik hem in de ogen kijken, ik zou emotioneel kunnen worden. Maar ik voelde zijn blik, wist dat hij naar mij keek. Hij maakte een paar gorgelende geluiden. Ik staarde naar de vloer rechts van zijn hoofd. Een plas bloed die was gestold. Ik draaide me om en begon weer naar boven te lopen. Hij schreeuwde weer. Hij riep om water. Hij had al een hele tijd niets meer gedronken. Ik kon hem niet van dorst laten omkomen. Ik moest naar boven om water te halen en dan weer naar beneden. Het ergste wat je kan overkomen, dacht ik, langzaam van de dorst omkomen. Kon hij uit een glas drinken? Of water uit een nat handdoekje zuigen? Ineens werd ik duizelig. Plotseling, zonder waarschuwing, drong er iets tot mij door, het greep me erg aan. Langzaam liep ik de trap op, daaraan denkend. Ik bezat helemaal niets. Niemand werd blij als ze Irma Funder zagen. Maar het leven van deze jongeman lag in mijn handen.

Zipp sprong uit bed. Hij had in de kelder geslapen. Toen herinnerde hij zich alles. Het was elf uur, de krant was er. Andreas was waarschijnlijk op zijn werk. Wat er vannacht ook was gebeurd, nu was Andreas op zijn werk. Hij liep met dat scheve glimlachje van hem op de ijzerwarenafdeling rond. En hij was homo, het was niet te geloven. Wat heb ik? dacht Zipp bezorgd. Wat is er met de signalen die ik uitzend, dat hij zich bijna aan me vergreep? Is het de strakke spijkerbroek waar hij altijd om moet lachen? Had hij bij andere homo's ook interesse gewekt, zonder dat hij er erg in had gehad? Hij balde zijn vuisten. Hij had zweethanden. Wat moest hij zeggen als hij hem weer zag? Konden ze net als vroeger over seks praten en gein maken? Vergeten wat er was gebeurd, ja desnoods, maar altijd doen alsof er niets aan de hand was, kon dat? Als ze samen in de kroeg zaten, zou Andreas dan naar de jongens kijken? Had hij dat altijd gedaan? Waar was hij verdomme? Hij staarde naar *Blade Runner* op het tafeltje. Hoorde op datzelfde moment voetstappen op de trap. Zijn moeder stak haar hoofd om de deur.

'Het is laat geworden, begrijp ik?'

Ze zei het met een glimlach. Ze hield niet zo bij wat hij allemaal deed, als hij maar gezond was en 's avonds thuiskwam. Ze had graag iemand in huis. De meeste jongeren van deze leeftijd gingen het huis uit, zij deed alles om hem bij zich te houden. En zolang hij geen werk had, kon hij nergens heen.

'Waarom slaap je niet?' vroeg hij nukkig.

'Een rustige nachtdienst', zei ze tevreden. 'Ik heb tussen twee en vijf een beetje gedoezeld.'

Ze zette haar handen in haar zij. 'De telefoon ging. Ik was te laat om hem op te nemen.'

Andreas!

'Ik moet naar het arbeidsbureau', zei Zipp, terwijl hij opstond.

Ze zette grote ogen op. Zou hij eindelijk proberen een baan te vinden?

'Ik zal een paar boterhammen smeren. Je eet toch eerst nog wat?'

'Heb je de krant al opgehaald?' vroeg hij. Hij keek naar de vloer terwijl hij zijn broek aantrok.

'Natuurlijk. Ik heb hem zelfs al uit. Weet je hoe laat het is?'

Aangezien hij zich nooit meteen op de krant stortte om de vacatures te bekijken moest hij zich inhouden. Hij legde de krant naast zijn bord en bekeek de voorpagina. Niets. Hij zette zijn tanden in een boterham met pindakaas, kauwde en bladerde. Niets uitzonderlijks.

'De vacatures staan in deel drie', lichtte zijn moeder in, ze sloeg hem vanaf het aanrecht gade. Ze had komende nacht weer dienst en was dus de hele dag vrij. Dat kwam hem slecht uit. Hij vond het niet prettig dat ze er was. Ze had een scherpe blik, zoals alle moeders, vlijmscherp.

'Dat weet ik', mompelde hij en hij bladerde verder.

'Je zoekt iets', constateerde ze. 'Wat zoek je?'

'Een of andere ramp', antwoordde hij, zijn schouders ophalend.

'Waarom?'

'Een beetje leven in de brouwerij, denk ik.'

Hij werkte de eerste boterham weg, terwijl hij bladzijde na bladzijde doorkeek. Hij las alleen de vetgedrukte tekst.

'Je leest alleen de koppen', was haar commentaar.

'Yep', zei hij. 'Als ik de koppen lees, ben ik aardig op de hoogte.'

Ze schudde afkeurend haar hoofd en liet het afwasteiltje vollopen. Zipp heeft zijn hele leven nog nooit afgewassen, dacht ze. Dat is misschien een slechte zaak. Zou het anders zijn geweest als ze een dochter had gekregen? Makkelijker misschien? Een hulpje in huis? Ze wist het niet zeker. Vriendinnen die dochters hadden klaagden altijd dat alles zo moeilijk was. Dat ze zoveel moesten uitleggen. Seks. Menstruatie. Ze rilde. Nee, dan kon je beter een zoon hebben. Ook al was hij werkloos. Hij was vrolijk en zag er goed uit. Het kwam wel goed met hem, daar was ze van overtuigd. Veel jongeren waren werkloos en opleidingen hadden een zware selectie. Maar hij was duur in het onderhoud. Had constant van alles nodig.

'Ik bel Andreas even.'

Hij zei het hardop. Het klonk heel normaal en dus zou Andreas gewoon opnemen. Hij stond op en liep naar de kamer, draaide het o zo bekende nummer. Zijn moeder staarde hem na.

Hij kneep hard in de hoorn. Nee, hij was vandaag niet gekomen. Had ook niet gebeld. Had hij het niet gehoord? Zijn moeder maakte zich zorgen. Was zelfs al naar de politie geweest.

'De politie?'

'Om te melden dat hij vermist wordt. Hij is vannacht niet thuisgekomen.'

'Wordt hij vermist?' vroeg Zipp. Hij voelde dat zijn moeder meeluisterde, een vibratie vanuit de keuken waarop hij hulpeloos meetrilde.

'Heb jij hem gisteren gezien?'

De vraag kwam onverwacht. Wie kon weten dat ze inderdaad samen waren geweest? Ze zouden heus wel gezien zijn. En dan wat ze allemaal hadden uitgespookt! Hij kon maar het beste zo dicht mogelijk bij de waarheid blijven.

'Ja, we zijn gisteren samen op stap geweest. Naar Headline. Daarna hebben we nog een video gekeken.'

'Vreemd hoor. Hij zal wel weer opduiken.'

'Ja, dat zal wel. Ik ken Andreas. Hij doet wat hij wil.'

Hij probeerde te lachen, maar hij bracht alleen wat gepiep voort.

'Wat is er?' Zijn moeder kwam de kamer binnen.

'Andreas', zei hij, terwijl hij de hoorn neerlegde. 'Hij is vandaag niet op zijn werk verschenen.'

'O? Waarom niet?'

Ze keek hem indringend aan. Ze vermoedde dat er iets aan de hand was, merkte ieder detail op. Dat zijn ogen onrustig heen en weer schoten en dat hij snel even zijn hand door zijn stugge haar haalde. Hij schudde zijn hoofd.

'Dat weet ík toch niet. Alles was gewoon', voegde hij er plotseling aan toe.

'Hoezo gewoon?' Haar ogen versmalden.

'Nou, gisteravond, bedoel ik.'

'Waarom zou het niet gewoon zijn geweest?'

Het werd stil. Hij zocht naar woorden, maar vond er geen. Wilde teruggaan naar de keuken, maar bleef staan omdat de telefoon overging. Zijn moeder maakte geen aanstalten om op te nemen. Hij haalde onverschillig zijn schouders op en pakte de hoorn op.

'Hallo? Zipp? Met de moeder van Andreas.'

'Eh, ja', hij schraapte zijn keel, terwijl hij zo hard nadacht dat het knarste, aan wat er allemaal was gebeurd en wat hij kon zeggen, of beter gezegd: wat hij níét kon zeggen.

'Andreas is vannacht niet thuisgekomen. Toen ik vanochtend om acht uur naar zijn kamer ging om hem wakker te maken, was hij er niet! Zijn jullie gisteren de stad in geweest?'

'Ja', zei hij, met een blik over zijn schouder. Ineens begreep hij dat het antwoord dat hij nu gaf belangrijk was. Belangrijk voor alles wat hierna kon gebeuren, na wat ze allemaal hadden gedaan. De baby in de blauwe kinderwagen, de oude vrouw in het witte huis. Er was iets goed mis, maar hij snapte niet wat het was. Hij snapte de vrouw niet, die bij de tafel had gezeten, slechts in haar nachthemd, die daar maar wat had gezeten. En Andreas, die niet meer naar buiten was gekomen.

'Jullie waren samen. Waar waren jullie?' Haar stem klonk plotseling scherp.

'Hier. Bij mij.'

De video lag beneden op het tafeltje. Hij vertelde toch gewoon de waarheid, of niet soms?

'We zijn eerst naar de kroeg geweest. Daarna hebben we hier nog een video gekeken. *Blade Runner*', legde hij uit.

'Hè?' Haar stem klonk onzeker. 'Hij is vannacht niet thuisgekomen!' herhaalde ze. 'Weet jij waar hij is?'

'Nee', zei hij, helder en duidelijk, omdat het waar was en omdat het een opluchting was de waarheid te kunnen zeggen. 'Nee, ik heb geen idee waar hij is. Ik heb hem op zijn werk gebeld. Daar zeiden ze dat hij er niet was.'

'Dus dat wist je al? Ik ben bij de politie geweest', zei ze kordaat. 'Hij moet onderhand maar eens leren zijn verantwoordelijkheid te dragen. Hij is tenslotte volwassen. En anders zou hij het snel moeten worden. Maar vannacht... wanneer heb je hem voor het laatst gezien? Waar waren jullie toen?'

Hij dacht snel na. 'We hebben nog wat door de stad gelopen. Naar het marktplein en zo.'

'Ja. En toen?'

'Verder niets. We hebben een beetje rondgezworven. We zijn rond middernacht uit elkaar gegaan', voegde hij eraan toe.

Rond middernacht. Dat klonk geloofwaardig. Rond middernacht, toen hadden ze die vrouw in de smiezen gekregen. In de buurt van de opticien.

'En wáár zijn jullie uit elkaar gegaan?'

'Waar?' Moest ze verdomme alles weten?

'Tja, waar? In de Thornegate, geloof ik.'

Hij flapte het er zomaar uit. Waarom zei hij dat? Omdat Andreas hem daar had gevraagd om in dekking te gaan en in het donker door de tuinen te sluipen, terwijl hij zelf achter dat mens aanliep?

'De Thornegate? Wat moesten jullie dáár nou?'

'Niets bijzonders', zei hij, hij voelde een toenemende irritatie. Over moeders, die alles moesten weten, die vonden dat ze een soort recht hadden om maar door te vragen.

'Maar... de Thornegate... zijn jullie dan niet samen naar huis gegaan? Waar ging hij heen?'

'Dat weet ik niet. We zwierven gewoon een beetje rond', herhaalde hij.

'Is er iets gebeurd?' Haar stem klonk nu angstig. 'Waren jullie dronken, Zipp?'

'Nee, nee! Nee, we waren niet dronken.'

'Kwam hij iemand tegen?'

'Niet dat ik weet.'

Hij wilde ophangen. Van dit gezeur af zijn. 'Laat hij me bellen als hij thuiskomt', zei hij. 'Zeg maar dat hem een flinke beurt te wachten staat.'

Op het moment dat hij dat zei, dacht hij aan de andere betekenis van het woord 'beurt', die ze gebruikten als ze het over meisjes hadden. Wat Andreas hem had willen geven bij de kerk. Hij wilde het woord terugnemen, maar hij had het al gezegd. Van nu af wordt alles moeilijk, dacht hij.

Ze hing eindelijk op. Zijn moeder stond met de afwasborstel in haar hand, water en zeepsop druppelden op de vloer.

'En?'

'Mevrouw Winther', zei hij kort. 'Ze heeft Andreas als vermist opgegeven.'

'O?'

'Het zal wel een soort wraakactie zijn. Hij is tenslotte volwassen.'

'Maar Andreas is wel een beetje apart', zei ze. Ze keek hem met een ondoorgrondelijke blik aan.

'Wat bedoel je?'

'Gewoon, dat hij een beetje eigenaardig is. Hij zal wel weer een of ander raar idee hebben gehad.'

'Wat weet jíj daar nou van!'

Deze plotselinge uitval verraste hem. En zijn moeder ook. Ze ging terug naar de keuken. Hij greep de krant, rende de trap af en naar de kelder en begon weer van voren af aan. Stukje voor stukje, bladzijde voor bladzijde, de krant was dik, hij had er veel werk aan. Er stond niets over een vrouw met een kinderwagen. En ook niets over de oude vrouw. Maar hoe zou dat ook mogelijk zijn geweest? Het was allemaal na sluitingstijd van de kopij gebeurd.

*

'Dit moet geen gewoonte worden', zei Sejer. Ze zaten ieder met een glas bier in het Wapen van de Koning. Midden in de week.

'Nee, dat zou verschrikkelijk zijn, Konrad', zei Skarre grijnzend.

Ze hadden het niet over hasj gehad. Sejer had overwogen er iets over te zeggen, maar hij liet het rusten. Als Jacob vragen had, moest hij daar zelf maar mee komen. De tijd ging door. En het zou immers nooit meer gebeuren.

'Heb je er wel eens aan gedacht,' zei Sejer, halverwege zijn tweede glas, 'dat als het nieuwe politiebureau in Grønland wordt gebouwd en niemand geld wil voorschieten voor de verbetering van het wegennet, dat we dan het risico lopen dat we, iedere keer als we moeten uitrukken, voor de spoorbomen moeten wachten?'

'Dat wordt een feestelijke boel', gaf Skarre toe. Hij trok een krul uit zijn nek naar voren en draaide die om zijn vingers.

'Je haar is lang', zei Sejer.

'Ja. Als je het nog een paar weken uithoudt, denk ik dat het lang genoeg is voor een staart.'

'Een paardenstaart?' Sejer fronste zijn voorhoofd.

'Ik zal je vertellen,' zei Skarre indringend, 'dat mijn haar veel minder lijkt als ik mijn krullen in een staart doe.'

'Een staart. Bij je uniform?'

'Ik heb het reglement erop nageslagen. "Haren en baard moeten goed verzorgd worden en binnen acceptabele normen worden gehouden. De haardracht mag het correct dragen van hoofddeksel of andere onderdelen van het uniform niet hinderen. Lang haar moet worden opgestoken of in een paardenstaart of vlecht worden gedragen. Haarbanden en strikken zijn niet toegestaan"', eindigde hij.

'Goh, je kent het uit je hoofd! We hebben het over neutraliteit, Jacob.'

'Jan en alleman draagt een paardenstaart', benadrukte Skarre.

'Wat wordt het volgende? Een ring in je oor?'

'Een knopje, Konrad. Dat haal ik eruit voor ik naar mijn werk ga. Maar dat hoeft niet: "Oorknopjes met een kleine diameter die direct tegen het oor aan worden gedragen, zijn toegestaan".'

'Nou ja, goed... je bent ook geen surveillant. Maar als we dat nieuwe politiebureau niet snel krijgen,' ging Sejer verder, 'loopt onze samenwerking met het OM spaak. Zoals het nu gaat, functioneert het niet, nu ze tweehonderd meter verderop in de straat zitten. We moeten in hetzelfde gebouw werken!'

Skarre pakte het flesje Irish Stout op en schonk zijn glas vol. 'Als ik er wat gel in doe, ziet het er korter uit. Maar ik zal je vertellen dat Gøran langer haar heeft dan ik. Dat van hem is alleen veel dunner.'

'Maar staat dat je dan, Jacob? Als je haar tegen je hoofd is geplakt?'

'Dat weet ik niet. Maar met deze krullen word ik niet serieus genomen. Mevrouw Winther vroeg zich af of ik een aspirant of zo was.' Hij nam een slok van het donkere bier. 'Hoe gaat het met Robert?' vroeg hij toen.

Sejer zuchtte. 'Naar omstandigheden goed. Dat is een cliché, maar volgens mij dekt het wel de lading.'

'Die jongelui die bij hem waren. Hadden die hem niet kunnen tegenhouden?'

Sejer trok met zijn vinger een streep in de condens op het glas.

'Misschien dachten ze dat hij hen alleen maar een beetje bang wilde maken. De ander zijn gezicht wilde laten verliezen. Had hij daar maar genoegen mee genomen.'

'Maar ze hadden toch wel iets kunnen doen? Een straalbezopen jongen met een geladen geweer en dan staan ze maar een beetje toe te kijken?'

'Niet alles is te voorkomen', wierp Sejer tegen.

Skarre vond het geen prettige gedachte dat de mens in zo'n hoge mate aan het moment en aan zijn primitieve driften was overgeleverd.

'Dat had dan iets heel verrassends moeten zijn', meende Sejer. 'Heftig genoeg om hem weer tot bezinning te brengen. Maar het ging waarschijnlijk te snel. Of ze hadden niet voldoende psychologisch inzicht.'

Sejer voelde iets zijn bewustzijn binnendringen. Hij had zin in een shagje. Maar hij rookte er maar één per dag, 's avonds, voordat hij naar bed ging. Als hij er nu een opstak, zat hij meteen aan zijn taks. Twee sigaretten roken was ongehoord.

'Hij had besloten te schieten. Hij moest zich ontladen.'

Ik zou nu een halve kunnen roken, dacht hij. En mezelf voordat ik naar bed ga op nog een peuk trakteren. Maar dan zou hij zichzelf voor de gek houden.

'Maar het is toch verdomme... sorry,' Skarre wierp snel een blik omhoog, 'het is toch niet te geloven dat ze zomaar stonden toe te kijken.'

'Niets is zo moeilijk als er tussen springen. Dat doet bijna niemand.'

'Misschien drinkt hij voortaan wat minder', zei Skarre peinzend.

'Misschien drinkt hij juist wel meer', zei Sejer.

Skarre boog vroom zijn hoofd en vouwde zijn handen. 'Stel dat Anita, toen hij het geweer ophief en richtte, met heldere stem het prachtige lied *Onward Christian Soldiers* had ingezet?'

Sejer begon onbedaarlijk te lachen. Een lage, bulderende lach die de hele zaak vulde.

'Een fantastisch voorstel', grinnikte hij. 'In ieder geval verrassend. Ja, dan zou hij wel even uit het veld geslagen zijn geweest.'

'We hebben het over de kracht van het Woord', zei Skarre. 'Dat drong zeker nog niet tot je door?'

'Nee.'

'Iedereen zweeft tegenwoordig maar wat. Niemand staat nog met beide benen op de grond', zei Skarre dramatisch.

'Mag ik je wat vragen?' vroeg Sejer nieuwsgierig. 'Denk jij dat het zeker is dat je in de hemel komt?'

'Ach, zeker... Als de meningen boven verdeeld zijn, zal ik mijn strijd met de engelen opnemen.' Hij nam een slok uit het flesje.

'Mevrouw Winther heeft vanmiddag twee keer gebeld', zei hij met een zucht. 'Ik hoop maar dat hij weer opduikt. Anders hebben we daar nog een flinke dobber aan.'

'Mevrouw Winther?'

'De moeder van Andreas. De jongen die sinds gisteren wordt vermist.'

'Dat is je werk', zei Sejer droog.

'Ai ai. *Ten-four.* Ik weet wat mijn werk is.' Skarre salueerde. '"Zoeken, Zekerstellen, Samenbrengen van Sporen die de Zekere Samenhang van de Zaak Zichtbaar maken, Zowel de Schuld als de Schuldeloosheid van de Verdachte."'

'Wordt dat rijmpje nog altijd opgezegd op de politieschool? Ze komt tenminste om hulp vragen. Mensen zijn merkwaardig', ging Sejer verder. 'Ze zijn getuige van de meest vreselijke dingen, maar je moet niet denken dat ze meteen naar ons toe rennen om het te rapporteren. Natuurlijk weet iemand waar hij is.'

'Waarom ben je daar zo zeker van?' wilde Skarre weten.

'Zoals mijn moeder altijd zei toen ze nog kon praten: ik weet het gewoon. Sommige mensen die getuige zijn van een moord, blijven altijd zwijgen. Ze hebben een of andere reden om hun mond te houden. En dat hoeft niet eens een goede reden te zijn.'

'Ik vraag me af wat hij uitvreet.'

'Houdt hij je bezig? We hebben genoeg andere dingen aan ons hoofd.'

Skarre stak zijn getuite lippen in het donkere bier. 'Maar het is een knappe vent.'

'Wat bedoel je?'

'Er zijn genoeg mensen die graag hun klauwen in hem zouden zetten.'

'Is dat wat je invalt als je probeert te bedenken wat er gebeurd kan zijn?'

'Hij heeft iets weg van een engel. Als het nog lang duurt voor hij opduikt, krijgt hij in ieder geval aandacht. Als je het uiterlijk van een reptiel hebt, kan het niemand iets verdommen. Ik bedoel schelen. Dat is een natuurwet. Mooie mensen daarentegen... Kijk maar naar de vrouw die daar aankomt. Iedereen draait zich om.'

Sara wuifde vanaf de andere kant van de zaak, haalde haar vingers door haar haren en zette koers naar hun tafeltje. Ze schonk geen aandacht aan Sejers gêne, maar bukte zich en kuste hem op zijn voorhoofd. Skarre straalde geestdriftig.

'Kollberg staat aan het fietsenrek vastgebonden de muur te markeren', verklaarde ze.

Ze schoof aan en dronk een glas witte wijn. Daarna wandelden ze samen over de brug.

Bij de fontein op de markt zagen ze Skarre alleen in de schemerige straten verdwijnen.

'Heeft Jacob geen vriendin?' wilde Sara weten.

Hij haalde zijn schouders op. 'Niet dat ik weet.'

'Hij moet toch populair zijn. Zo'n knappe vent. En grappig. Misschien houdt hij meer van jongens?'

Sejer bleef abrupt staan.

'Wat zeg je nou?'

'Vanwaar die verontwaardiging?'

Hij liep weer verder. 'Ik ben niet verontwaardigd. Ik denk alleen niet dat hij zo is.'

'Je reageert alsof het een belediging is.'

'Ik sluit niet uit dat Jacob het zo zou opvatten.'

'Dat geloof ik niet. Hij zou ja of nee hebben geantwoord.'

'Vraag het hem niet, Sara. In godsnaam!'

'Je hoeft je toch niet voor mij te verantwoorden? Of wel soms?'

'Nee, nee. Maar misschien denkt hij dat we daarover speculeren en geruchten verspreiden. Vraag het hem niet.'

'Jij weet toch zo zeker dat ik me vergis? Waar maak je je dan zorgen om?'

'Ik maak me geen zorgen. Ik zeg alleen dat jij hem niet kent. En misschien breng je hem in een lastig parket.'

'Dus je sluit de mogelijkheid niet uit...'

'Sara!'

Toen dacht hij aan wat Skarre over Andreas had gezegd. Hij is heel knap. Waarom had hij dat gezegd? En die paardenstaart en dat oorknopje. Nee. Er zijn zoveel mannen met een paardenstaart. Ze liepen een tijdje zwijgend verder.

‘Wat is het toch moeilijk’, zei Sara verwonderd. ‘Wat zijn we toch bang.’

‘Ja’, antwoordde hij. ‘Ik word soms een beetje onrustig. Ik weet niet wat ik van je moet denken.’

‘Dit’, antwoordde ze en ze drukte zijn arm. ‘Laten we plezier maken. Zie je het portiek’, wees ze. ‘Daarginds, naast de kiosk.’

‘Ja?’ zei hij vragend.

‘Zullen we daar eens lekker gaan staan vrijen?’

Hij verslikte zich bijna in zijn antwoord. ‘Vrijen? In een portiek? Je lijkt wel niet goed wijs!’ Verlegen staarde hij naar zijn schoenen. ‘Het is dertig jaar geleden dat ik in een portiek heb staan vrijen’, gaf hij toe.

‘Dan wordt het hoog tijd’, lachte ze en ze begon aan zijn arm te trekken.

Maar hij sleepte haar mee langs het portiek en bedacht ineens dat hij zich zo oud voelde als hij bij haar was. Ook wel jong, maar soms oud, omdat ze zo speels was. Omdat hij zijn correcte gedrag niet kon loslaten en zich niet kon laten gaan. Geen risico kon nemen. Kollberg reikte tot Sara’s heup. Ze leek een klein meisje met een leeuw aan de riem. Ze liepen zwijgend verder. Langs het gemeentehuis. EEN LAND WORDT OP WETTEN GEBOUWD. Sara bewonderde de verlichte kerk.

‘Laten we dan op z’n minst het kerkhof opgaan en wat grafzerken omduwen.’

Haar stem klonk iel en vragend. Hij hoestte geschrokken. ‘Een paar grafzerken omduwen?’

‘Eentje dan’, vroeg ze. ‘Een kleintje, een die door niemand meer wordt bezocht.’

Hij hapte naar adem, verbaasd over zijn eigen schroom. Niemand had zijn gedachten over de dood aan het wankelen kunnen brengen. Deed het iets met Elise dat ze zo praatten? Deed het iets met zijn gevoelens, moest hij zijn stem verheffen en deze vrouw terechtwijzen, haar attent maken op iets in zijn leven dat in feite heilig was?

'Je bent niet goed bij je hoofd', mompelde hij.

'Doe jij nooit iets wat niet mag?' vroeg ze bezorgd.

'Nee', grinnikte hij. 'Waarom zou ik?'

'Omdat het nuttig en belangrijk is. Moet je dan doodgaan zonder ooit ook maar één regel te hebben overtreden?'

'Dat is onmogelijk. Natuurlijk heb ik wel eens stomme dingen gedaan.'

'Vertel!' vroeg ze geestdriftig.

'Nee, nee.' Hij lachte verlegen. 'Dat hoort bij het verleden.'

'Ik geloof je niet als je me niets vertelt.'

Hij dacht even na en begon schoorvoetend. 'Lang geleden,' hij bleef staan en keek haar aan, 'heel lang geleden, ik was nog maar een jonge knul, dat je dat maar weet. Kwajongensstreken weet je, dat hoort bij die leeftijd, ik ga ervan uit dat iedereen...'

'Kun je ter zake komen?'

'Nou goed.' Hij ging met zijn tong langs zijn lippen. 'Lang geleden had ik een vriend die Philip heette. En ik had een oude Ford. We gingen vaak een eindje rijden. En altijd als ik hem ging halen, moest ik een slagboom passeren en tol betalen. Vijf kronen', voegde hij eraan toe. 'Dat was veel geld voor een jonge knul. Elke keer als ik bij die slagboom kwam, ergerde ik me weer. In het tolhuisje zat een vrouw om het geld aan te nemen. Ze zat daar jaar in jaar uit, ze stak haar hand door het luikje, ik legde er een vijfje in, zij deed de slagboom open, ik reed erdoor. Elke keer weer als ik naar Philip ging. Ik staarde altijd gefascineerd naar die hand. Ze had wat ik poezelige pootjes noem.'

'Poezelige pootjes?' giechelde Sara.

'Van die zachte, witte handen. En op een dag kreeg ik het idee om er iets anders in te leggen. Eén keer maar. Omdat ze zo zeker was dat ze geld kreeg. Om te zien wat ze zou doen als ze plotseling iets anders kreeg.'

'Wat gaf je?' vroeg ze snel.

'Ik had Philip opgehaald. We kwamen bij de slagboom en stopten voor het tolhuisje. Ze keek naar ons en stak haar hand uit...'

'En wat legde je erin?'

'Een dode muis.'

'Een dode muis!' gierde ze.

'Die was bij Philip in een muizenval gelopen. Zijn staart was eraf. Maar zoals ze gilde! Ik zou het een schelle gil willen noemen. De muis viel in haar schoot en ze stond zo snel op dat ze haar hoofd tegen het plafond stootte, en toen gilde ze weer, er kwam geen einde aan. Philip schreeuwde ook. Zelf keek ik haar met toenemende bezorgdheid aan. Doe die boom open, doe die boom open! riep ik. De boom ging open en we reden met gierende banden weg.'

Sara glimlachte tevreden.

'Maar weet je wat er toen gebeurde?' ging hij verder. 'Ineens was ze weg. Ze zat er niet meer. Misschien was ze gestopt vanwege die muis. Misschien was ze bang dat het de volgende keer een spin zou zijn. Of een slang. Of wat dan ook. En eigenlijk', mompelde hij, 'hebben we iemand weggepest.'

'Stel je niet zo aan, zeg', lachte ze.

'Waarom is ze anders verdwenen?' vroeg hij zorgelijk.

'Er kunnen allerlei andere redenen zijn geweest.'

'Dat weet ik zo net nog niet.'

Ze wandelden verder, in de pas. Sejer maakte kortere stappen dan voor hem natuurlijk was.

'Maar zeg eens eerlijk.' Ze keek op. 'Is dat het enige wat je kunt bedenken, als je je misstappen voor mij moet opbiechten?'

'Was dit niet erg genoeg?'

‘Een leuk verhaal,’ gaf ze toe, ‘maar het stelde niet echt veel voor.’

‘Die van jou zijn natuurlijk beter?’

‘Ik zal ze je nog wel eens vertellen. Een keer laat op de avond. Anders wordt het teveel voor je.’

‘Dat ben je al’, zei hij. ‘Jij bent teveel voor mij.’

‘Wat is het toch moeilijk’, zei Sara ineens, ‘om nu te leven. Op dit moment. Het grootste deel van de tijd brengen we in het verleden door. Of in de toekomst, zo’n beetje gelijk verdeeld. Maar nú leven! Dat kan bijna niemand. Afgezien van kinderen. Of idioten. Of zieke mensen met een of andere chronische pijn waar ze niet aan kunnen ontsnappen. En het grootste deel van de tijd maken we ons ergens zorgen om.’

‘Jij toch niet?’ zei hij twijfelend.

Hij had zijn arm om haar middel geslagen en drukte haar tegen zich aan. Verbaasd over hoe verschillend ze waren. Eigenlijk pasten ze niet bij elkaar, het zou zeker niet altijd zo blijven. *Het zou niet zo blijven.* Ze had allerlei gekke ideeën, hij wist niet of zijn zenuwen bestand waren tegen al haar grillen. Sara had iets onberekenbaars, hij had nooit eerder zo iemand ontmoet. Kon je haar echt leren kennen? Haar wonderlijke gedachtesprongen volgen, eraan wennen? Ze leuk vinden? Leuk vond hij ze zeker. Hij moest erom lachen. Maar dan ineens kon ze weer bloedserieus zijn. Haar stemming veranderde zo snel, maar ondertussen hield ze overzicht over alles. Alsof ze dacht dat ze al haar impulsen moest volgen. Niet beoordelen en onderdrukken, zoals hij zelf deed. Eerst denken, dan doen. Was dat niet belangrijk?

Later, toen ze eindelijk thuis waren, ging hij naar de keuken. Plotseling stond ze in de deur en keek hem aan. Hij schrok van haar uitdrukking.

‘Ik zal even koffie maken’, mompelde hij en draaide de waterkraan open.

'Koffie is niet wat ik nodig heb.' Ze liep naar hem toe, draaide de kraan dicht en drukte zich tegen hem aan. Hij aarzelde nog steeds, maar werd naar haar toe gezogen en vastgehouden. Voelde haar doortastendheid, dat ze niet zou opgeven.

'Draag me naar bed', beval ze. Hij schudde zijn hoofd, maar liet haar niet los.

'Best. In de keuken is ook goed. Tegen het aanrecht aan. Dat heb ik in een Amerikaanse film gezien.'

'Wat?'

'Het ziet er zo opwindend uit', fluisterde ze.

Hij voelde zich verdoofd. Wist niet eens of hij het zou kunnen. Maar hij hield haar nog steeds vast en voelde iets in hem opborrelen. Hij kon alles onderdrukken, maar dit niet! Tegelijkertijd vertelden zijn hersenen hem dat hij rustig aan moest doen, zich niet als een puber ongeremd moest laten gaan. Maar hij wilde niet tekortschieten, niet hierin. Liever in andere dingen. Dat hij niet kon koken en dat hij zijn hond niet in de hand kon houden.

'Kun je je gedachten nu eindelijk eens buitensluiten?'

'Je maakt het me niet gemakkelijk', zei hij. 'Ik ben maar een man.'

'Ja', glimlachte ze. 'De man, de stakker. Wat werd hij kwetsbaar, toen hij zich op twee benen verhief.' Ze lachte hard tegen zijn borst aan. 'Jullie denken dat alles zo moeilijk voor jullie is, dat jullie driften zo sterk zijn, veel sterker dan die van ons, maar dat is niet zo.'

'O?' Hij schraapte zijn keel. Hij was ademloos. Mocht God hem bijstaan!

'Nu,' zei ze en ze drukte zich tegen hem aan, 'nu ik zo'n zin in je heb, weet je hoe dat voelt? Heeft een vrouw je dat wel eens verteld?'

Hij probeerde het, maar hij kon zich op dit moment geen andere vrouwen herinneren, want hij voelde haar begeerte in zijn eigen lichaam en het verbaasde hem wat hij bij een ander mens teweeg kon brengen.

'Het is net alsof je een vis tussen je benen hebt', fluisterde ze. 'Een zachte vis met een stompe snuit, die zachtjes duwt, die naar binnen wil, en ik word gek als hij er niet door komt!'

'Een vis?' vroeg hij verbaasd.

De telefoon ging. Hij reageerde snel, dat zat als het ware in zijn lichaam, en keek op zijn horloge, het was bijna middernacht. Dat konden alleen Ingrid of zijn werk zijn. Hij móést opnemen. Dus liep hij naar de telefoon en luisterde een paar seconden. Sara volgde hem, ze keek hem aan, met haar armen over elkaar. Hij legde de hoorn neer.

'Je moet weg, hè? Er is iemand dood.'

Hij knikte langzaam.

'Zo is het om het liefje van een politieman te zijn', zei ze nerveus.

Hij probeerde op de been te blijven. Leunde tegen de oude ladekast, voelde een van de sleutels in zijn rug prikken.

'Is er iemand dood?' herhaalde ze.

'Mijn moeder', zei hij zacht. 'Mijn moeder is overleden. Twee uur geleden.' Hij slaakte een diepe zucht. 'Terwijl ik bier zat te drinken.'

Hij liep langs haar naar de gang. Draaide zich om en kwam toen weer binnen. 'Ik moet Ingrid bellen.'

'Ik weet het.'

'Wat moeten we tegen Matteus zeggen?' fluisterde hij.

Hij liep langzaam de trappen af naar de garage. Hij bleef maar denken: dit is de laatste keer dat ik hier zo loop, op weg naar mijn moeder. Naar het verpleeghuis. De deur door, naar haar bed toe, de laatste keer. Hij reed langzaam door de stad. Die was eigenlijk best mooi 's nachts, de rode torenflat, prachtig verlicht, de lichtjes die in het water van de rivier glinsterden. Wat het stiller dan anders? Toen hij het parkeerterrein opreed, zag hij dat het anders was. Het was nacht, geen bezoektijd, het terrein was verlaten. Alles was anders, vreemd en verkeerd. Dat hij hier nu was, midden in de nacht. Dat de deur op slot zat. Hij moest aanbellen en in het boxje aan de muur spreken. Of hij bij de gratie Gods mocht binnenkomen. Hij raspte een paar onduidelijke woorden in de microfoon en wierp zich tegen de deur. Eenmaal binnen aarzelde hij, terwijl hij naar de trap loerde. Er waren een paar dingen waar hij eerst nog over moest nadenken. De afdelingsverpleegkundige keek hem vanuit haar kantoortje aan.

'Wilt u alleen zijn?'

Hij knikte.

'Neemt u maar rustig de tijd.'

Hij zette koers naar de brede, blauwe metalen deur. Ze had jarenlang in bed gelegen, niet in staat zich te verroeren, zonder hem te herkennen als hij kwam. Door een trombose in de hersenstam. Een minuscuul propje op de verkeerde plaats, en toen was ze weg. Alleen haar hart sloeg nog. Maar haar ogen zwierven door de kamer, onrustig, op zoek naar iets wat ze nooit vonden. Wat had ze gezien? Was het steeds weer nieuw voor haar geweest, iedere keer als ze het zag? Had ze geweten dat de kamer steeds weer dezelfde was? Had ze iets willen doen, maar het niet gekund? Daar had hij over gehoord. Had hij net zo goed een lamp kunnen zijn? Of een kapstok? Had ze gedachten om bij het beeld te voegen? Was er iets in haar defecte hersenen gebeurd, dwarrelde er iets rond, iets bekends of geliefds, een soort magere troost? Nu niet meer, dacht hij. Hij stond een tijdje naar de deur te staren. Ze ziet mij vanuit haar kantoortje, dacht hij, ze ziet dat ik hier moed sta te verzamelen. Dit is teveel voor mij. Niet alleen dit, maar ook al het andere dat weer bovenkomt, dat lang geleden is gebeurd. Nee, niet lang geleden. Het kwam hem voor dat het nog maar net was gebeurd, dat Elise opnieuw was weggerukt. Maar dit was zijn moeder, nu ging het om háár. Kon hij zijn gedachten deze laatste keer niet gewoon bij haar houden? Toen ging hij naar binnen. Onwillekeurig keek hij op zijn horloge, dat 00.45 aanwees. De deur gleed klaaglijk piepend dicht. Het lampje bij haar bed was aan, maar de kap was op de wand gericht, zodat haar gezicht in de schaduw lag. Aan dergelijke dingen dachten ze en dat ontroerde hem. Hij verbaasde zich er even over hoe gewoon ze eruitzag. Maar toen hij dichterbij kwam, zag hij hoe bleek ze was. Haar mond was iets strakker dan anders. Zo was ze niet, dacht hij. Ze was altijd week als was, zacht als boter. Hij trok een stoel bij het bed, maar niet te dichtbij. Hij moest wat afstand hebben, moest voorzichtig naderbij komen. Hij probeerde iets uit zijn jeugd, uit alles wat geweest was op te roepen. De aardbeiencompote. De kleine bruine kippen in het hok in de tuin. Het brooddeeg onder een theedoek op het aanrecht, bessen die in een pan stonden te koken. De geur van fruit en suiker. En haar stem, die hoorde hij duidelijk. Haar zachte accent na al die jaren in Denemarken.

Konrad. Het is tijd om naar bed te gaan.

De woorden klonken glashelder bij zijn oor. Ze zat altijd onder een lamp, met haar naaiwerk. Protesteren was onmogelijk. Als hij gezegd had dat hij nog niet naar bed toe wilde, zou ze in lachen zijn uitgebarsten. Dan zou ze langzaam zijn opgestaan, hem bij zijn arm hebben gepakt en naar boven gebracht, waar zijn bed stond. Dat zo'n klein en mager en zacht iemand zo'n macht over hem kon hebben! Maar altijd liefdevol, voor zijn eigen bestwil. Daar had hij nooit aan getwijfeld. Hij hief zijn hoofd op en keek naar haar. Ze is mooi, dacht hij, ze was altijd mooi geweest. Zelfs nu nog. Dat ze er een beetje nors uitzag, kwam misschien doordat ze voor de hemelpoort stond en zoiets machtigs aanschouwde dat ze er een beetje verlegen van werd. Ze was anders altijd zo zelfverzekerd. Maar ik geloof helemaal niet in God, bedacht hij ineens. Dit was een uitzonderlijke situatie, hij bevond zich op een zinkend schip. Langzaam boog hij zich naar het bed toe. Haar handen waren niet koud, maar ook niet warm, en ze waren erg droog.

'Moeder', zei hij zacht.

Het was vreemd om dit woord hardop te zeggen en nooit meer antwoord te krijgen. Hij liet zich weer in de stoel zakken, dacht dat hij maar naar huis moest gaan. Hij stond op, maar liet de stoel staan, alsof ze nog steeds bezoek verwachtte. Hij keek weer op zijn horloge. Dat wees 00.52 aan. In zijn hoofd maakte hij een rekensommetje. Zeven minuten. Dat was wat hij haar gegeven had, als dank voor alles. Zeven minuten voor een heel leven. *Neemt u maar rustig de tijd.* Hij begon te trillen. Stond met opgetrokken schouders van schaamte. Toen draaide hij zich om en liep weer naar het bed. Ging op de rand zitten. Pakte haar magere handen en hield ze vast. Lang.

*

3 september.

Mevrouw Winther leek ouder dan de vorige keer. Haar woede was verdwenen en had plaatsgemaakt voor een beginnende paniek. Die bleek uit een flakkerend licht in haar ogen.

'Wij nemen het feit dat Andreas nog steeds niet thuis is zeer serieus', zei Skarre meelevend. 'Maar mensen zijn wel eens langer verdwenen en dan toch weer teruggekomen. Er is altijd een verklaring.'

Ze luisterde, maar de woorden maakten geen indruk.

'Dit is serieus', stamelde ze. 'Er is iets gebeurd!'

'Heeft u zijn vader al gesproken?'

Ze sperde haar ogen open. 'Laten we hém erbuiten houden.'

'We kunnen u niet dwingen. Maar ik raad u ten sterkste aan om zijn vader op de hoogte te stellen', zei Skarre. 'Wellicht kan hij ons helpen.'

'Ze zien elkaar bijna nooit. Dat weet ik toevallig', zei ze heftig.

Skarre keek haar recht in de ogen. 'Neemt u me niet kwalijk dat ik dit nu zeg. Maar als Andreas iets is overkomen, hoe zal zijn vader zich dan voelen als hij hier buiten is gehouden?'

'Goddorie! U zegt toch dat hij wel weer zal opduiken? Wat bedoelt u eigenlijk?'

Skarre haalde een hand over zijn bezwete voorhoofd. 'Hij is om de een of andere reden verdwenen. Twee dagen nu. Ik weet niet waarom. Maar u zou dit niet in uw eentje moeten doormaken.'

Ze wrong haar handen, vormde met haar lippen een paar woorden die hij niet kon verstaan.

'Sorry? Wat zegt u?'

'Het is goed', fluisterde ze.

'Woont hij hier in stad?'

'Ja. Bellen jullie maar, ik kan het niet. Daar komt alleen maar gedonder van.'

'Waarom komt er gedonder van?' vroeg Skarre voorzichtig.

'We praten niet met elkaar.'

'Maar nu gaat het om Andreas', zei hij rustig.

'Precies. Als het om Andreas gaat, praten we al helemaal niet met elkaar.'

'Kunt u daar iets over zeggen?'

Ze gaf geen antwoord.

'Als u wilt dat we u helpen, moet u wel meewerken. Waarom komt er gedonder van?' herhaalde hij.

'Wij... hij... Nicolai... zijn vader... is van mening dat Andreas bezig is het slechte pad op te gaan. Hij zegt dat ik niet door heb wat er gaande is. Dat hij dingen doet die niet door de beugel kunnen. Maar hij maakt de jongen niet dagelijks mee, zoals ik!'

Dit was waar Skarre op had gewacht. Hij wist nog net een impuls te onderdrukken.

'Andreas is een aardige jongen. En als er al iets gebeurd is, dan zijn dat dingen die alle jongens doen. Die erbij horen.'

'Zoals wat bijvoorbeeld?' vroeg Skarre.

'Een beetje uit de band springen, zo nu en dan. Appels jatten', zei ze stug.

'Appels jatten?' Skarre fronste zijn voorhoofd. 'Een jongen van achttien?'

'U begrijpt wel wat ik bedoel', mompelde ze.

'Eigenlijk niet.'

'Hij heeft een vriend. Zipp. Eigenlijk heet hij Sivert Skorpe, maar ze noemen hem Zipp. Ze zijn altijd met zijn tweeën. Ik kan hem toch niet overal achterna lopen en ik weet niet wat ze allemaal doen, maar ik heb geen reden om te denken dat ze gevaarlijke dingen doen. Of verboden dingen.'

'Maar zijn vader denkt daar anders over?'

'Om eerlijk te zijn weet ik niet precies wat hij denkt.'

'Heeft Andreas meer contact met zijn vader dan u denkt?'

'Dat hij hem stiekem opzoekt?'

'Hij is immers volwassen', glimlachte Skarre. 'Hij vertelt u misschien niet alles.'

'Nee, dat is wel zeker! Maar gratis kost en inwoning, ja, dat willen ze wel!'

Ze betreurde haar uitspraak meteen en sloeg haar handen voor haar gezicht.

Mevrouw Winther was mooi, maar haar handen ontmaskerden het begin van iets anders.

'Waarom zou ik denken dat er iets fout is, als hij nooit iets zegt? Hij staat op en gaat naar zijn werk. Verzorgt zich goed. 's Avonds is hij weg. Ik weet dat hij met Zipp samen is. Ik ken Zipps moeder, zij heeft ook nooit iets gezegd. Ze kijken veel video's. Toeren wat rond, kijken naar de meisjes. Zipp heeft een oude auto die van zijn vader is geweest. Als ze geld hebben, gaan ze naar een café. Er geldt een leeftijdsgrens van twintig jaar, maar ze komen toch binnen. Andreas is lang, één meter vijfentachtig.'

'Oké', zei Skarre. 'Vertelt u eens over Zipp.'

'Hij heeft geen werk. Daar doet hij ook zijn best niet voor. Andreas betaalt zijn bier. Ik begrijp niet dat hij dat maar accepteert, hij is veel te aardig.'

Skarre glimlachte. Hij had een verblindende glimlach, maar gezien de ernst van de situatie hield hij zich een beetje in.

'Ik moet een lijstje hebben van mensen die hem kennen. Vrienden, vriendinnen. Iedereen die u kunt bedenken.'

'Zipp is zijn enige vriend', zei ze snel.

'Maar hij moet toch meer mensen kennen. Collega's. Zijn chef.'

'U begrijpt het niet', zei ze. 'Hij gaat alleen maar met Zipp om. Als iemand iets weet, dan is hij het!'

Skarre probeerde zijn ongeduld niet te tonen. 'Ik moet meer hebben om aan de slag te kunnen', zei hij in een plotselinge poging om streng te zijn. 'Heeft hij een vriendin?'

'Momenteel heeft hij niemand', zei ze nors.

'Een van de vorige is ook goed', zei hij met een glimlach. 'Naar de foto te oordelen zullen er door de jaren heen wel een aantal zijn geweest?'

Ze haalde haar schouders op. 'Natuurlijk. Maar ik ken ze niet bij naam.'

'Geen van allen?' vroeg Skarre verbaasd.

'Hij neemt ze nooit mee naar huis.'

'O, op die manier.'

'Maar ik vind heus wel iemand die voor hem kan instaan, als dat de bedoeling is.'

'Dat zou mooi zijn', zei Skarre en hij noteerde de namen die ze opnoemde. Twee stuks.

'U heeft zijn vriend opgebeld. Wat zei hij?'

'Hij kon me niet helpen', zei ze. 'Maar ze hadden de avond samen doorgebracht.'

'En hoe hadden ze die doorgebracht?'

'Gaat u niet met hem praten?'

'Zeker. Het is maar een vraag.'

'Ze hebben een biertje gedronken in het café. In Headline. Daarna hebben ze een videofilm gekeken, bij Zipp thuis. En dat was het zo'n beetje.'

'En wanneer is Andreas toen weggegaan? Heeft hij gezegd hoe laat dat was?'

'Na de film zijn ze nog even de stad ingegaan. Hadden nog wat rondgezworven.'

'Dus ze zijn in de stad uit elkaar gegaan?'

'Ja?' zei ze vragend.

'En wáár zijn uit elkaar gegaan?' vroeg Skarre. Hij wachtte met toegeknepen ogen.

'Het spijt me wel, maar dat kunt u toch aan Zipp vragen?' vroeg ze gelaten.

'Ik wil weten wat hij u heeft verteld', zei Skarre. 'Laat u me alstublieft mijn werk doen!'

'Maar ik snap niet...'

'Dat hoeft ook niet!' Hij pakte een van haar handen vast. 'Geeft u maar gewoon antwoord op mijn vragen!' zei hij.

Ze trok haar hand bliksemsnel terug en snufte. 'Ze zijn rond middernacht uit elkaar gegaan. Ik geloof dat hij dat zei. Ik vroeg waar en hij antwoordde in de Thornegate. Ergens in de Thornegate. Ik begrijp niet wat ze daar helemaal moesten. Ze wonen allebei aan de andere kant van de stad.'

'Dank u', zei Skarre. 'Laten we verdergaan. Heeft hij het naar zijn zin op zijn werk?'

'Dat weet ik eigenlijk niet.' Ze aarzelde. 'Een ijzerwarenhandel is natuurlijk niet alles. Maar dat was wat hij kon krijgen. Via het arbeidsbureau. Eigenlijk wilde hij in een muziekwinkel werken, maar in die branche konden ze niets vinden. Hoewel ze geloof ik niet erg veel moeite deden, ze schrijven je wensen op, maar het stelt niet veel voor. Je moet maar nemen wat je krijgt.'

'Voor een achttienjarige die voor het eerst aan het werk gaat, kan ik me ergere dingen voorstellen dan een ijzerwarenhandel', vond Skarre.

'Wat dan?' vroeg ze snel.

'Het heeft niet zoveel zin om dat allemaal op te noemen', zei hij. 'Heeft hij wel eens drugs gebruikt?'

'Nee. En zeg nu niet "dat zeggen ze allemaal".'

'Dat hoort u mij niet beweren. Maar voor zover u weet heeft hij dat niet?'

'Hij heeft nooit drugs gebruikt.'

Skarre maakte een notitie. Hij probeerde zich voor te stellen hoe hij zou reageren als hij ooit kinderen kreeg. Of hij volkomen blind zou zijn voor wat er gebeurde.

'Hoe lang kennen Andreas en Zipp elkaar al?'

'Sinds de eerste klas. Zipp was niet zo'n licht op school en bovendien was hij dik. Hij zag eruit als een te vol gestopte rookworst.' Ze glimlachte ineens. 'Andreas nam hem onder zijn hoede. Het heeft me vaak verbaasd dat ze altijd bij elkaar zijn gebleven, ze zijn zo verschillend.'

'Mag u Zipp?' vroeg Skarre nieuwsgierig.

Ze dacht na. Zag het blonde haar met de stugge pony voor zich. 'Ja', zei ze eenvoudig. 'Andreas had het slechter kunnen treffen.'

'Goed. Lijkt Andreas tevreden met zijn leven?'

'Hij komt niets tekort. Als hij ongelukkig was, zou ik dat geweten hebben.'

'Heeft u een goede relatie met uw zoon?'

'Het is niet mogelijk om een goede relatie met een puberzoon te hebben. Het maakt niet uit wat ik doe, jongens van die leeftijd willen gewoon niet naar oude vrouwen luisteren. Op den duur zult u wel begrijpen wat ik bedoel.'

'Dan zeggen we dat hij tevreden lijkt.'

'Met zijn leven. Niet met mij', zei ze bitter.

Eigenlijk ben ik naïef, dacht Skarre. Ik heb altijd gedacht dat het leven goede dingen voor me in petto heeft. Dat lijkt niet te kloppen.

'Is u de laatste tijd iets in zijn gedrag opgevallen? Heeft u iets speciaals opgemerkt?'

'Ik kan niets bedenken.'

'Had hij iets bij zich toen hij wegging?'

'Zijn portemonnee en sigaretten. Er is niets uit zijn kamer verdwenen.'

Skarre keek op.

'Niet voor zover ik heb kunnen nagaan', voegde ze eraan toe.

'Ik zal met zijn vriend gaan praten. Blijft u thuis bij de telefoon.'

Ze stond op en liep naar de deur. Skarre had een merkwaardig gevoel. Er was iets met deze vrouw en met alles wat ze achterhield. Wie was Andreas Winther? Plotseling besefte hij dat zij dat niet wist. Even later verliet hij zijn kamer en liep naar Sejers kantoor. De deur was op slot. Verwonderd stak hij zijn hoofd bij Holthemann om de hoek van de deur.

'Waar is Konrad?'

Holthemann duwde zijn bril naar het puntje van zijn neus. 'Hij vroeg of hij vandaag iets later kon komen.'

Skarre keek hem verbaasd aan. Zoiets gebeurde nooit.

'Is er iets aan de hand?'

'Zijn moeder is vannacht overleden.'

Bij deze informatie knikte Skarre ernstig.

'Dan moeten we toch zeker bloemen sturen?'

De afdelingschef fronste zijn voorhoofd. 'Ik weet het niet. Moet dat? Ze was tamelijk oud.'

Skarre bleef in de deuropening staan. Nee, het was eigenlijk terecht en redelijk dat mensen op een leeftijd van, hij wist het niet precies, misschien dik in de tachtig stierven. Daar moesten volwassen mensen maar mee kunnen omgaan. Niet iets om je druk om te maken.

'Ik regel het wel', mompelde hij en ging.

*

De ernst kwam als een dreigende zeemist opzetten. Er stond een politieman voor de deur! Zipp glimlachte dapper. Een passende gezichtsuitdrukking, dacht hij. Ik maak me tenslotte zorgen. Ik maak me zorgen om Andreas.

'Jacob Skarre.'

'Kom binnen. We kunnen naar de kelder gaan.'

Zijn moeder kwam de keuken uit. 'Nee, gaan jullie hier maar zitten. Ik zal koffie zetten.'

'We gaan naar de kelder', zei Zipp nors. 'Hij komt met míj praten.'

Ze keek hem beledigd aan. Ondanks een aanzienlijk overgewicht, droeg ze een nauwsluitend wit joggingpak. Ze had haar haren met een rood kammetje boven op haar hoofd vastgezet. Ze draaide zich acuut om.

'Ze wil altijd alles weten', zei Zipp met een zucht.

Skarre glimlachte. 'Ik vind het prima om met jou alleen te praten.'

Ze liepen de trap af naar de kelderkamer. Skarre keek om zich heen. Bespeurde dat Zipp nerveus was, maar dat was eigenlijk meestal het geval. Hij prentte het in zijn geheugen. Nam het stugge haar en de krappe jeans in zich op. De kleine kelderkamer, met de hoge raampjes. Net als de kamer waar Robert woonde, dacht hij. Een tv en een videorecorder. Affiches aan de wanden. Genesis, Mick Jagger. Een volle asbak. Een plaid op de bank, wat misschien betekende dat hij hier wel eens sliep. Zipp zocht naar sigaretten op de tafel. Stak er eentje op en blies de rook uit. Hij keek Skarre aan, die vanuit zijn stoel vriendelijk terugkeek. De tijd verstreek. De gloeiende punt van de sigaret groeide. De stilte duurde voort. Grijs stof danste in een lichtstraal die door het raam naar binnen viel.

'Moet u mij niets vragen?'

Skarre glimlachte vriendelijk.

'Ik kom vooral om te praten. Ik moet weten wie Andreas is. Wat hij kan hebben uitgespookt.'

'Wat u zegt', knikte Zipp.

'Laten we met de concrete feiten beginnen. Hoe laat jullie elkaar zagen, hoe laat jullie uit elkaar gingen. Zulke dingen. De vaste punten.'

Zipp had tijd gehad om na te denken. Hij zat in een volkomen onmogelijke situatie. Alles wat ze gedaan hadden, maar waar hij niets over kon zeggen. Hij wilde wel helpen, maar dat kon hij niet. *Vertel je het niemand?*

Hij moest zichzelf en Andreas ver van het huis van de oude vrouw weghouden. Over de meeste andere dingen kon hij wel vertellen. Dat ze in Headline waren geweest. Dat ze samen naar *Blade Runner* hadden gekeken. Dat ze daarna een beetje door de stad hadden gelopen. Maar niet over de kinderwagen. Niet over de oude vrouw. En ook niet over wat er op het kerkhof was gebeurd. Verdomme, zoveel niet.

'We zijn eerst naar het café geweest', zei hij.

'Welk café?'

'Headline.'

'Hoe laat was dat?'

Zipp dacht na.

'Om acht uur 's avonds.'

'Hadden jullie daar afgesproken?'

'Eh, ja. Nee.' Hij nam snel een beslissing. 'Andreas kwam mij ophalen.'

'Hoe laat?'

'Om een uur of half acht', antwoordde hij.

'Juist.' Skarre maakte een aantekening. Hij moest de jongen rustig houden. Hij nam alle tijdstippen die hij noemde voor waar aan, hij glimlachte geruststellend, luisterde beleefd, knikte en noteerde. Zipp begon te ontspannen, hij praatte meer, rookte en glimlachte.

'Ik snap echt niet wat er is gebeurd. Ik hoop dat hem niets is overkomen.'

'Laten we dat hopen. Is hij je beste vriend?'

Zipp slikte. 'Mijn beste en enige vriend.'

'Juist ja. Dus hij heeft je hier om half acht opgehaald. En jullie zijn te voet naar Headline gegaan. Een wandeling van een minuut of vijftien?'

'Zoiets.'

‘Weet je waar hij vandaan kwam?’

‘Van huis, denk ik.’ Zipp keek hem nerveus aan.

‘Nee. Hij is om half zes van huis gegaan. Vlak na het eten.’

‘O? Nee, hij heeft niets gezegd.’

Verdomme, dacht Zipp. Ik had toch wel gewoon de waarheid kunnen zeggen. Dat hij hier voor zessen was. Dat we door de stad hebben gereden. Maar toen gebeurde dat met die kinderwagen. Zipp probeerde het hoofd koel te houden. Herhaal wat feitelijk klopt, dacht hij, en zeg op al het andere ‘dat weet ik niet’.

‘Dus hij heeft niet verteld waar hij tussen half zes en half acht is geweest?’

‘Dat weet ik niet.’

‘Weet je het niet meer?’

‘Daar heeft hij niets over gezegd’, corrigeerde Zipp. Hij likte zijn lippen af. De man zag er ongewoon vriendelijk uit. Maar Zipp had genoeg videofilms gezien om zijn twijfels te hebben. De slimmerik vermomd als goedzak.

‘Oké. Jullie zijn samen naar de kroeg gegaan. Een paar biertjes gedronken?’

‘Een paar glazen. Misschien drie of vier. Daarna zijn we naar de videotheek gegaan om een film te huren. Die we hier bij mij hebben gezien. *Blade Runner*.’

‘Fantastische film’, zei Skarre enthousiast.

‘Geweldig’, antwoordde hij zacht.

‘En na de film zijn jullie de stad weer ingegaan?’

‘We hebben wat rondgelopen. Langs de rivier. En bij de kerk.’

Bij de herinnering aan de kerk moest hij even iets wegslikken.

‘De kerk? Waarom?’

‘Geen idee. Ik ben achter Andreas aangelopen’, zei Zipp peinzend. ‘Daarna zijn we weer naar het centrum gegaan.

We hebben gewoon wat rondgezworven. Het was druk op het marktplein. We hebben op een bank wat zitten praten. Andreas moest vroeg op om naar zijn werk te gaan, dus hij wilde plotseling naar huis. We zijn rond middernacht uit elkaar gegaan.'

'Waar?'

'Op het marktplein', herhaalde Zipp.

'Op het marktplein?' Skarre knikte weer. Hij hield zich in, moest geen moment laten zien wat hij werkelijk dacht. Tegen Andreas' moeder had Zipp gezegd dat ze in de Thornegate uit elkaar waren gegaan. Waarom loog hij?

'En Andreas. Was hij net als anders?'

Zipp haalde zijn schouders op. 'Hij was heel gewoon. Verder weet ik het niet. Ik ben naar huis gelopen en naar bed gegaan.'

'Hoe wist je dat hij niet was thuisgekomen?'

'Ik belde hem op zijn werk. Om een uur of elf.'

'Waarom?'

'Ik wilde gewoon een beetje kletsen.'

'Dus je belde hem wel vaker op om te kletsen.'

'Eigenlijk wilde ik een paar cd's van hem lenen', verklaarde hij.

Skarre wierp een blik op de affiches. 'Je weet niet of Andreas ergens mee zat? Heeft hij daar iets over gezegd?'

Zipp telde de peuken in de asbak. Nee, hij moest het nu nog niet vertellen. Misschien als hij over een paar dagen nog niet terug was.

'Niets wat hiermee te maken heeft', zei hij uiteindelijk.

'Goed. Jij kent hem tenslotte. Ik moet je op de woord geloven. Het zou bijvoorbeeld iets met een meisje kunnen zijn', zei Skarre.

'Een meisje? Ja, wie weet.'

'Jij kent zijn andere vrienden? Ik moet wat namen hebben. Meer mensen om mee te praten.'

'Ik ben zijn enige vriend.'

'Maar hij heeft toch collega's?'

'Daar gaat hij in zijn vrije tijd nooit mee om. Alleen die kunstschilder', zei hij aarzelend.

'Kunstschilder?'

Zipp wist niet zeker of hij door moest gaan. Maar het was goed om iets te kunnen vertellen. En Andreas zou immers... ja, stel je voor dat hij gewoon bij haar was, midden in een echte orgie! Om zijn alibi te onderbouwen.

'Hij gaat één keer per week naar een kunstschilder toe, een vrouw. Ze schildert hem.' Hij schraapte zijn keel.

'Skarre keek hem oplettend aan. 'Weet je hoe ze heet?'

'Nee. Maar ze schijnt boven aan de heuvel te wonen. In een oud groen huis. Volgens Andreas.'

'Ken je hem al lang?'

'Sinds de eerste klas.'

'En je hebt het idee dat je hem echt goed kent?'

Godallemachtig. Ik dacht dat ik hem kende.

'Als hij niet snel komt opdagen, komen we nog eens bij je terug', zei Skarre.

'Ja.' Zipp sprong op. 'En als ik nog iets bedenk, dan zal ik bellen.'

Skarre staarde hem aan. Hij keek hem zo lang aan, dat Zipp zich ongemakkelijk begon te voelen. Hij probeerde zijn handen in zijn zakken te steken, maar zijn broek was te strak. Toen Skarre weg was, ging hij op de bank naar het plafond liggen staren. Omdat er niets was om zijn blik op te vestigen, sloot hij zijn ogen en probeerde hij een verklaring te vinden. Hij hoorde niet dat zijn moeder stilletjes de trap afkwam. Zag haar alleen vaag als een schaduw in zijn ooghoeken. Hij vestigde zijn blik op haar hoofd. Met het witte joggingpak en de rode haarklem had ze iets weg van een dikke kip. Ze tuitte haar lippen.

'Ik ken je. Wat is er eigenlijk aan de hand?'

Ik ken je. Wat haatte hij dat! Hij stond op, wrong zich langs haar, griste zijn jack mee en verdween naar buiten. Hij wandelde snel de hoofdstraat door, langs het marktplein. Hij keek niet op of om, liep met zijn handen diep in zijn zakken. Als hij deze route nog eens liep, zou hij het misschien begrijpen. Hij passeerde de opticien, de fietsenwinkel en het park. Met grote passen liep hij de helling op. De vrouw had hem niet gezien, ze zou hem niet herkennen. Hij naderde het huis. Loerde, ging langzamer lopen, keek naar de ramen. Hij zag niets. Hij liep verder, verscholen achter de dichte heg. Een stukje verderop bleef hij staan. Hij stak zijn hoofd zo diep als hij kon in de heg, een paar uitstekende takken opzij duwend. Het huis zag er gewoon uit. Het stond daar heel rustig in de weelderige tuin. Het was een huis van één verdieping, met eronder een kelder. Hij zag de kelderramen. Twee stuks, zichtbaar achter de verwelkende bloemen in de tuin. Verderop in de straat klonken voetstappen. Hij trok zich terug en liep weg. Er was iets vreemds aan de hand. Hij had zin in een biertje, maar hij had geen geld. Toch liep hij naar het centrum en zette koers naar Headline. Hij bleef voor de gesloten deur staan en keek door het raam naar binnen. Hij zag vaag het tafeltje waar ze die avond hadden gezeten. In gedachten hoorde hij Andreas' stem. *I will never see you again, my friend.*

*

Het kale peertje aan het plafond was als twee minuscule puntjes in zijn ogen te zien. Hij bewoog zich niet, keek mij alleen maar aan. Ik dacht aan een haas in een val. Wat was hij weerloos! Het ontroerde me gewoon. Dat overkomt me niet vaak. Ik zag vaag iets onder het doekje bewegen en begreep dat hij zijn mond opendeed.

'Water', zei hij zacht. Hij bracht het woord met moeite uit. Ik vroeg me af waarom hij zich niet kon bewegen. Zijn lichaam lag merkwaardig stil, alsof het niet van hem was. Het kwam niet bij me op om niet aan zijn verzoek te voldoen. Toch bleef ik nog een tijdje staan kijken, naar die blauwe ogen. De rest van zijn gezicht ging schuil achter het doekje. Maar zijn ogen boorden zich in de mijne. Hij knipperde niet met zijn ogen, keek mij alleen vragend aan. Uiteindelijk klom ik naar de keuken. Draaide een kraan open en liet het water stromen. Wat doe je, Irma? Ben je helemaal gek geworden? vroeg het water, sijpelend en stromend. Nee, nee. Maar nu moest ik voor mezelf opkomen. Hij had me niet gevraagd wat ík wilde, wat ík nodig had of wenste. Het antwoord was tijd. Daarom nam ik de tijd. En daarna ging ik weer naar beneden. Zijn oog viel op het glas. Eindelijk knipperde hij. Onderaan de trap moest ik over zijn benen stappen. Hij had ze niet bewogen, misschien waren ze gebroken. Ik wilde het hem niet vragen, stond daar maar met het glas water. Hij begon te huilen.

'Het doekje', zei ik onhandig. 'Haal dat doekje weg.'

Maar hij bewoog zich niet, keek alleen maar naar het glas, naar mij en naar het glas, terwijl zijn ogen bleven knipperen. Ik wilde hem niet aanraken. Maar ik had het hart niet om weer naar boven te gaan met het water. Als ik me bukte, zou hij zich misschien met een enorme brul oprichten en zijn tanden in mij zetten. Maar hij zag er verschrikkelijk zwak uit. Ik bleef daar lang staan. Hij bekeek mij op dezelfde manier als ik hem bekeek. De gloeilamp aan het plafond hield ons dat merkwaardige ogenblik vast. Bevroren in een cirkel van licht. Irma, dacht ik, bel om hulp. Nu! Maar ik verroerde me niet, ik bleef zo staan en staarde in de lichte ogen. Aan de rechterkant van zijn hoofd had hij een grote wond, die flink gebloed had. Het bloed was op de grond gestold tot een dikke koek. Ik snapte niet waarom hij niet schreeuwde, ik stond immers naast hem. Hij maakte ook geen aanstalten om het doekje weg te halen of zijn hoofd op te tillen, en ten slotte begreep ik dat hij dat niet kon. Ik had geen rietje en ik durfde hem niet aan te raken. Ik nam zelf een slokje van het water en keek hem over de rand van het glas aan. Zijn blik... toen hij het geluid hoorde van het water dat door mijn keel omlaag klokte, die vergeet ik nooit. Hij sloot zijn ogen. Dat vond ik niet prettig. Dat hij zich zomaar kon verbergen door zijn ogen te sluiten.

'Ik zal iets zoeken', zei ik. 'Natuurlijk krijg je water. Ik ben geen slecht mens.'

Hij trok zacht met zijn hoofd. Plotseling begon hij hulpeloos te hoesten. Het gorgelde in zijn keel. Zijn ogen draaiden weg in hun kassen. Nu sterft hij voor mijn ogen, dacht ik. Dat zou verschrikkelijk zijn geweest, maar tegelijkertijd dacht ik dat het mooi en aangrijpend en hartverscheurend zou zijn. Maar hij stierf niet. Ik pakte met twee vingers het doekje beet en trok het weg.

*

De gelijkenis met Andreas was treffend. Nicolai Winther was in de vijftig, lang en mager, met een grote haakneus en ogen die stevig en diep onder een paar dunne wenkbrauwen zaten. Hij had krullend haar dat nodig geknipt moest worden.

'Waar is hij mee bezig? Weten jullie helemaal niets?' Hij frunnikte aan de knopen van zijn jasje, draaide ze alsmaar rond, zodat ze elk moment door de kamer konden spatten.

'Nee. Helaas. Maar er is geen reden om aan te nemen dat hem iets is overkomen. Zo nu en dan hebben we een uitlaatklep nodig. Een beetje tijd voor onszelf. Zonder dat we ons verplicht voelen om aan de hele wereld uitleg te geven. Dat gebeurt aan de lopende band en bovendien is Andreas volwassen. Maar zijn moeder maakt zich zorgen. En het is ons werk om mensen van dienst te zijn.'

Zo, dat was nog eens een speech, dacht Skarre, en hij haalde diep adem.

'Twee dagen', zei Winther langzaam. 'Waar zijn ze in godsnaam mee bezig!'

'Ze? U bedoelt Zipp?'

Winther knikte. 'Wie anders?'

'Ik moet u eraan herinneren dat Zipp thuis is. Hij weet niets.'

Winther kreeg een hoestbui en moest tegelijkertijd snuivend lachen. 'U hoeft mij geen sprookjes te vertellen. Ze zijn altijd samen.'

'Ja', gaf Skarre toe. 'Op 1 september waren ze ook samen. Maar ze zijn rond middernacht uit elkaar gegaan en sindsdien heeft niemand hem meer gezien.'

Winther probeerde te ontspannen.

'Hij zal wel te ver zijn gegaan. Hier heb ik op gewacht.'

'Wat bedoelt u?' Skarre klapperde met zijn oren.

'Vroeg of laat moest er iets gebeuren. Ik heb het altijd geweten.'

'Hoe kunt u dat weten?'

'Omdat...' Hij staarde naar de vloer. 'Omdat er iets met Andreas is. Iets. Ik begrijp het niet. Hij wil niets.' Hij deed een paar stappen. 'Het is moeilijk uit te leggen. Heeft u kinderen?'

Hij keek naar Skarres jonge gezicht.

'Nee. Zoals u ziet ben ik nog maar een broekje', glimlachte hij.

Er verscheen een brede glimlach op Winthers gezicht, waardoor hij er in feite best aardig uitzag.

'U heeft met zijn moeder gesproken. Ja, dan zult u het wel gehoord hebben.'

'Ze is erg bezorgd', zei Skarre loyaal.

'En onvoorbereid. Ik heb het zo vaak gezegd. Andreas is een vreemde jongen. Ik hoop in godsnaam niet dat hij met drugs of zo rotzooit. Dat hij zuipt, is nog tot daar aan toe. Hij zal wel flink gedronken hebben. Hebben jullie ziekenhuizen en zo gecheckt?'

'Dat is altijd het eerste wat we doen. Maar hij is spoorloos verdwenen. We gaan er natuurlijk vanuit dat hij gewoon weer opduikt. Maar voor de goede orde moeten we met iedereen praten. U zegt dat hij anders is? Wat bedoelt u daarmee?'

Winther concentreerde zich. 'Wat ik bedoel... het begon zo goed. We kregen een mooie zoon waar niets mis mee was, met alles wat een jongen moet hebben. Met alle mogelijkheden. En hij groeide op als de meeste jongens. Hij was nooit ziek, of onhandelbaar of lastig. Hij deed het goed op school, hoewel hij niet echt uitblonk. Maar hij heeft totaal geen plannen of wensen voor zijn leven. Hij is nooit ergens enthousiast over. Nooit enthousiast', mompelde hij, alsof zijn eigen woorden hem verbaasden.

'Hij liep nooit warm voor auto's of fietsen, of voor dingen waar jongens gewoonlijk gek op zijn. Hij vindt het voldoende om met Zipp mee te rijden. Andreas heeft nergens belangstelling voor. Niets maakt indruk op hem.'

Hij wreef met een ruwe hand over zijn magere kaak. 'En weet u?' Hij keek Skarre aan. 'Dat beangstigt me. Wat moet er van hem worden?'

Skarre had nog nooit iemand zo over zijn eigen kind horen vertellen. En hij deed het niet uit kwaaiigheid. Hij was simpelweg van slag door iets wat hij niet begreep.

'Hij loopt maar een beetje te suffen. Maar ik heb altijd het gevoel dat er binnen in hem iets ligt te tikken. Of misschien hoop ik dat alleen maar.'

In de lange stilte die volgde, probeerde Skarre Andreas in een hokje te plaatsen. Hij vond er geen.

'Zijn u en Andreas aan elkaar gehecht?'

Winther liep naar het raam.

'Hij hecht zich aan niemand.'

'En Zipp dan?'

'Ik was verrast dat hij Zipp koos. Andreas is hem in alles de baas. Zipp hobbelt achter hem aan. Ik vraag me af of hij hem misschien ergens voor nodig heeft.'

Skarre maakte een aantekening in zijn boekje.

'Ik ken hem niet', vervolgde Winther. 'Hij is mijn zoon, maar ik ken hem niet. Soms denk ik dat er ook niets te kennen valt', zei hij met neergeslagen blik, alsof hij zich schaamde.

Uiteindelijk ging hij zitten. Zijn kin steunde in zijn handen en hij vestigde zijn blik op iets wat Skarres knie in zijn uniformbroek kon zijn.

'Er zal toch wel iets zijn dat hem interesseert?' vroeg Skarre, in een schamele poging om te troosten.

'Hij kijkt veel films. Eigenlijk geloof ik dat hij steeds weer dezelfde bekijkt. Een of andere sciencefictionfilm. Is dat niet ziek?'

'Nee', glimlachte Skarre. 'Heeft u gehoord van die man die al acht jaar lang iedere zaterdag in Londen naar de musical *Cats* gaat?'

Winther glimlachte wrang. 'Dan moet ik u maar geloven. Verder heeft hij wel wat belangstelling voor muziek. Niet zelf zingen of spelen, alleen maar luisteren. Geen live muziek. Ingeblikte muziek. Hifi. Luidsprekers. Iets meer bas daar, wat minder hoge tonen daar. Membranen. Goudspoelen. Dat soort dingen. Misschien niet eens de muziek op zich.'

'Geluid', vulde Skarre aan. 'Houdt geluid hem bezig?'
'Kan dat je bezighouden?'
'Natuurlijk. Het is zelfs een wetenschap.'
'Maar niet met hart en ziel', zei Winther. 'Gewoon belangstelling. Hij heeft een baan en een inkomen, maar hij heeft nooit geld. Hij deelt zijn geld met Zipp. Waarom doet hij dat in godsnaam?'
'Omdat Zipp zijn beste vriend is?'
Winther keek hem verbaasd aan.
'Waar denkt u aan, als u zegt dat hij zich misschien in de nesten heeft gewerkt?'
Winther sloot zijn ogen. 'Wat ik bedoel? Dat wat binnen in hem tikt, eindelijk geëxplodeerd is.'
Hij glimlachte even om zijn eigen dramatische uitspraak.
'Is hij ooit, voor zover u weet, betrokken geweest bij iets crimineels?'
'Ik vermoed dat ze wel eens iets geprobeerd hebben, hij en Zipp.'
'Waarom vermoedt u dat?'
'Ik vermoed het, zoals men dingen over zijn eigen kinderen vermoedt. Ik heb het tegen zijn moeder gezegd, maar zij wil niet luisteren. Ze vraagt naar bewijzen.'
'Dat doen wij ook', glimlachte Skarre. Hij had van alles verwacht, was op alles voorbereid geweest, maar dit niet. 'Maar', zei hij, 'we hebben het over een knappe, goedfunctionerende jongeman, die elke dag opstaat en naar zijn werk gaat en die zijn vrije tijd doorbrengt met een goede vriend. En die geen strafblad heeft, want dat hebben we natuurlijk meteen gecheckt. Het is duidelijk dat er moeilijk een probleem te zien is.'
'Ik zal u iets vertellen.' Hij stond weer op. 'U vindt het misschien niet zo vreemd. Maar u heeft geen kinderen. Sorry dat ik dat tegen u gebruik, maar het is onmogelijk om dat

niet te doen, want je wordt erdoor in een andere wereld geslingerd, en nu overdrijf ik niet. U heeft geen kinderen, dus leeft u in een andere werkelijkheid dan ik.'

'Dat zal dan wel zo zijn', zei Skarre zacht.

'Ik dacht er niet zo bij na toen het gebeurde, maar nu moet ik eraan denken. Altijd als Andreas naar de dokter of de tandarts moest – voor een inenting, of om een kies te laten vullen, al die dingen die kinderen moeten – dan waren we erop voorbereid dat hij een keel zou opzetten, nietwaar? Dat hij ertegenop zou zien. Schreeuwen en gillen. Of in ieder geval zenuwachtig zou zijn. Maar dat was hij nooit. Hij was onverschillig. Hij zei 'goed' en dan gingen we. En hij zat daar als een dominee, terwijl de tandarts boorde en de dokter prikte. Hij gaf geen kik. En ik was trots op hem. Ik vond hem dapper. Maar als ik er nu aan terugdenk, dan vind ik dat... abnormaal.'

Je hebt niet de zoon gekregen die je wenste, dacht Skarre. Dat krijgt niemand. Mijn eigen vader ook niet. Hij herinnerde zich meteen weer de noodlottige dag waarop hij bij zijn vader binnenliep, nadat hij eerst drie keer op de zware deur van zijn werkkamer had geklopt. Hij had zijn handen achter zijn rug in elkaar geslagen en met zijn meest vaste stem gezegd dat hij geen theologie wilde studeren, maar zich bij de politieacademie ging aanmelden. En dat hij zeker toegelaten zou worden, want hij had uitstekende cijfers en op zijn lichamelijke conditie was niets aan te merken. En toen had hij zich schrapgezet voor wat er komen zou, had daar als het ware in een kogelvrij vest gestaan. En daarna, de slachtscène. Eerst werd hij door zijn vaders zwarte blik gespietst. Daarna had zijn vaders stem als een mes door zijn borst gesneden en binnen twee minuten was hij volledig gevild. Volkomen kaalgeplukt. Zijn vaders wanhoop was als kokend water tegen zijn huidloze lichaam. Zijn vader had hem niet beschuldigd, hij had hem niet willen overhalen zich te bedenken. Maar hij had het volste recht, beweerde hij, om zijn grenzeloze teleurstelling te tonen. Toen had hij de kamer verlaten. Later had zijn vader zijn excuses aangeboden. Als hij deze keuze nu eenmaal had gemaakt, dan zou hij hem vanzelfsprekend steunen. Als hij maar de beste werd die de politie ooit had gehad. Skarre glimlachte triest.

'U moet Zipp onder druk zetten', zei Winther indringend. 'Natuurlijk weet hij iets. En als hij zijn mond houdt, moet het iets ernstigs zijn. Dat ze gedaan hebben. Begrijpt u mij?'

'Ja. Ik begrijp u en ik geloof u. We zullen er verder aan werken. We zullen dit als uitgangspunt nemen.'

Toen vertrok Winther. En Skarre dacht aan de belofte die hij zojuist had gedaan. Op hetzelfde moment werd hij gegrepen door een sterk gevoel. Dat Andreas iets heel merkwaardigs was overkomen.

*

Ik gilde luid, een verscheurende gil die in de kelder weergalmde. Hij keek mij aan, probeerde iets te zeggen, maar ik draaide me om en klauwde tegen de trap omhoog, stootte tegen de leiding van de gloeilamp. Die begon te zwaaien. De lichtkegel veegde door de kelder. Ik liet het luik hard dichtvallen. Rende naar de buitendeur, maakte die open, probeerde te kalmeren. Ik stond een tijdje voor de deur te hijgen en liep toen zo rustig mogelijk over het grindpad de tuin in. Ik begreep het niet, begreep niet waarom dit mij moest overkomen. De bloemen in de perken waren aan het verwelken. Ik was zelf ook aan het verwelken, mijn knieën wilden me bijna niet meer dragen. Ik zocht iets om met mijn handen te doen, iets wat er alledaags uitzag, toen ik ineens de stoel zag staan. Er stond een tuinstoel onder mijn keukenraam! Ik bleef als verlamd staan, probeerde het te begrijpen. Wie had hier naar binnen staan kijken? Er kwam een afschuwelijke gedachte bij me op. Ze waren met zijn tweeën geweest. Aanvankelijk waren ze met zijn tweeën geweest! De andere had buiten staan wachten en had de stoel naar het raam getrokken. Ik ging bijna van mijn stokje. Nee, dacht ik toen, de jongen die in de kelder lag had erop gestaan. Hij had naar binnen gekeken voordat hij toesloeg. Ik pakte de stoel op, had moeite met de twee treden voor het prieeltje. Als ze met zijn tweeën waren geweest en er had er eentje in de tuin staan wachten, terwijl hij wist dat zijn vriend nog binnen was, dan zou hij allang hebben aangebeld. Ik probeerde mijn lichaam te dwingen kalm te blijven, maar mijn voeten trilden, de onrust verspreidde zich naar boven, ik beefde van verontwaardiging. Ik ging weer naar binnen, liep hard stampend de keuken door. Toen tilde ik nijdig het luik op en schreeuwde naar hem: 'Ik bezit helemaal niets. Alleen wat oud zilver! Wat kwam je hier doen?!'

'Ik weet het niet', snikte hij.

Het huilen werd een te grote beproeving voor zijn gehavende lichaam. Het smoorde zichzelf. Ik stond een poosje naar hem te kijken. Hij zag er zielig uit, klein en alleen. Ik snufte wat, kon mijn gevoelens niet beheersen en dat beangstigde me. Gewoonlijk heb ik de dingen in de hand. Nu had ik het gevoel dat ik langzaam oploste. Toch ging ik weer naar beneden en hurkte naast hem. Ik pakte het waterglas en hield het hem voor.

'Kan niet', mompelde hij wanhopig.

'Je moet. Anders ga je dood.'

Hij kreunde radeloos, terwijl ik me vermande en het glas tegen zijn lippen hield. Hij opende zijn mond en ik goot het water naar binnen. Hij begon weer heel erg te hoesten. Het water spatte in mijn gezicht.

'Kan niet', snikte hij.

'Ik zal ervoor zorgen dat iemand je vindt', zei ik mat.

'Nú!' hoestte hij. 'Waarom wacht je?'

Ik slikte hard. Heel even schaamde ik me diep. 'Ik dacht dat je dood was.'

Hij gaf geen antwoord. Zijn lichaam was volkomen roerloos. Dat iemand zó stil kon liggen! Ik ben niet slecht. Maar er kwam iets naar mijn huis, iets waar ik geen macht over had. Ik leef alleen, er was niemand om me te helpen. Ik bleef een eeuwigheid op de keldertrap zitten, met mijn voorhoofd op mijn knieën. Het was doodstil beneden, het enige wat ik waarnam was de geur van schimmel en aardappelen en stof. Maar na enige tijd hoorde ik een ruis in mijn oren, die zwak begon en steeds harder werd. Alsof iemand een zandloper omkeerde. Het zand begon te stromen.

*

Skarres krullen trokken altijd de aandacht. Nu werd hij aangestaard door een tienermeisje dat bij het tijdschriftenrek stond. Ze werd niet beloond. Hij had andere dingen aan zijn hoofd. Winther had natuurlijk gelijk. Zipp hield iets achter. Dat geloofde hij net zo sterk als hij in God geloofde. Wat had Sejer gezegd? Mensen hebben altijd een reden om te zwijgen en dat hoeft niet eens altijd een goede reden te zijn. Ondertussen drong de ernst van de zaak tot hem door. Dit was geen boemelreisje naar Kopenhagen. Hij werd in zijn overpeinzing gestoord, doordat de rij een stukje opschoof.

Hij was nummer vier in de rij. Voor hem stond een oudere vrouw in een bruine mantel. Als hij over haar schouder gluurde, kon hij in haar boodschappenwagentje kijken. Hij vond het leuk om andermans boodschappen te bekijken. Uit hetgeen ze kochten, trok hij vaak grappige conclusies. De vrouw had een plastic zuigfles gekocht. Jodium en watten. Drie flesjes chloor en uit de non-foodafdeling een lantaarntje voor een waxinelichtje. Moest ze geen eten hebben? Hij rekte zijn hals en keek in de andere wagentjes. Gewoonlijk was er een soort orde in de boodschappen, dingen die vanzelfsprekend bij elkaar hoorden. Zoals vier pakken melk, brood en koffie en diepvrieskarbonades. Of een kratje bier, twee zakken chips, een mannenblad en sigaretten. Of luiers, potjes babyvoeding, wc-papier en bananen. Maar wat er in het wagentje voor hem lag, grensde aan chaos. Hij had er wel lol in. Staarde naar haar pluizige jas. Ze schoof weer een stukje op. Hield haar wagentje stevig vast. Ze was niet erg lang, maar zwaar en gedrongen. Aangezien hij haar van achteren zag, was het moeilijk te schatten of ze vijftig of zeventig was. Ze had grijs haar, haar permanent was strak en keurig. Ze droeg korte laarsjes met dikke zolen. Dat met die zuigfles vond hij wat vreemd. Maar die zou wel voor een kleinkind zijn. Hij keek in zijn eigen wagentje. Daarin lagen uien, paprika, rijst, een anderhalveliterfles cola, drie kranten en een zakje tumtum. Hij voelde aan zijn jaszak om te controleren of hij nog sigaretten had. Misschien moest hij een pakje Magic-kaarten meenemen, die stonden keurig in een rek bij de kassa. Misschien met een korte opmerking en een diepe blik in de ogen van de caissière. O jee, nu had ik bijna nog het belangrijkste vergeten! Het was een soort toneelstukje. Skarre schoof naar voren. De vrouw in de bruine mantel legde haar spullen op de band, betaalde en pakte haar boodschappen in een plastic tasje. Er kwam geen woord over haar lippen, geen 'dank u' of 'alstublieft'. Ze keek de caissière niet aan. Ze leek in een eigen wereld ingekapseld. Daarna liep ze naar buiten. Ineens zag Skarre iets in een hoek van de band liggen. Ze was de zuigfles vergeten.

'Ik zorg er wel voor', zei hij tegen de caissière.

Het meisje haalde haar schouders op en zodra hij had afgerekend, rende hij naar buiten. De vrouw was al een eind verderop in de straat. Misschien moest ze een bus halen. Ze droeg het tasje in haar rechterhand en sloop als het ware langs de muren. Hij had het flesje in de binnenzak van zijn leren jasje gestoken en liep met grote stappen achter haar aan. Ze zag hem niet. Nu stak ze de straat over en begon aan de helling van de Prins Oscarsgate. Hij was haar ondertussen voldoende genaderd om te kunnen roepen, maar hij verhoogde zijn tempo nog meer, zodat hij zijn boodschap met gewone stem kon overbrengen. Hij was zo attent, die Skarre. Ze was halverwege de helling en Skarre liep nog maar vijf meter achter haar. Hij pakte het flesje uit zijn zak en holde het laatste stukje.

'Hallo! Kunt u even wachten?'

Ze draaide zich abrupt om en staarde hem aan. Ze keek zo bang dat Skarre ook bleef staan, hij spreidde zijn armen en zwaaide met het flesje.

'U bent dit vergeten!'

Ze keek hem een paar seconden aan, draaide zich toen om en liep door.

'De zuigfles!' riep hij weer.

Eindelijk bleef ze staan.

'Ik stond achter u in de winkel. Dit lag nog op de band.'

Hij stond nu heel dichtbij haar. Zag haar dunne lippen en de diepliggende ogen. Ze had een zware kaak en doorlopende wenkbrauwen. Haar gezicht was wit, angstig.

'Ik dacht dat het misschien belangrijk was', zei hij met een glimlach en hield de fles voor haar omhoog. Ze pakte hem aarzelend aan.

'Het spijt me,' mompelde ze, 'maar ik schrok nogal.'

'Dat was niet mijn bedoeling', zei Skarre en hij maakte een buiging.

'Er lopen zoveel rare mensen op straat', vervolgde ze. 'Je weet nooit wie je voor je hebt.' Ze wist een soort glimlach voort te brengen. 'U had gewoon kunnen doen alsof u het niet gezien had. Maar die fles is inderdaad belangrijk.'

'Ik begrijp het.' Hij deed een stap achteruit. Ze was eindelijk rustig geworden. 'Nog een prettige dag verder.'

'Een prettige dag?' Ze leek te ontwaken. 'U weet niet wat u zegt.'

Skarre aarzelde. Haar gezicht kreeg ineens een verwarde uitdrukking. Plotseling draaide ze zich om en liep verder tegen de helling op. Skarre zag dat ze linksaf sloeg, vlak voor een hoge heg. Achter de bomen zag hij een stukje van een wit huis met groene kozijnen.

*

Ik draaide de kraan open en liet het water lopen. Ik was beheerst genoeg om een beetje zorgzaamheid te tonen, bovendien was ik verantwoordelijk voor hem. Hij had alleen mij. Die gedachte fleurde me een beetje op, hoewel ik wist dat het niet lang kon duren, dat ik maar heel even deze persoon tot mijn beschikking had. Iemand die gedwongen was naar mij te luisteren. Hij begon te kreunen toen ik het luik openmaakte. Het was raar om een zuigfles in mijn hand te hebben, dat was zo lang geleden. Ik had alles uitgedacht.

Als ik een kussen op zijn borst legde, kon de fles daarop rusten. De fles voor hem vasthouden, nee, dat kon ik niet. Ik vond het vreemd dat hij nog steeds leefde. Er was iets met zijn benen en zijn armen, en misschien ook met zijn longen. Zijn stem was zwak en hij had moeite met ademhalen. Ik stond een tijdje met de fles in mijn hand. Dat ik die had kunnen vergeten! Ik kon me niet goed herinneren wat ik tegen de jongeman had gezegd. Ik daalde de trap af. Hij zag de fles meteen en sperde zijn ogen open. Ik legde het kussen op zijn borst, bovenop de plaid. De fles zakte er goed in weg. Hij begon te zuigen, zonder pauze, het water borrelde in de fles. Ik zat stil naar hem te kijken. Een stukje hoger op de trap, zodat ik zijn hoofd tussen mijn knieën door zag, alsof ik hem zelf op de vloer had gebaard. Het was goed dat hij eindelijk water kreeg. Hij huilde terwijl hij dronk. Ik werd volkomen opgeslokt door zijn knappe gezicht en de lichte ogen, en door het water dat door zijn keel stroomde. Met een schaar had ik het gaatje in de speen iets groter gemaakt, zodat hij gemakkelijker zou kunnen drinken. Toen de fles bijna leeg was, werd die zo licht dat hij van het kussen rolde en op de betonnen vloer viel. De fles rolde met een tinkelend geluid weg.

'Dank je', fluisterde hij. Toen sloot hij zijn ogen. Ik was zo ontroerd. Zou hij nu niet meer schreeuwen? Mij niet meer vervloeken, of me gebieden om hulp te bellen? Hij leek te slapen. Ik wachtte eerbiedig. Hij ademde moeizaam. Als ik niet zo'n pijn in mijn rug had gehad, had ik daar de hele nacht kunnen zitten. Als ik het had gekund, zou ik hem omhoog hebben gedragen naar mijn eigen bed. Ik zou het voor hem gedaan hebben, ik zou het met plezier hebben gedaan. Om zo te zitten kijken naar iemand die dat volkomen aan jou is overgeleverd, is met niets te vergelijken. Op dat moment en op die plek besloot ik hem zo goed ik kon te verzorgen.

En de kelder, die ik zo goed kende, veranderde langzaam. Was niet langer donker en akelig, ik zag het goed. Het spinrag onder het plafond. Het licht dat erdoorheen scheen, waardoor het zilveren draden leken. De schemering in de hoeken, het gele licht en de doffe vloer. De treurige oude meubels leken nu een soort waardigheid te krijgen. Ze rustten tevreden tegen de keldermuur, hun taak zat erop. De versleten treden waar ik op zat. De stille ruimte. Andreas had de ruimte gevuld. Hij was jong en dom, hij had ondoordacht gehandeld, zoals jongeren doen, onbezonnen. Maar hij had het toch niet verdiend om daar zo te liggen rillen. Ik kwam weer tot mezelf.

'Heb je pijn?' vroeg ik.

Er ging enige tijd voorbij. Hij opende zijn ogen.

'Nee', zei hij zacht.

'Heb je het koud?' vroeg ik weer.

'Nee', herhaalde hij.

Hij bevochtigde zijn lippen. Er waren barstjes in gekomen. Het haar aan de rechterkant van zijn hoofd was besmeurd met bloed. Stijf en plakkerig.

'Je ligt zo ongemakkelijk. Ik zal je een beetje goed leggen.'

'Nee! Nee!'

Hij schreeuwde luid. Zijn ogen werden wit van angst.

'Je benen liggen op de trap... Het ziet er zo ongemakkelijk uit.'

'Nee! Niet doen!'

Ik stond op en ging achter zijn hoofd staan. Aarzelde even voordat ik bukte. Hij jammerde en gilde, smeekte me het niet te doen. Maar ik maakte me sterk en stak mijn handen onder zijn oksels. Telde tot drie en trok hem het laatste stukje van de trap. Zijn schoenen ploften zacht op de vloer. Hij schreeuwde niet, dat verbaasde hem blijkbaar. Zo zag het er beter uit, nu zijn benen recht lagen.

'Ik voel mijn lichaam niet. Ik voel helemaal niets!' zei hij ineens.

Ik werd overweldigd door wat hij zei, door wat ik hem had aangedaan. Hij, corrigeerde ik, híj had dit aangericht. Dat drong met een klap tot mij door, dat en de ernst van de situatie, hoe erg zijn verwondingen waren. Ik moest de wanhoop die ik voelde kwijtraken, dit kon ik niet aan! Ik stond nijdig op.

'Daar had je maar eerder aan moeten denken!'

Hij opende zijn mond om terug te schreeuwen, maar hij kon het niet. Hij had de kracht niet. Ik liep de trap op. Sloot het luik. Zou hij zijn nek hebben gebroken? Zou de verbinding met de rest van zijn lichaam zijn verbroken? Zou alles ophouden te functioneren... kon hij zo leven? Kreeg hij genoeg zuurstof? Het was te laat om terug te krabbelen. De eerste keer dat ik het luik had dichtgegooid, had ik een brug achter me afgebroken. Er was geen weg terug. En ook geen weg vooruit. Ik ging aan de tafel zitten en legde mijn hoofd in mijn handen. Steeds weer dook zijn gezicht op in mijn gedachten, storend. Maar toen werd ik weer blij en warm en tevreden. De volgende keer kan ik de fles met warme melk vullen, dacht ik, met misschien een beetje suiker erin. Of een paar tabletten Stesolid, zodat hij kan slapen. Die gedachte bracht me een soort rust. Al het goede dat je kunt doen, als je maar wilt. Ik bladerde de kranten door. Er was geen enkele pagina zonder geweld of oorlog of ongelukken. Een jonge knaap had zijn vriendin in het gezicht geschoten. Er waren er meer als Andreas, veel meer. Het ene verhaal was nog erger dan het andere. Zo nu en dan draaide ik me om en keek ik over mijn schouder. Ik wachtte ergens op. Een gezicht voor het raam, een telefoontje. Toen er werd aangebeld, sloeg mijn hart een slag over. Maar het werd weer rustiger toen ik bedacht dat ik niet hoefde open te doen. Ik beslis immers zelf over mijn eigen leven en mijn eigen huis. Ik negeerde de bel, maar het stopte niet op. Uiteindelijk keek ik door het spionnetje in de deur. Er stond een lange gedaante op de stoep en ik keek in een betraand gezicht. Het was mijn vriendin Runi. De moeder van Andreas.

*

Begeleid door twee agenten kwam Robert uit het huis van bewaring. Hij was lijkbleek. In zijn ogen waren een paar adertjes gesprongen en hij had al een paar dagen niet gegeten. Niet als een vorm van protest, maar het eten kwam gewoon weer naar boven. Hij leefde op cola en koffie en sigaretten. Hij zou niet proberen zich eruit te praten of excuses te verzinnen. Hij wilde het alleen maar proberen te begrijpen. Dat was zijn enige bijdrage. Hij had ineens alle tijd van de wereld en hij had ook al snel begrepen dat de makkelijkste weg naar de rest van zijn leven via samenwerking liep. Bovendien waren ze aardig, ze behandelden hem vriendelijk. Dat gold voor iedereen, van hoog tot laag. Zoals deze inspecteur. Robert ging langzaam zitten. Waarom zou hij zich haasten? Waar moest hij zich verbergen? Dat hij Anita had vermoord, zou hem altijd blijven achtervolgen. Het zou als een staart achter hem aan slepen. Hij had in zijn leven niet veel fout gedaan. Op school was hij dan misschien niet zo'n goede leerling geweest, maar hij had altijd veel vrienden gehad en hij was een positieve jongen, dat stond in zijn rapport. En net als de meeste jongens had hij gedacht dat hij een goede toekomst voor zich had. Dat hij niet in een van de vele valkuilen zou stappen. En nu stond hij hier, aangeklaagd voor moord met voorbedachten rade. Dit besef was als een moker die keer op keer met onwrikbare precisie toesloeg. Hij was onderhand aan de pijn gewend geraakt.

'Ga zitten', zei Sejer. 'Als je wilt roken, ga je gang. En verder moet je het maar zeggen als je iets wilt hebben. Het maakt niet uit wat.'

'Dank u', zei Robert.

Hij keek de grijze man aan. Sejer torende met zijn imposante lengte boven hem uit, maar was niet bedreigend. Hij deed in de allereerste plaats zijn werk. Dat was goed te zien. Hij had dit meer gedaan. Robert was hier geen uitzondering, hier binnen was hij slechts een van de velen. Hij zou willen dat het anders was. Dat hij de eerste was. Dat hij daarom herinnerd zou worden.

'De psycholoog, Robert? Hij komt als ik hem bel.'

'Nee, zo is het goed.'

Sejer knikte. Hij haalde een hand door zijn grijze haren. Robert vermoedde dat achter zijn bedaarde uiterlijk geweldige krachten sluimerden, die misschien in woede konden omslaan als hij niet meewerkte. Sejer droeg een overhemd en stropdas en een discrete grijze broek met scherpe vouwen. Zijn grijze ogen monsterden hem rustig.

'Ik wil wat dit gesprek betreft één ding benadrukken. Het wordt misschien niet makkelijk, maar je moet het toch maar proberen.' Hij trok zijn stoel dichter bij de tafel. 'Probeer tijdens het verhoor, terwijl we doornemen wat er is gebeurd, niet steeds te verwijzen naar het feit dat je die avond vrij veel dronk en hoe aangeschoten je op de verschillende momenten was. We weten allebei dat je veel te diep in het glas had gekeken.'

Hij keek Robert zwijgend aan, die hem nog steeds met wijdopen ogen aankeek en voortdurend knikte.

'En we weten allebei ook dat het niet gebeurd zou zijn als je niet had gedronken.'

Robert sloeg zijn ogen neer. Hij hoorde zijn wimpers zijn wang raken.

'We nemen gewoon door wat er is gebeurd, zoals jij het je herinnert, zonder de nadruk te leggen op het feit dat je dronken was. Later worden de gebeurtenissen bekeken in het licht van de roes waarin je verkeerde. Dat is de taak van je verdediger. Begrijp je me?'

'Ja.'

Onder de tafel luchtte Robert zijn bezwete handen. Hij keek omlaag naar zijn schoenen. Gevangenisvoeten, dacht hij. Robert de gevangene.

'De dag waarop het allemaal gebeurde. Vanaf het moment dat je 's morgens opstond, totdat Anita dood op de vloer lag. Zo goed en zo kwaad als dat gaat. Neem alle tijd die je nodig hebt', voegde hij eraan toe.

Robert haalde diep adem. 'De wekker ging om tien voor acht.' Mijn stem, dacht hij, de stem van een kind. Zo iel en vreemd. 'Eigenlijk ben ik 's morgens altijd nogal moe. Maar het was vrijdag. Op vrijdag is het gemakkelijker,' zei hij met een glimlach, 'omdat je dan weet dat het bijna weekend is. We zouden een feestje vieren. Nog een paar uur werken en dan was het zover. En Anita zou ook komen. Ze had zich onder een oppasafspraak uit weten te praten. En mijn huisbaas was weg, dus we hadden het hele huis voor onszelf. Ja,' hij haalde adem, 'het was een gewone dag. Het ging goed met me. Beter dan anders', voegde hij toe.

'Waarom?'

'Vanwege... Anita.'

De naam Anita uitspreken kostte hem eindeloos veel moeite. Anita, Anita. Kon die naam maar uit alle registers van de wereld worden gewist. Er waren veel Anita's. Iedere keer als hij die naam hoorde, zou alles weer boven komen. Hem uit het lood slaan.

'Tegelijkertijd', zei hij schor, 'had ik het gevoel dat het niet blijvend was. Voor altijd, bedoel ik. En als ik daaraan dacht, werd ik wanhopig. Ik moest er steeds aan denken.'

'Waarom?' wilde Sejer weten. 'Waarom werd je wanhopig?'

'Anita was... geweldig. Ze was het beste wat me kon overkomen. Maar diep in mijn hart wist ik dat ze me snel weer zou verlaten en een ander zou vinden. Iemand die beter was dan ik. Vroeg of laat zou het gebeuren.'

'Hoe kon je dat nu weten?'

Sejer keek naar Roberts schouders. Die kromden zich, alsof er een koude wind in zijn rug waaide.

'Ze gedroeg zich als de meeste vriendinnetjes. Maar ze was ook niet echt smoorverliefd. Ik denk dat het maar een kwestie van tijd was en dan zou ze Anders hebben genomen. Of Roger, of iemand anders. Zo is het denk ik, als je het voor het kiezen hebt. Ik heb nooit kunnen kiezen,' zei hij toen, 'daarom betekende het zoveel voor me. Om een vriendin te hebben. Nee, niet een vriendin, die heb ik wel meer gehad. Om Anita te hebben.'

Sejer steunde zijn kin op zijn handen. 'Was Anita het mooiste meisje dat je ooit hebt gehad?'

'Eigenlijk wel. Dat trekt natuurlijk de aandacht. Als je met haar over straat loopt. De mensen keken naar haar haren en zo. En daarna keken ze wie erbij hoorde. Wie zo'n leuk meisje had weten te versieren.'

Sejer bestudeerde hem diepgaand. Zijn smalle gezicht en dunne haar, dat al een tijd niet meer gekamd was en nu zijn eigen, wilde weg ging. Donkerblauwe ogen, die onrustig door de kamer schoten. Een streep van een mond, bijna kleurloos. Dunne vingers met afgekloven nagels. Een kind nog, bijna.

'Hoe verliep je werkdag?'

'Heel gewoon. Er is altijd veel te doen op vrijdag. In de lunchpauze heb ik Anita opgebeld. Niet dat ik iets te melden had, maar ik vond het leuk om te kunnen bellen wanneer ik dat wilde. Ze werkt in het warenhuis. We praatten een paar minuten en hingen toen weer op. Ik had zin om haar te vragen een jurk aan te doen, maar dat durfde ik niet. Ik wilde niet zo'n betuttelaar zijn. Dat willen meisjes niet. Dus ik zei niets. Maar ze kwam in een jurk.'

'Hoe laat waren jullie er allemaal?'

'Om een uur of zeven. Anders kwam iets later, hij werkt tot zeven uur, hij was er misschien om half acht, ik weet het niet precies.'

'Wat deden jullie?'

'Bier drinken, natuurlijk. Ik bedoel... we praatten. Draaiden muziek. Bespraken dingen.'

'Wat voor dingen?'

'Voetbal. Het concert van Joe Cocker. Daar waren we geweest, in Oslo Spektrum. Dat was nogal tam, daar hebben we het lang over gehad. De meisjes werden een beetje chagrijnig, ze vinden hem zo... ja, wat zeiden ze ook alweer? Ze vinden hem een lekker ding, zeg maar. U weet wel, zoals hij staat, met dat lichaam dat hij niet onder controle heeft. Daar vallen ze voor.'

Sejer glimlachte. Robert ontspande. Ze waren nog lang niet bij het noodlottige schot, op dit punt was hij nog geen moordenaar en het was prettig om daar te zijn, om het andere als het ware te vergeten, maar het kwam al dichterbij. Als een woedende stier stond het misdrijf achter een fragiel hek te dringen.

'Daarna hadden we het over politiek. De verkiezingen. Er waren er twee die gingen stemmen en die zaten een beetje te bekvechten. Roger en Greta begonnen te dansen. Anita zat bij mij op de bank. Daar zat ze de hele tijd, tot laat op de avond, behalve als ze naar de wc moest. U weet wel, meisjes, als ze drinken...' Hij zweeg ineens. 'Ik was zo gelukkig', zei hij stilletjes. 'Ik had alles. Ik meen het. Een plek om te wonen. Werk. Een meisje. Vrienden. We hadden twee hele kratten..., eh, niet alleen het hele weekend lag voor me, het hele leven lag voor me. Op dat moment kon ik me voorstellen dat het misschien altijd zo zou blijven. Maar toen begon ik al behoorlijk...'

'Wat dacht je', onderbrak Sejer hem, 'toen je samen met Anita op de bank zat en om je heen keek naar alles wat je had, wat dacht je toen?'

'Dat ik altijd zo zou kunnen blijven zitten. En hoe alles zou worden als ze wegging.'

'Wat voor bestaan zag je toen voor je?'

'Ik weet het niet precies...' Hij spande zich in. 'Iets met opnieuw beginnen. Hoe moeilijk dat is. Dat we eigenlijk nooit echt iets bereiken, maar steeds weer opnieuw beginnen. Nieuw werk, nieuwe vrienden. Nieuwe verkering. Steeds weer opnieuw.'

'En toen stond ze op en liep ze van je weg. Wat dacht je toen?'

'Ik hield me rustig. Ze moest zich toch vrij kunnen bewegen. Ze deed niets, maar ik hield haar in de gaten. Ik hield iedereen in de gaten. Anders en Roger. Ze keken naar haar, maar dat deed iedereen. Ik ben geen ruziezoeker. En hoewel ik... hoewel ik haar voor mezelf wilde hebben, zei ik niets, maar ik keek naar haar en ik keek naar iedereen die naar haar keek om te zien wat er gebeurde.'

Hij boog zijn hoofd en keek naar zijn gevangenisvoeten.

'Anders was de ergste, ik ken hem. Ik had het moeten weten. Maar hij zal wel jaloers zijn geweest. Hij wilde misschien een beetje pesten. Hij pest vaak, maar hij is niet gemeen. Niet echt.'

'Wat deed hij?'

'Hij liep naar Anita toe en danste met haar. Ik heb nooit gedacht dat ze niet met anderen zou mogen dansen, echt niet. Anders keek naar mij, hij wilde zien wat ik deed. Ik deed niets. Maar ik hield hen in de gaten. Ik voelde me zo raar', zei hij zacht.

'Hoezo raar?'

Robert was een beetje ingezakt en zijn ogen kregen een afwezige uitdrukking. Maar hij dacht echt na, groef in zijn geheugen naar hoe het was. Sejer fluisterde: 'Kun je dat beschrijven?'

'Het is moeilijk het je weer voor de geest te halen.'

'Denk goed na. Stap in je herinnering.'

'Ik zie wat beelden. Maar het geluid verdwijnt.'

'Wat bedoel je?'

'Ik hoorde de muziek niet meer. Maar het beeld van Anders en Anita werd extra duidelijk.'

'Extra duidelijk?'

'Ik zag Anita', zei hij moeizaam. 'Maar al het andere verdween. Ze danste met Anders. Ze dansten heel langzaam, alsof ze bijna stilstonden. Het licht, het geluid, ik kon me niet bewegen, ik keek alleen maar naar Anders en Anita. Ze was mij vergeten. Maar ze was immers nogal dronken. Ik bedoel, we zouden het er niet over hebben, maar ze was mij vergeten!' zei hij wanhopig.

'Maar Anders was jou niet vergeten', zei Sejer.

'Hij keek mij met een akelige glimlach aan. Ik heb Anders wel vaker zien glimlachen, ik heb er nooit zo over nagedacht. Hij had gele tanden. Ik glimlachte niet terug. Het feit dat alles bijna stilstond fascineerde me.'

'En toen?'

'Toen deed hij een stap naar achteren. Hij duwde Anita van zich af. En toen dacht ik, nu gaat hij weg. Maar zo ging het niet. Hij hief zijn handen op en kneep in Anita's tieten. Hij kneep zo, dat ik het zou zien.'

'En wat deed Anita?'

'Tja, ze was immers nogal... Ze lachte', zei hij zwaarmoedig. 'Ze lachte alleen maar. Het moment was al aangebroken. Ik moest opnieuw beginnen. Het leek onmogelijk. Ik kon net zo goed doodgaan.'

'Had je het gevoel dat je het liefst dood wilde?'

'Ja', zei hij slechts.

'Hoe kwam het dat je ineens aan dat geweer dacht?'

Hij nam de tijd. Deed zijn best. De enorme concentratie had gevolgen voor zijn ademhaling, die gehaast en oppervlakkig werd.

'Toen ik bedacht dat ik net zo goed dood kon gaan. Toen herinnerde ik me dat het in de gangkast stond. Sterven gaat snel, het duurt maar een seconde.'

'Dus je kwam pas op het idee om het geweer te halen toen je aan de dood dacht?'

'Ja. Mijn huisbaas had een geweer in huis. Het schoot me ineens te binnen dat dat in de gang stond.'

'In die seconde, toen je aan het geweer dacht, keek je toen naar Anita?'

'Ze zagen er zo vreemd uit. Het licht was raar.'

'Hoe raar?'

'Zoals soms in discotheken. Een blauw, metalig licht.'

'Wat deed je?'

'Ik zag de kamer niet meer, alleen een verlicht pad naar de deur. Opeens stond ik in de gang. Ik hoorde nog steeds niets. Het geluid was niet meer dan een zwak gekriebel. Als mieren in je oren', zei hij langzaam. 'Ik wist dat ik iets tegen Anders had geroepen, maar ik kon me niet herinneren wat. Ik maakte de kastdeur open. Het geweer stond er, zoals altijd. Glimmend gepoetst. Kant en klaar gemonteerd. Het was voor mij.'

'En de munitie?'

'Verscheidene doosjes. Ze stonden op een plank.'

Zijn stem was troebel. Sejer moest zich inspannen om hem te verstaan.

'Kun je je een paar gevoelens herinneren, of gedachten die je op dat ogenblik had?'

'Geen gevoelens. Ik was dood.'

'Wat bedoel je?'

'Mijn gezicht begon te krimpen. Ik weet nog dat de huid rond mijn mond verstrakte. Het was een naar gevoel. Ik moet de tijd stilzetten, dacht ik, voordat ik weer opnieuw moet beginnen.'

'Hoe wilde je de tijd stilzetten?'

'Met een harde knal', fluisterde hij. 'Als ik een schot loste, zou er een harde knal klinken. En iedereen zou wakker worden.' Hij haalde een hand over zijn voorhoofd. 'Een knal. Die zou ons wakker maken.'

'Sliepen jullie?'

'Iedereen was zo traag. Ze leken te verdwijnen.'

'Je laadde het geweer en ging weer naar binnen. Wat zag je?'

'Iedereen keek naar mij. Dat vond ik prettig, dat ze naar me moesten luisteren. Ze hielden op met glimlachen. Iedereen behalve Anders.'

'Hoorde je iets?'

'Mijn naam. Iemand riep. Het klonk ver weg.'

'Je hief het geweer op en richtte. Waarom?' Sejer hing over de tafel heen.

'Tja. Ik weet het niet…'

'Probeer die gedachte te vinden, Robert. Waarom hief je het geweer op?'

'Ik had die knal nodig!'

'Maar je richtte', herhaalde hij. 'Je had in de lucht kunnen schieten. Toch richtte je op Anders.'

'Ja!'

'Je richtte op Anders en haalde de trekker over. Waarom?'

'Ik weet het niet. Ik durf het niet te zeggen!'

Hij smeekte luid en hartverscheurend om alsjeblieft niet verder te hoeven gaan.

'Ik probeer het alleen maar te begrijpen', ze Sejer. 'Ik lach niet. Ik sla niet. Ik wil het alleen maar begrijpen.'

Robert snikte en snotterde een beetje, hij richtte zijn ogen op de bureauonderlegger, die een wereldkaart voorstelde. Zijn blik belandde in een sneeuwwit, ijskoud Antarctica.

'Ik was kwaad weggelopen om het geweer te halen. Het zou er zo zielig hebben uitgezien als ik in de lucht had geschoten.'

Zijn hoofd zakte op zijn borst. Sejer leunde weer achterover. Zijn gezicht veranderde niet van uitdrukking, maar Robert zag het toch niet, hij bevond zich nog steeds op de ijsvlakte.

'Ik haalde de trekker over, maar er gebeurde niets. De veiligheidspal zat er nog op. Die schiet erop als je het geweer dichtklapt. Dat herinnerde ik me en ik ontgrendelde het. Ik vond het gênant', zei hij stilletjes. 'Dat ik zo'n blunder had begaan. De veiligheidspal vergeten.'

'Merkte je niet dat Anders zich achter Anita verschool?'

'Jawel.'

'Maar je schoot toch. Had je door dat je haar zou raken? Anita... het meisje van wie je hield?'

Robert ontmoette zijn blik even.

'Nee. Ja. Maar ik kon haar ook niet vragen opzij te gaan. Ga opzij, Anita, ik ga Anders neerschieten. Dat kon niet. Ik moest wel schieten.'

'Was je boos, Robert?'

'Boos?' vroeg hij langzaam. 'Ik geloof het niet. Maar Anders was laf.'

'Je concentreerde je op het schot?'
'Ik moest het laten knallen', herhaalde hij.
'Waarom stopte je niet?'
'Dat was te moeilijk. Ik was al bezig.'
'Je was al bezig. En toen knalde het. Hoe voelde dat?'
Hij slikte een paar keer. Hield het antwoord even vast. Kon zijn eigen woorden niet geloven. 'Goed', zei hij stil.
Tegelijkertijd begon hij enorm te beven. 'Het voelde goed. Ik werd helemaal warm. Ik merkte dat ik viel.'
'De geluiden', zei Sejer. 'Kwamen die terug?'
'Na een tijdje. Alsof iemand een radio hard zette. Ik schrok me rot. Ze bogen zich over me heen, iedereen boog zich omlaag en sommigen schreeuwden. De meisjes jammerden en iemand stootte een glas op de grond.'
'Wat dacht je dat er gebeurd was?'
'Dat er een verschrikkelijk ongeluk was gebeurd. Dat ik gewond was.'
'Jij? Gewond?'
'Ik was ergens door geraakt. Het was allemaal zo vreemd. Het geluid was te hard. Er lag bloed op de vloer. Ik dacht, zo dadelijk komt iemand mij wel helpen. Ik liet me vallen, terwijl ik op hulp wachtte. Ik vond het een prettig idee, dat er iemand zou komen om mij weg te dragen. Ik vond het prettig', zei hij stil.
'Hoe is het, Robert. Wil je verder?'
'Ja.'
Hij had zich zo ingespannen dat zijn hemd natte plekken vertoonde.
'Waarom?'
'Dit begin is anders. Ditmaal wordt het geen herhaling van dezelfde dingen.' Hij zakte uitgeput neer op de tafel. 'Maar ik snap niet waarom. De psycholoog zal er wel een verklaring voor hebben. Maar hoe kan hij zo zeker weten dat die juist is?'

'Hij weet het niet altijd even zeker, Robert. Hij doet zijn werk, zo goed mogelijk. Hij probeert het te begrijpen.'

'Maar valt er iets te begrijpen? Het gebeurde gewoon.'

'Er is zoveel dat maar gewoon gebeurt. Maar het is belangrijk om alles op een rijtje te zetten. En misschien dat je het na verloop van tijd begrijpt.'

'En ik ben niet gek!'

Wat hij ook was, gek wilde hij beslist niet zijn.

'Nee. Ik denk ook niet dat je gek bent. Maar soms vallen er te veel stenen tegelijk om. En die duwen ons omver. Maar je kunt weer opstaan. Je beslist nog steeds zelf over je leven.'

'Nee hoor. Niet hier binnen.'

'Jawel. Jij bepaalt bijna alles. Wat je wilt zeggen, wat je wilt denken, waar je de dagen mee wilt vullen.' Sejer pakte zijn hand. 'Ik zou graag zien dat je wat eet.'

'Als ik niet eet, word ik slap en dan hoef ik niet zoveel te denken.'

'Het is beter om wel na te denken. Stel het niet uit. Die gedachten komen toch.'

Robert had een droge mond. Kon deze sterke man hem maar optillen en naar zijn brits in de cel dragen.

'U kunt opstaan en weggaan', zei Robert. 'U kunt weggaan en ons vergeten. Ik ben iemands werk geworden', zei hij peinzend. 'En u wordt ervoor betaald om met mensen als ik om te gaan.'

'Zit dat je dwars?'

'Een beetje.'

'Ik voel me prettig met mensen als jij.'

Robert zonk weg in zijn eigen gedachten. Sejer liet hem daar zo zitten. Voorzichtig vormde Robert enkele gedachten. Hij zou de dingen die hem te wachten stonden wel kunnen verdragen. Hij zou de gevangenis wel overleven. Iedereen daar had dezelfde blunder begaan. Hij was een van de velen en sommigen hadden misschien nog ergere dingen gedaan. Hij zou zich aanpassen, zich aan de regels houden, een modelgevangene zijn. Dag in dag uit, weken en maanden. Dat zou hij wel redden. Maar daarna. Als hij er eenmaal uitkwam, wat zou er dan gebeuren? Wat moest hij antwoorden? En wat zouden ze doen, als ze alles door hadden? Zou hij het dan ook redden? Of moest hij ervoor zorgen weer snel terug te zijn, in dit gebouw met zijn orde en zijn regels? Dat was makkelijk. Een paar eenvoudige taken, drie keer per dag eten, geld voor sigaretten. Zelfs vriendelijkheid. Hij begon te beven.

'Maar ik weet niet hoe me dat moet lukken!' viel hij ineens uit. Hij voelde een sterke drang om te huilen, maar hij slikte het weg en veegde met de mouw van zijn overhemd zijn neus schoon. Hij bleef zwijgend zitten, terwijl het onderdrukte huilen in hem trilde. Hij kende zichzelf niet meer. Hij had nergens meer houvast. Langzaam steeg hij van zijn stoel op. Hij steeg en steeg, en bleef hoog boven de tafel hangen, hij zweefde. Hij keek neer op zijn eigen lege stoel, hij kon zich langzaam omdraaien en door de kamer cirkelen. De inspecteur merkte het niet, hij was druk bezig iets op te schrijven.

*

Runi stond op de stoep te schreeuwen. Ze was vreselijk opgewonden. Ze rukte een paar keer aan de deur. Ik draaide me om en holde weer naar de keuken, zette de radio op z'n hardst.

'Irma, ik ben het, Runi! Je moet opendoen, Irma!'

Ik dacht als een razende na. Moest ik opendoen? En als ik het niet deed, wat gebeurde er dan?

'Ik ben niet zo lekker!' riep ik. 'Ik ben vandaag niet naar mijn werk gegaan!'

Ik leunde tegen de muur, ik moest zorgen dat ze wegging! Iedereen kwam maar naar mijn huis toe en drong hier binnen!

'Ik moet met je praten!'

Ze gaf het niet op. Ik probeerde een excuus te verzinnen om niet open te hoeven doen. Andreas kon ons horen, hij zou gaan schreeuwen. Ze kwam nooit zomaar, zonder dat ze was uitgenodigd, het was zo onbeschrijflijk brutaal, zo absoluut onmogelijk om haar binnen te laten. Maar als ik niet opendeed...

'Doe open, Irma! Alsjeblieft!'

Haar stem sloeg over. Ik moest aan de buren denken. Die zouden haar kunnen horen. Ik was gedwongen open te doen. Ik draaide de sleutel voorzichtig om en opende de deur op een kier. Ze tuimelde de gang binnen. Haar ogen waren gezwollen. Ze had haar mantel niet eens dichtgeknoopt. Het was akelig om Runi zo te zien, ik vind haar sympathieker als ze vriendelijk kwebbelt.

'Er is iets ergs gebeurd!'

Ze zakte bij de tafel neer en zocht in haar tas naar sigaretten. De radio speelde zigeunermuziek. Ze wierp er een blik op en riep wanhopig: 'Ik heb je zó vaak gebeld. Waarom neem je niet op? Kun je de radio niet wat zachter zetten?'

Ik liep naar de radio en zette hem zachter, een klein beetje.

'Wat is er aan de hand?'

'Andreas', snikte ze. 'Andreas is weg.'

'Wat bedoel je? Weg?'

Ik keek haar niet-begrijpend aan. Maar ik had me geen zorgen hoeven maken, ze was veel te vol van haar eigen wanhoop, wat in feite kenmerkend was voor Runi, ze zag mij niet staan. Ze staarde zich blind op haar eigen ongeluk.

'Hij is al twee dagen niet thuisgekomen. Ik ben bij de politie geweest.'

'De politie?' Ik hapte naar adem.

'Ik heb hem als vermist opgegeven.'

Ik trok mijn vest dichter om me heen en luisterde intussen of ik geluiden uit de kelder hoorde, maar ik hoorde niets. Misschien was hij flauwgevallen, of misschien sliep hij. Lieve God, al geloof ik absoluut niet in je, laat hem slapen!

'Maar Andreas is toch altijd op pad?' probeerde ik. 'Heb je zijn vader al gebeld?'

'Daar is hij niet. De politie heeft met hem gepraat.'

'En zijn vrienden dan?'

'Hij heeft er maar één. En die weet van niets. Er moet hem iets zijn overkomen, iets ergs. Godallemachtig! Ik ben zo wanhopig. Misschien is hij weggelopen. We hebben constant ruzie. Ik was nooit tevreden en nu had hij er natuurlijk genoeg van. Ik word gek van het wachten, ik word er gek van, Irma!'

Ze zakte in elkaar en begon te snikken. Ze huilde een hele tijd, terwijl ik naar woorden zocht.

Ik ben niet zo goed met woorden, dat ergerde me een beetje, bovendien dacht ik iets uit de kelder te horen. Een klikkend geluid. Zacht, maar duidelijk. Maar hij kon zich niet bewegen, het moest iets anders zijn. Ik zocht koortsachtig naar een mogelijke verklaring. Stel dat Runi het hoorde? Maar ze kon toch niet bedenken dat Andreas met een gebroken nek in mijn kelder lag. Zoveel fantasie had ze niet.

'Heeft hij zich in de nesten gewerkt?' probeerde ik. Het was alsof ik water in een frituurpan gooide, Runi begon meteen te sissen.

'Praat niet zo! Jij praat al net als zijn vader. Andreas zou nooit iets strafbaars doen, als je dat soms bedoelt. Maar met al die rare snuiters die hier door de stad lopen, vooral 's nachts, vrees ik het ergste. Ik word gek als ik eraan denk wat er allemaal gebeurd kan zijn.'

Ze bleef maar huilen, zachter nu. Eigenlijk zou ik haar iets moeten aanbieden, maar dan zou ze nog langer blijven zitten, dus ik zei niets.

'Heb je een kop koffie voor me?' vroeg ze plotseling. Ik ergerde me, maar kon het haar niet weigeren. Ze zou argwaan kunnen krijgen. Runi is niet erg slim, maar ze is kien op een primitieve manier. Ik stond op en zette het koffiezetapparaat aan.

En toen hoorde ik dat geluid weer. Runi was in gedachten verzonken. Er steeg een dun pluimpje smerige rook van haar sigaret op naar het plafond.

'Je moet iedereen bellen', zei ik met mijn rug naar haar toe. Ik moet het gesprek gaande houden, dacht ik, zolang we praten kan ze dat geluid in de kelder niet horen.

'Zijn werk,' zei ik toen, 'heb je daar al iemand gesproken?'

'Natuurlijk.'

'Misschien is hij er met een meisje vandoor', zei ik. 'Hij is immers zo knap. Net een sprookjesprins. Had hij veel geld bij zich?'

'Dat kan ik me niet voorstellen. Hij verdient niet veel en hij deelt alles altijd met Zipp. Als hij er samen met Zipp vandoor was gegaan, dan had ik dat kunnen begrijpen. Maar Zipp is thuis. Hem mankeert niets.'

'Zipp?'

'Zijn vriend. Ze zijn altijd samen.'

'O? Altijd?'

Ik pakte twee kopjes uit de kast en luisterde. Een zacht geluid, van iets duns en lichts.

'Ik zal de politie vragen of ze niet een opsporingsbericht op de televisie kunnen uitzenden. Met een foto en zo. Ze zeggen dat er na zo'n uitzending altijd heel veel telefoontjes komen. Ze zeggen dat er altijd wel mensen zijn die iets weten.'

'Denk je dat dat waar is?'

'Ze zeggen het.'

'Ze? Wie zijn ze?'

'Mensen die ik gesproken heb.'

'Maar dan zullen die mensen die iets weten toch ook wel bellen?'

Ik prutste met het papieren filterzakje, ik morste koffie op het aanrecht, maar ze zag het niet.

'Nee. Want ze hebben vaak goede redenen om hun mond te houden.'

'Hoezo? Wat bedoel je?'

Ik pakte een kopje suiker uit de kast en zette dat op de tafel. Het geluid uit de kelder was weg. Lag hij te luisteren? Herkende hij de stem van zijn moeder door de vloer heen? Runi had zo'n schelle stem.

'Kun je die muziek niet uitzetten?' vroeg ze. 'Ik kan niet nadenken!'

'Ja, ja.'

Ik zette hem nog iets zachter. Ze keek me ineens verbaasd aan. Omdat ik niet deed wat ze vroeg. Ik heb mijn hele leven gedaan wat anderen zeiden, ik had er geen zin meer in. Ik liet de radio aanstaan. Ze schudde haar hoofd.

'Wat moet ik doen?' fluisterde ze.

'Och, hij zal wel weer thuiskomen', zei ik onhandig.

'Jij snapt ook niets! Jij snapt de ernst hiervan niet. Twee dagen. Bedenk eens wat er in twee dagen allemaal kan gebeuren!'

'Hij is geen kind meer', wierp ik tegen.

'Jawel. Hij is mijn kind!'

'Ik bedoel, hij zal wel ergens in verzeild zijn geraakt. Iets wat hij misschien niet...'

Ik zweeg en haalde mijn schouders op.

'Waar heb je het over?'

'Ik denk alleen maar hardop. Anders maak je je nooit zo veel zorgen om hem.'

'Maar hij is verdwenen!'

'Ja.'

Ik legde een hand op haar arm. Dat was vreemd. In alle afgelopen jaren had ik dat nog nooit gedaan. Ze keek er verbaasd naar.

'Als ze hier komen,' zei ze smekend, 'de politie, om met jou te praten. Wil je me dan iets beloven?'

'Hier komen?'

Ik voelde een knoop in mijn borst.

'Ja, want jij kent hem.'

'Nee, nee! Ik ken hem niet!'

Ik voelde de kleur uit mijn gezicht wegtrekken. 'Hij is er nooit als ik bij jou ben. Eén keer misschien. In elk geval niet vaker dan een keer of twee.'

'Wat zeg je nou?'

Ze keek me met afgrijzen aan.

'Ik bedoel, ik ken hem amper, Runi.'

'Maar je weet toch wie hij is! Praat toch geen onzin!'

Ze hief vertwijfeld haar handen op.

'Ik wil je alleen maar dringend vragen om een goed woordje voor hem te doen. Ze zullen je vragen wat voor jongen hij is. Ze moeten niet denken dat hij drugs gebruikt of altijd dronken is of zo. Je moet de waarheid zeggen, dat hij een fatsoenlijke jongen is!'

Ik begon onder mijn oksels te transpireren. Terwijl ik daar nooit last van heb. 'Maar ik weet toch niet wat hij in zijn vrije tijd doet?'

'Jeetje mina, dit doe je toch wel voor me?'

'Maar ik kan niet liegen tegen de politie.'

Ze zag er nu zo ontdaan uit, dat ik mijn mond dichtklapte.

'Liegen? Maar je hoeft helemaal niet te liegen! Je hoeft alleen de waarheid maar te zeggen. Andreas is een fatsoenlijke jongen met een vaste baan. Ze moeten niet de indruk krijgen dat hij slechte dingen doet. Dan zoeken ze niet goed naar hem. Dan laten ze hem stikken. Was hij maar een meisje geweest. Dat is anders, want dan kan er veel meer gebeuren. Zo denken ze. Het was al moeilijk genoeg, zal ik je zeggen, om ze van de ernst van de situatie te doordringen.'

'Het spijt me. Runi. Zo bedoelde ik het niet. Maar ik hoop niet dat ze hier komen. Als jij mijn naam niet doorgeeft, komen ze niet. Er zijn vast anderen die hem beter kennen. Dat weet jij ook wel. Ik ken hem niet.'

'Wil je me niet helpen?'

Ze zag er volkomen verbijsterd uit. Ze kon ieder moment van haar stoel vallen.

'Ja, natuurlijk wel.'

'Ik heb je naam allang doorgegeven. Ze gaan met iedereen praten die hem kent.'

Ik stond op en begon het aanrecht op te ruimen, hoewel het al vrij netjes was, verplaatste kruidenpotjes en pannenlappen en plantjes. Ze moest niet zien dat ik bijna op instorten stond. De politie aan de deur. En toen hoorde ik dat geluid weer. Ik zette de radio harder. Staarde koortsachtig uit het raam.

'Ah nee, alsjeblieft.'

'Ik word gewoon zo nerveus van je', stamelde ik.

'Wat is er met je? Waarom ben je niet op je werk?' vroeg ze ineens. Plotseling leek ze me echt te zien. Dat was geen prettig gevoel.

'Och, ik ben niet helemaal mezelf. Het gaat wel weer over.'

Ze zweeg. En ik zweeg ook. Buiten was vaag de wind te horen. De berk boog zich over het dak van het prieeltje, streelde als het ware de groene dakpannen, als een bedachtzame waarschuwing voor de herfststormen die eraan kwamen.

'Weet je wat ik in de krant las?' vroeg Runi zachtjes.

'Nee.'

'Ik las over een jeugdbende die een feestje had. Dat doen ze tegenwoordig soms, weet je. Heel onschuldig. Met een paar biertjes misschien.'

'O ja?'

Ik probeerde aan mijn eigen jeugd te denken. Ik was nooit op zo'n feest geweest. Henry en ik wandelden samen door de straten. Hij was erg verlegen.

'Een van die jongens had een nieuw meisje. Maar toen begon een van de anderen te... nou ja, je weet wel, haar te betasten. En toen werd hij zo kwaad dat hij een geweer haalde en haar in haar gezicht schoot. Ze was op slag dood.'

'Ik heb het gelezen. Waarom vertel je me dit?'

'Ik denk aan Andreas. En aan wat er allemaal gebeurd kan zijn!'

'Maar je denkt toch niet dat iemand hem heeft doodgeschoten? Dat denk je toch niet?'

Ze huilde weer. 'Nee. Maar hoe erg dat ook zou zijn, toch zou ik dat liever weten dan zo in onzekerheid te verkeren. Wat heb ik fout gedaan, Irma?'

Hier had ik een hele waslijst kunnen opnoemen. Maar het was al te laat. 'Ik vind dat je naar huis moet gaan en moet gaan slapen', zei ik beslist.

'Slapen?' Ze keek me ongelovig aan. 'Waarom moet ik slapen?'

'Je ziet er moe uit. Je kunt beter wat rusten. In de buurt van de telefoon blijven. Voor als hij belt.'

'Als hij belt', zei ze stilletjes, als een zwakke echo.
'Of als de politie belt. Als ze hem hebben gevonden.'
'Ik hou het niet uit, alleen in dat huis, ik word er gek van.'
Mijn god! Zo dadelijk vraagt ze me nog of ze hier mag blijven, dacht ik, of ze bij mij mag slapen! Ik stond nerveus op, drentelde onrustig rond in de keuken.
'Wat is er, Irma? Je lijkt zo van streek?'
'Ja, nee, ik word natuurlijk zenuwachtig. Van wat je allemaal vertelt. En ik voel me niet helemaal lekker. Ik zou eigenlijk in bed moeten liggen.'
Plotseling stond Runi op. Ze zag er anders uit. Ik wachtte nerveus op wat er zou komen.
'Ik ga', zei ze hard. Ze zag er verbijsterd uit, tot in haar ziel gekwetst. Ik bleef staan en keek haar berouwvol aan.
'Ik kan jou niet volgen', ging ze verder. 'Ik heb je nooit kunnen volgen.'
'Er is niet veel te volgen', zei ik kortaf.
Het net sloot zich, ik voelde het duidelijk, ik was onderweg, naar een veilige plek, waar ze mij niet meer kon bereiken.
'Zijn we geen vriendinnen meer?' Ze keek me onderzoekend aan.
'Er is zo veel dat je niet weet', zei ik afwijzend.
'Maar jij vertelt me ook nooit wat.'
'Er is niet veel te vertellen. Ik ben nou eenmaal het liefst alleen', voegde ik eraan toe.
Ze trok haar mantel om zich heen. Pakte haar handtas van de stoel. Bleef nog een ogenblik staan wankelen. Haar ogen stonden vol tranen.
'Toen Henry je verliet, heb ik geprobeerd iets voor je te betekenen. Jij zag het toen niet meer zitten. Ben je dat vergeten, Irma? En toen je ziek werd. Ik heb het tenminste geprobeerd. Ga jij maar naar bed. Ik zal je niet langer lastig vallen.'

Ze liep naar de deur. Ik zou eigenlijk moeten huilen, maar ik was in feite opgelucht dat ze mijn huis verliet. Bij de deur bleef ze staan, ze keek me vragend aan.

'Wat is dat geluid?'

'Welk geluid?'

'In de kelder. Hoor je het niet?'

'Nee, ik hoor...'

'Ssst. Stil eens.'

'O. Dat.'

Ik wierp een snelle blik over mijn schouder, naar het kelderluik. En toen zei ik, omdat ik plotseling begreep wat het was: 'Dat is de boiler. Die tikt. Die begeeft het eerdaags. Ik vraag me af of het misschien door het onweer komt, je weet wel, veertien dagen geleden, toen er verderop in de straat brand uitbrak en die boom omviel op...'

'Vaarwel, Irma.'

Ik gaf geen antwoord, keek haar alleen maar aan. Ik dacht: ga nu dan, Runi. Laat me met rust. Zodra de deur was dichtgevallen, draaide ik de sleutel om. Ik bleef nog een hele tijd staan, tegen de commode geleund. Toen ik mijn hoofd optilde, zag ik mijn gezicht in de spiegel. Het zag er weer normaal uit.

'Ik heet Irma', zei ik hardop. 'En dit is mijn huis.'

Ik liep de trap af en ging zitten. Ik had het lantaarntje in mijn hand. Het was mooi, vond ik, het iele vlammetje en het flakkerende schijnsel op zijn gezicht. Andreas opende zijn ogen. Hij zag er niet bang uit. Lag daar stil te wachten. Toen zag hij het lantaarntje. Ik hield het voor zijn ogen. Hij fronste.

'Dat is fijn.'

'Ik zal je de krant voorlezen. Ik wil je iets laten horen.'

Ik glimlachte toen ik dat zei. Het beviel me wel, dat hij daar zo lag en niet weg kon. Dat hij moest luisteren. Een man moest stil blijven liggen en luisteren naar wat Irma Funder te zeggen had. Een knappe man. Van de soort die nog een heel leven voor zich dacht te hebben, de onsterfelijke soort. U moet weten dat dit voor een vrouw als ik heel veel betekent. Ik stelde nu de regels op. Drong die aan hem op. Het is prettig om de dienst uit te maken.

'Luister maar eens. Ik begrijp dit niet, ik begrijp zulke mensen niet.'

En toen las ik voor: 'Het Centraal Ziekenhuis meldt vandaag dat op 1 september jl. een vrouw met haar baby de eerste hulp bezocht.'

Andreas leek zich te vervelen, of misschien sliep hij. Maar ik wist dat hij luisterde, ik zag het aan zijn gezicht en de uren waren lang, daar beneden in de kelder. De weinige afleiding die hij kreeg moest hij accepteren.

'Na een uitvoerig onderzoek constateerde de arts dat het kind niets mankeerde. De vrouw ging gerustgesteld weer naar huis.'

Andreas ademde nu snel en licht, bijna als een kind.

'Later die nacht belde de vrouw het Centraal Ziekenhuis op. Ze had het kind dood in zijn bedje aangetroffen.'

Eindelijk opende hij zijn ogen.

'Op de vraag of het kind was geslagen of gevallen, vertelde de vrouw dat ze die dag bij Furulund langs het strand had gewandeld, toen twee jongemannen zich op de kinderwagen hadden geworpen en haar tas hadden gestolen. Het kind, een jongetje van vier maanden, was in het tumult uit de wagen gevallen, met zijn hoofdje op een steen. Ze vertelde...'

Andreas snakte naar adem. Zijn ogen staarden mij aan, als twee zwarte poelen van angst.

Ik keek verbaasd naar hem, begreep dit medeleven niet. Begreep niet dat dit verhaal hem zo bang maakte. Alsof zoiets vreselijks indruk op hem maakte. Er is nog hoop, dacht ik.

'Ze vertelde dat het kind direct normaal huilde, maar in de daaropvolgende uren veel sliep. De politie is een intensieve zoektocht begonnen naar de twee mannen die mogelijk indirect verantwoordelijk zijn voor de dood van het kind. Het jongetje zal onderzocht worden bij het gerechtelijk laboratorium, een gebruikelijke procedure bij wiegendood. De obductie zal aan het licht moeten brengen of hij wellicht is gestorven aan hoofdletsel ten gevolge van de val.'

Ik zweeg en keek hem aan.

'Wil je nog wat water hebben?'

Zijn ogen toen hij mij aankeek, ik heb nog nooit zoiets gezien.

'Dood?' fluisterde hij. 'Is de baby dood?'

Ik keek hem aan: 'Dat staat hier. Ze vond hem dood in bed. Maar ze weten het niet zeker. Het zou ook wiegendood kunnen zijn. Als ze ons openmaken,' zei ik peinzend, 'dan ontdekken ze van alles. Hoe we geleefd hebben, wat we gegeten hebben. Is dat niet raar?'

Er gleed een schaduw over zijn gezicht.

'Een klein jongetje,' ging ik verder, 'van vier maanden. Waarom moesten ze zonodig een jonge moeder met een kinderwagen pakken? De lafaards. Wil je nog wat water hebben?'

'Ik wil een hamer op mijn hoofd hebben', kreunde hij.

Ik keek hem zwijgend aan. 'Was je samen met Zipp? Waren jullie samen, toen je hierheen kwam?'

Geschrokken sperde hij zijn ogen open. 'Hoe wist je dat? Hoe weet je verdomme hoe hij heet? Hoe...' De uitbarsting deed hem kreunen van pijn. 'Zeg het me!' schreeuwde hij hees. 'Hoe wist je dat?'

'Ik weet alles', zei ik droog. Zijn gezichtsuitdrukking was op dat moment echt prachtig, die totale verwarring. Toen ging hij op iets anders over.

'Hij was bij me. Hij wachtte in de tuin. Hij komt me snel zoeken. Als hij komt, vraag hem dan maar weg te gaan.'

De stoel, dacht ik. 'Hij komt niet', zei ik hardop. 'Dan zou hij hier allang zijn geweest. Hij heeft je in de steek gelaten, Andreas. Je beste vriend. Wat rot voor je.'

Er klonk iets uit zijn keel wat op lachen leek.

'Je bent gek. Weet je dat?'

'Wie is er hier eigenlijk gek!' schreeuwde ik. 'Loop ik met een mes rond om mensen te dwingen geld af te geven?'

Eindelijk zweeg hij. Zijn gezicht glom van het zweet.

'Ik weet niet goed wat ik wil', zei hij zacht. 'Dat is zo vreemd.'

'Het maakt niet uit wat jij wilt', zei ik kort. 'Je hebt geen keus.'

'Je hebt altijd een keus', zei hij, met gesloten ogen. Dat rotjoch, dat hij steeds weer zijn ogen dichtdeed.

'Je liegt. Je hebt pijn', zei ik zacht. 'Ik wil niemand pijn doen. Ik heb boven Stesolid.'

'Geef me maar een overdosis', snikte hij.

'Ik zal ervoor zorgen dat je wordt gevonden.'

'Wanneer ga je daarvoor zorgen? Wanneer! Ik lig hier gewoon weg te rotten!'

'Als alles klaar is', zei ik stilletjes. 'Ik ben nog niet klaar.'

'Je bent nog nooit klaar geweest.'

'Wil je water hebben?'

Hij antwoordde niet. Ik ging water halen. Er lag een extra kussen op mijn bed, dat haalde ik ook. En een elektrisch kacheltje dat ik niet gebruikte. Ik vermaalde twee tabletten Stesolid tot poeder en strooide dat in de fles. Nam alles mee naar de kelder. Hij kon zijn hoofd niet optillen, ik moest het voor hem doen. Duwde het kussen eronder. Hij gilde het uit.

Ik stopte de plaid dichter om hem heen. Stak de stekker van het kacheltje in het stopcontact en zette het hoog. Het begon te gloeien. Daarna legde ik de fles op zijn borst. Ik zag iets achter zijn hoofd op de grond liggen. De blauwe cap. Ik pakte hem op.

'Er zitten spikkeltjes in het water', zei hij.

'Stesolid. Zodat je een beetje kunt slapen.'

'Bedankt', fluisterde hij.

*

Zipp bietste tweehonderd kronen van zijn moeder. Ze meende een zekere wanhoop in zijn stem te horen. Er was absoluut iets aan de hand, dat wist ze nu zeker. Haar nieuwsgierigheid maakte plaats voor angst. Het waren geen kinderen meer en ze wilde niet meer alles weten. Alleen de kleine dingen. Alles wat binnen de grenzen van de normale opstandigheid viel. Ze schrok van haar eigen lafhartigheid en dacht aan Zipps vader, die er niet meer was, maar die ze nu terugwenste. Ook van deze gedachte stond ze versteld. Ze miste hem niet. Maar dit had hij kunnen regelen.

Zipp liep rechtstreeks naar café Headline. Hij zou aan hetzelfde tafeltje gaan zitten en de avond nog eens doornemen. Proberen een verklaring te vinden. Maar het tafeltje was bezet. Hij bleef even hulpeloos met een glas bier in zijn hand staan en vond toen een ander tafeltje. Hij dronk langzaam. Het was negen uur en het begon al donkerder te worden. Hij zou naar het huis toe gaan, aanbellen en het haar op de man af vragen. Als ze tenminste opendeed. Hij dronk zich moed in. Ineens drong het tot hem door dat als Andreas niet meer terugkwam, hij helemaal alleen zou zijn.

Hij had geen andere vrienden, daar had hij geen behoefte aan gehad. Of had Andreas dat zo geregeld? Een grotere vriendenkring zou gevaarlijker voor hem zijn geweest. Eigenlijk had Andreas hem gebruikt, hij had als een soort levensverzekering gefungeerd. Andreas was een tacticus. Maar hij had het immers prima gevonden, had nooit reden tot klagen gehad. Dus waarom zou hij nu klagen? Behalve dat hij nu dus helemaal alleen was en zich misschien binnen moest slijmen in een nieuwe groep van vage bekenden, die hem er misschien niet eens bij wilden hebben. Maar waarom zou hij aan Andreas twijfelen, hij kon het hem gewoon vragen. Wanneer hij eindelijk weer opdook, want binnenkort zou hij weer opduiken en hem op de schouder slaan. Met die smalle hand. Hij zou hem aanraken. De homo Andreas. Zipp veegde een druppel van zijn neus. Het leven was te moeilijk voor hem. Bij wie kon hij hulp zoeken? Bij de politie misschien, door gewoon de waarheid te vertellen? Hij verslikte zich bijna in zijn bier. Mijn vriend en ik, wij hebben bij Furulund een vrouw beroofd. Haar kind viel trouwens uit de kinderwagen en schreeuwde als een mager speenvarken. En daarna hebben we ons bezat en op het kerkhof ging het helemaal mis, hij betastte me en het werd allemaal te veel. Zowel voor hem als voor mij. Dat vuur moest geblust worden! En we kozen een oude vrouw die alleen woonde. Andreas ging naar binnen, met een mes in zijn hand. En weet u wat er toen gebeurde? Hij kwam nooit meer naar buiten. Hij dronk zijn glas leeg en haalde er nog eentje. Nu zou hij, voor eens en voor altijd, uitzoeken wat er was gebeurd. Hij zou de vrouw vragen hoe de vork in de steel zat, hij zou haar de waarheid vertellen, dat ze met zijn tweeën waren geweest. Als ze hem alleen maar kon vertellen wat er was gebeurd. Andreas' moeder had weer gebeld, hij had het verhaal nog een keer moeten vertellen en gemerkt dat hij niet meer goed wist wat hij haar de eerste keer had verteld. Hij had tegen haar iets anders gezegd dan tegen die krullenbol van de politie. Niet dat het veel uitmaakte, hij had het op het feit geschoven dat het laat was geweest en donker, en dat hij eigenlijk niets meer zeker wist. Ze was volkomen wanhopig. Het was erg vervelend geweest, hij was niet gewend aan zulke gevoelsuitbarstingen. Hij sloeg de komende en gaande bezoekers gade. De meesten ontdekten bekenden, brulden en riepen. Hé, verdomd man, jij ook hier? Zulke dingen. Zelf kreeg hij een paar keer een vaag knikje, meer niet. Andreas had hem vastgehouden. Hij had een overzichtelijke zone voor zichzelf geregeld, om zijn walgelijke geheim te bewaren. Want dat vond hij het, een walgelijk geheim, maar tegelijkertijd schaamde hij zich. Want Andreas was zijn vriend en verder was Andreas niet veranderd. Zijn manier van lopen en hoe hij lachte. De manier waarop hij zijn sigaret vasthield. Hij woonde waar hij woonde en werkte waar hij werkte. Was knapper dan de meeste jongens en misschien ook slimmer. Alleen als hij geil werd, dan wilde hij een man hebben. Maar seks was ook belangrijk. Seks zei veel over wie mensen waren. Zipp las mannenbladen, daarin stond dat mensen hun leven lang door hun seksuele driften werden gedreven, dat die driften van invloed waren op hun beroepskeuze, op welke auto ze kochten, op wat ze in het algemeen graag deden. Dus dan maakte Andreas en zijn liefde voor jongens deel uit van alles, ook van hem. Zipp. Andreas had hem tot vriend gekozen. Daar had hij zich vaak over verwonderd. Had Andreas al sinds de lagere school een oogje op hem gehad? En had hij nooit de hoop opgegeven hem een keer van achteren te kunnen pakken? Van achteren, verdomme, de gedachte alleen al! Hij schoof onrustig op zijn stoel heen en weer. En ondertussen kwam alles terug. Andreas' glinsterende ogen dichtbij zijn gezicht, zijn witte tanden, de hand in zijn kruis. Hij zweette hevig, moest meer bier hebben. Godallemachtig, hij was uit zijn doen. Zeg maar rustig dat hij was blootgesteld aan een vergrijp. Ja, dat kon je wel zo stellen. Hij had zich opgedrongen. En nu achtervolgde hem dat. Maar toen herinnerde hij zich Andreas' gezicht. Zijn smalle schouders, de koppige blik. Een nieuwe Andreas, die hij niet eerder had gezien. Zo kon het niet zijn. Andreas had hem als vriend gekozen. Hij stond ineens op en liep naar buiten. Het was bijna donker toen hij de straat in liep. Hij was niet bang, niet eens nerveus. Hij voelde een enorme woede in zich opwellen. Hij zou niet onverrichter zake terugkeren, niet vanavond. Hij liep zo hard dat hij bezweet raakte, bleef bij de spiegelwinkel even staan. Hij keek in de etalage en zag een heleboel kleine Zippjes. Dat paste bij hoe hij zich voelde. Versplinterd in duizend stukjes. Hij liep verder. Kwam bij het stuk waar de straat omhoog liep en moest zijn tempo verlagen. Daar zag hij het hek, met ernaast de dichte heg. Hij besloot eerst de tuin binnen te sluipen, door het raam te kijken of ze thuis was. Hij perste zich door de heg heen, schramde zijn wangen aan de puntige takken. De stoel was in het prieeltje teruggezet. Hij pakte hem weer op en sloop naar het huis. Zette de stoel voorzichtig in het bloemperk, doodsbang dat hij tegen de muur zou bonken en ze het zou horen. De gordijnen waren half dicht, maar de opening was groot genoeg om in de keuken kunnen te kijken. En daar zat ze! Hij zag papieren op de keukentafel, en ernaast een koffiekop. Tevreden sprong hij weer op de grond. Rende naar de voordeur. Hij bleef een paar seconden staan om zich voor te bereiden. Las de naam op het naambordje. Irma Funder. Toen drukte hij met zijn vinger de bel in. Er gebeurde niets. Hij had ook niet verwacht dat ze meteen zou opendoen. Maar hij zou het niet opgeven. Hij belde weer aan, besloot te blijven bellen tot ze opendeed. Vroeg of laat zou ze gek worden van de bel. En misschien had ze niet voldoende technisch inzicht om hem uit te schakelen. Hij hoorde geen geluiden binnen. Snel liep hij de trap weer af en rende naar de achterkant van het huis. Klom weer op de stoel. De kier in het gordijn was weg, hij kon niet meer naar binnen kijken. Ze had verdomme het gordijn dichtgetrokken! Hij rende weer naar de deur, belde aan. Ten slotte zette hij zijn vinger op de belknop en hield hem daar. De bel schalde door het huis. Hij hoorde voetstappen, maar die stopten ineens. Er werd niet opengedaan. Hij zette zijn vinger weer op de knop. Zo bleef hij staan. Ineens werd hij bang. Stel dat ze de politie belde? Dit zou wel onder overlast vallen?

Plotseling maakte ze de deur open, op een kiertje. Hij zag haar witte gezicht en haar ogen, scherp als glas.

'Wat kom je doen?' Een gebarsten stem, zo droog als sprokkelhout.

'Andreas', hijgde hij. 'Waar is Andreas?'

Ze zweeg. Ze bekeek hem, bijna nieuwsgierig. Op dat moment wist hij dat ze iets wist! Hij kreeg meer moed, werd driftig.

'Wat is er gebeurd?'

Hij probeerde een voet tussen de deur te zetten, maar ze was hem te snel af. De deur sloeg dicht.

'Verdomme', schreeuwde hij. 'Ik moet weten waar hij is!'

'Je hebt het recht niet hier eisen te stellen.'

'Dat weet ik!' schreeuwde hij. 'Maar u kunt me toch wel een hint geven?'

'Waarom zou ik aardig tegen je zijn?' vroeg ze vlak. Haar stem was amper verstaanbaar achter de zware deur.

'Omdat ik het vraag', jammerde hij.

Ze deed weer open. 'Ik ben niet zo gemakkelijk te vermurwen', zei ze. 'Ga naar huis. Ze vinden hem heus wel.'

De deur sloeg voor de tweede keer dicht. Zipp drukte de deurbel in, maar er gebeurde niets. Hij rende weer naar de achterkant van het huis, klom op de stoel. Onderaan het gordijn was een kleine opening. Hij tuurde naar binnen, probeerde het minimale beeld dat hij binnen zag te duiden. Er kwam iets blauws in zijn gezichtsveld en iets wat op een wit kruis leek. Andreas' cap.

*

Andreas deed langzaam zijn ogen open. Ik stond halverwege de trap naar hem te kijken. Ik was de baas. Ik torende op de steile trap boven hem uit en hij lag onder me op de vloer. Ik had het gevoel dat ik zou opstijgen en kunnen vliegen, als ik mijn armen uitstrekte. In perfecte cirkels boven hem rondzweven, neerkijken op al zijn onbeweeglijkheid.

'Heb je de bel gehoord? Dat was een bekende van je. Zipp.'

'Je liegt', fluisterde hij.

'Hij vroeg naar je. Hij smeekte bijna op zijn knieën.'

Zijn borstkas verhief zich bijna onmerkbaar onder de plaid.

'Wat je op je buik hebt,' zei hij zacht, 'daar hoef je je niet voor te schamen.'

'Ik schaam me niet!' schreeuwde ik. Met alles wat ik aan stem had, bulderde ik: 'Ik schaam me niet! Ik kan er niets aan doen!'

'Je was ziek, hè?'

Ik deed een paar stappen omhoog en legde mijn handen op mijn buik.

'Dat gaat je niets aan. Ik heb er nooit iemand mee lastiggevallen!'

Toen liet ik me op een van de treden zakken, vermoeid na de uitbarsting, en verbaasd ook, over het gevoel zo te schreeuwen. Recht in zijn gezicht. Op iemand richten en de trekker overhalen.

Ik was helemaal slap en voelde me prettig. Ik had zin om hard te lachen. Maar dat zou alleen maar meer koren op Andreas' molen zijn geweest, dat ik krankzinnig was of zoiets, en dat was ik niet. Ben ik niet.

'Irma is een raar mens', zei hij plotseling.

'Waarom zeg je dat?' Ik staarde hem aan.

'Dat zegt mijn moeder altijd. Als je bij haar bent geweest.'

'Had je me herkend?'

'Natuurlijk.'

'Je moet niet zo praten. Dan wordt het moeilijk voor mij om je te laten gaan.'

'Je zult me nooit laten gaan', zei hij zwakjes. 'Ik ga hier dood. Mijn lichaam verrot. Of denk je dat ik niet ruik hoe ik stink?'

'Dat is de wond op je hoofd', probeerde ik. 'Die begint te ontsteken.'

'Die zak op je buik', ging hij verder. 'Dat is niets. Je zou eens moeten weten waar ik mee rondloop. Nou ja, ik loop niet meer. Maar het voelt nog net zo zwaar.'

Zijn stem werd zwakker. Ik deed een stapje omlaag.

'Het is zo erg', snufte hij. Hij kreeg niet voldoende lucht in zijn longen om echt te huilen en dat maakte hem zo zielig. Dan was het beter om kwaad te zijn, dat was een makkelijker gevoel. Maar nu ontwaakten andere, vervelende gevoelens langzaam tot leven. Ik werd erdoor overweldigd, zijn knappe gezicht was op zijn mooist als de slechtheid week en alleen dit kind zichtbaar was. Zijn mond trilde en hij knipperde met zijn ogen om een traan tegen te houden. Ik moest aan Ingemar denken, toen hij klein was, en zijn geur, zeep en lotion. Zijn ronde schedel, zo verschrikkelijk broos. Zoals Andreas nu broos was.

'Het kind', zei hij moeizaam. 'Op Furulund. Het kind dat doodging. Dat waren Zipp en ik.'

Zijn onderkaak zakte omlaag. Heel even leek hij in coma te raken. Een grote bobbel spuug groeide tussen zijn lippen.

'Die baby?' vroeg ik verbaasd.

Hij slikte moeizaam. 'We wilden haar tas jatten. Ze wandelde langs het strand. Het kan me niet schelen wat er met me gebeurt. Doe maar met me wat je wilt.'

Lange tijd zat ik verstijfd te luisteren. Zijn stem werd steeds zachter.

'Ik denk dat je een hersenschudding hebt', probeerde ik.

'Ga weg', zei hij.

'Ik ga weg wanneer ik dat wil. Dit is mijn huis. We moeten hierover praten. Wat vreselijk onnadenkend van jullie!'

'Ik weet het. Ik snap het nu allemaal. Maar die tas stelde niks voor...'

'Iemands tas jatten? Stelt dat niks voor?'

'Ik snap het nu allemaal. Nu het te laat is. Je bent knettergek, maar mij kun je niets meer maken.'

'Je moet oppassen!' schreeuwde ik. 'We zijn pas uitgepraat als ik het zeg. En probeer de tijd die je nog rest niet te gebruiken om mij te vernederen. Begrijp je dat? Je moet je gedeisd houden! Anders krijg je geen water meer!'

'Lieve Irma.' Zijn lippen vertrokken. 'Me gedeisd houden is het enige dat ik nog kan. Bovendien wil ik geen water meer hebben.'

'Dan ga je dood van de dorst.'

'Zonder water ga je sneller dood.'

'Je kletst maar wat. En je snapt er helemaal niets van. Als je er ook maar iets van begreep, zou je wel een toontje lager zingen. En mij wat meer respect tonen.'

'Ik lig hier in je kelder', zei hij droog. 'Lager dan dit kom ik niet. De dood is een bevrijder, Irma. Mijn verblijf op aarde was niet rechtmatig. Het is tijd om te vertrekken.'

Ik begreep niet waar hij over wauwelde. Hij begon een beetje in de war te raken. Ik stond op en liep naar boven, boos. Ging aan de keukentafel zitten en dacht een kwartiertje na. Toen ging ik weer naar beneden met een fles warme melk met suiker erin. Zoals hij daar lag, deed hij me denken aan een zuigeling. Ik had een vest aangetrokken om het niet koud te hebben, maar door het kacheltje was het beneden warm. Ik vond het prettig om zo naar hem te zitten kijken. Toen hij klaar was, dommelde hij weer in, maar ik riep zijn naam, steeds weer. Andreas, Andreas, toen opende hij zijn ogen. Ik haalde de krant uit de zak van mijn schort en liet hem het opsporingsbericht zien en de mooie foto. Heeft iemand Andreas gezien?

Toen begon hij te huilen.

Luister naar me! Steeds weer ging ik naar de kelder. Dag na dag. Ik vroeg of hij iets wilde hebben. Zette een nieuw waxinelichtje in het lantaarntje, stopte hem in. Hij begon te stinken. Hij kreeg ingevallen wangen en zijn lippen waren bijna grijs. Iedere keer als ik zijn hoofd met de donkere krullen zag, maakte mijn hart een sprongetje van vreugde. Omdat hij er nog steeds lag, zo rustig. Ik dacht niet aan de toekomst. Ook niet aan het verleden en dat was nieuw voor me. Ik was gewend om me zorgen te maken over de volgende dag en over alles wat er kon gebeuren. Nu niet meer. Ik leefde in het nu. Eindelijk een soort rust.

*

4 september.

Drie ellendige nachten waren verstreken. Zipp zocht de letter F in het telefoonboek op. Zo makkelijk is het, dacht hij. Gewoon het telefoonboek pakken, zoeken en bellen, er plotseling zijn, in haar oor. Dreigen en jennen. De telefoon ging over. Hij hield de hoorn stevig vast.

'Met Zipp!' schreeuwde hij. 'Ik wil met Andreas praten.'

Het was een poosje stil. Hij hoorde slechts een zwak geruis en iemand die ademde.

'Andreas kan niet aan de telefoon komen.'

Haar stem was grof. Wat bedoelde ze daarmee? Kan niet aan de telefoon komen? Ze zat met die dikke reet van haar op de waarheid, die oude taart. Hij stond op zijn benen te trillen van opwinding. Dat verdomde gevoel, te weten dat iemand je voorloog, midden in je gezicht, of midden in je oor om precies te zijn. Zo glad, zo volkomen schaamteloos. Hij hoorde zijn eigen woede in zijn oren suizen.

'Ik weet dat hij er is. Godverdomme!'

'Je weet niets.'

Haar stem was kalm. Zijn hart bonsde hard.

'Zijn cap ligt op de keukentafel.'

Het werd weer stil. Nu had ze iets om over na te denken! Hij stond ongeduldig te trappelen, terwijl hij zich probeerde in te houden.

'Je moet je zaken beter opruimen', snauwde hij.

'Daar ben ik mee bezig. Heb jij je zaken al opgeruimd?'

Hij luisterde naar haar kalme stem en probeerde te bedenken hoe ze dacht. Hoe ze zo rustig kon zijn.

'Ja', antwoordde hij. 'Maar ik mis Andreas.'

'En de baby?' vroeg ze zacht.

'Ik heb geen baby!' riep hij. 'En ik heb geen zin in spelletjes. Ik wil alleen Andreas maar spreken!'

'Andreas huilt', fluisterde ze. 'Hij huilt om de baby.'

Plotseling voelde hij een hevige paniek.

'De baby op Furulund. Die leeft niet meer.'

Zipp staarde in de telefoongids. Funder, Furnes, Fyken. Waar had ze het over? Hij keek naar de krant die op de tafel lag, dacht dat ze blufte.

'Hoofdletsel', fluisterde ze. 'Zuigelingen zijn zo kwetsbaar. Als je niet ophoudt mij lastig te vallen, bel ik de politie en zeg ik dat jij hem hebt vermoord. Een klein jongetje van vier maanden. Jullie worden gezocht.'

'Ik heb geprobeerd die kinderwagen tegen te houden!' schreeuwde hij.

Een klikje. En toen de zoemtoon in zijn oor. Buiten zag hij de torenspits van de kerk. Een barst in de bleke hemel. Zijn knieën begonnen te trillen. Een baby'tje. Hij moest de kranten nakijken, de bevestiging zien dat ze loog. Ze zei maar wat. Hij liep wankelend naar de kelderkamer, ging op de bank liggen, sloot zijn ogen. En viel in slaap. Twee uur later werd hij weer wakker. Zijn moeder stond bovenaan de trap te roepen.

'Telefoon! De politie! Je moet op het bureau komen.'

Hij beefde zo erg, dat hij beide handen nodig had om een munt van vijf kronen in de parkeermeter te stoppen. Het stond in *Aftenposten*, verdomme. Dat mens had gelijk! Kon het als dood door schuld worden beschouwd? Die moeder had zelf de rem niet goed op de wagen gezet. Verdomme! Hij voelde de grond onder zijn voeten wegzakken, alsof hij in een moeras rondstapte. Er liep een stroompje zweet langs zijn slaap omlaag en zijn ogen bewogen niet zoals hij wilde. Ze staarden als twee glazen kogels, en zó schuldig, zo ontzettend schuldig! Hij begon te snuffen, terwijl hij ploeterde met dat rotapparaat, die verrekte geldslikker, deze klotewereld waar hij in was gezet. Had hij daar om gevraagd? Was er iemand blij geweest met zijn komst? Hield er iemand van hem? Hij duwde zijn schouders naar achteren en dacht: beheers je. Ze willen alleen maar over Andreas praten.

Terwijl hij naar de ingang liep, herhaalde hij voor zichzelf de woorden: ik weet het niet meer, ik kan het me niet meer herinneren. Als ze doorhadden dat hij loog, of dingen achterhield, dan moesten ze dat maar bewijzen. Hij liep de receptie binnen en meldde zich bij de balie. Hij moest even wachten. Er kwam een man naar hem toe, zonder uniform. Niet die jonge krullenbol. Dit was erger. Hij rechtte zijn rug, wilde proberen de situatie de baas te blijven, maar ontdekte al snel dat de man een kop groter was dan hijzelf. Plotseling kreeg hij een afschuwelijk gevoel, hij besefte ineens dat deze monoliet van een man onmogelijk om de tuin te leiden was. Het aura van vriendelijkheid dat hem omgaf, was slechts een dun vernisje. Het kon geen moment verbergen waar deze man van was gemaakt. Zipp dacht aan ijzer en staal, aan geolied houtwerk, en ten slotte, toen hij de grijze ogen ontmoette, dacht hij aan loodkristal. Hij voelde een hand op zijn schouder. Die dirigeerde hem naar de lift, in een hoek.

'Konrad Sejer.'

De stem kwam uit een grote diepte. Dit was ongetwijfeld een van de chefs. Waarom? Zijn kantoor verbaasde hem. Het zag eruit als een heel gewone kantoorkamer, met kindertekeningen, foto's, bedankkaartjes, dat soort dingen. Een goede kantoorstoel. Uitzicht op de rivier. Hij zag de rondvaartboot langs varen, een van de laatste tochtjes van het jaar.

'Zipp', zei Sejer. 'Ik zal even koffie halen. Je drinkt toch wel koffie?'

'Ja, natuurlijk.'

Het begin was niet goed. Zijn stem trilde. Ik weet het niet meer, ik kan het me niet meer herinneren. Sejer liet hem alleen. Zipp overdacht de mogelijke consequenties als hij loog. Het was toch maar gewoon een gesprekje? Hij herinnerde zich de woorden van zijn moeder: ik ken je. Deze man gaf hem een beetje hetzelfde gevoel. Hij moest ervoor zorgen vriendelijk te blijven. Zolang ze elkaar vriendelijk bejegenden, was hij veilig. Sejer kwam terug met een kan en twee plastic bekertjes.

'Fijn dat je wilde komen', zei hij. Alsof hij had kunnen kiezen.

De grijze man wist dit, hij speelde een spelletje. Ineens leek hij ontzettend gevaarlijk. Een mistroostig gevoel daalde over Zipp neer. Een doffe angst dat hij hier niet heelhuids uit zou komen.

'Ja. Maar ik snap niet goed wat ik hier doe', stamelde hij. 'Ik heb toch al over die laatste avond verteld.'

Sejer keek hem kort aan. 'De zaak is nu ernstiger', zei hij kort. 'Drie dagen is iets heel anders dan één dag.'

Zipp verkoos om zwijgend te knikken.

'Ik hoop voor jou dat we Andreas vinden', ging Sejer verder. Hij volgde met zijn ogen de straal kokendhete koffie die in de witte beker werd geschonken.

Voor jou? Wat bedoelde hij daar in godsnaam nou weer mee? Zipp had het hem bijna letterlijk gevraagd: wat bedoelt u daar in godsnaam mee? Wilde hij met die vraag iets insinueren? Dat als ze hem niet vonden, dan...

'Hij is toch je beste vriend?'

'Ja. Nou.' Zipp knikte heftig. Hij kreeg langzamerhand het idee dat het tegen hem werd gebruikt dat ze vrienden waren, dat Andreas toch veel beter was dan hij. Zit rustig, zei hij tegen zichzelf, je hoeft alleen maar antwoord te geven op de vragen.

'Ik zal open kaart met je spelen', ging Sejer verder. 'Ik ben namelijk een ouderwetse man.'

Er verscheen een innemende glimlach op zijn gezicht, waardoor Zipp dacht dat hij óf ontzettend aardig, of een ontzettend goede acteur was. Hij gokte het laatste.

'Een van mijn medewerkers, Jacob Skarre, heeft al met je gepraat. Ik zal er geen doekjes om winden. Toen hij terugkwam, vertelde hij me dat hij tijdens dat gesprek sterk het gevoel had gekregen dat je niet de waarheid sprak. Daarom ben je nu hier. Begrijp je dat?'

Zipp haalde zijn schouders op. Rustig, rustig. Door je buik ademhalen.

'Het is namelijk zo, dat ik wel eens eerder met Skarres intuïtie te maken heb gehad. En die neem ik serieus.'

Zipp strekte zijn benen en legde zijn ene voet over de andere.

'Ik denk dat de mogelijkheid bestaat,' ging hij verder, 'dat jullie in de loop van de avond met zijn tweeën iets hebben uitgespookt, wat misschien onvoorziene gevolgen heeft gekregen. Iets wat je graag voor ons verborgen wilt houden. Omdat je bang bent voor de consequenties.'

Zipp probeerde het speeksel uit zijn mond weg te slikken. Eindelijk stopte de diepe woordenstroom. De inspecteur wachtte blijkbaar ergens op.

'Moet je niet protesteren?' vroeg de politieman uiteindelijk.

'We zaten in de kroeg', zei Zipp beteuterd.

'Vertel dan maar in je eigen woorden hoe de avond verliep', zei Sejer. Hij had in zijn stoel plaatsgenomen.

'In mijn eigen woorden?' vroeg hij hakkelend.

'Wat jullie deden, waar jullie over praatten. Misschien kan ik uit jouw weergave een idee krijgen van wat er aan de hand is.'

Wist hij meer dan hij liet blijken? Had de vrouw met de kinderwagen een gedetailleerde beschrijving van hen gegeven?

'Sorry.' Zipp aarzelde, terwijl hij zocht naar wat Sejer 'eigen woorden' noemde.

'Je hoeft je niet te generen. Dit gesprek blijft binnen deze vier muren, het wordt niet opgenomen of anderszins genoteerd. Je kunt vrijuit praten.'

De uitdrukkingen die hij gebruikte! Hij wilde hem blijkbaar de indruk geven dat hij een bondgenoot was, maar dat was hij toch niet?

Zipp rechtte zijn schouders. 'Er is eigenlijk niet zo veel te vertellen. We zaten in de kroeg bier te drinken. Daarna zijn we naar mijn huis gegaan. Hebben een video gekeken. Toen nog wat door de stad geslenterd. Andreas ging naar huis, hij zei dat hij naar bed ging. Dat was alles.'

Sejer knikte bemoedigend. Iets aan zijn gezicht vertelde Zipp dat hij niets over de baby wist. Hij was alleen met Andreas bezig en verder niet. Zipp probeerde zich rustig te houden. Niet in de verdediging te gaan.

'Hij is niet naar huis gegaan', zei Sejer met een glimlach.

Een andere glimlach, open en groot.

Zipp moest om zijn eigen domheid lachen. Maar het was heel onschuldig, het ontglipte hem, waarschijnlijk in zijn voordeel, naar de glimlach te oordelen.

'Nee, natuurlijk. Maar dat was wat hij zei.'

'Juist. Moest hij vroeg op?'

'Om acht uur.'

Sejer nam een slok koffie. 'Welke film hebben jullie gezien?'

Maakte dat iets uit? Vroeg hij zich soms af of ze een film hadden gezien die hen op bepaalde ideeën kon hebben gebracht?

'*Blade Runner*', zei hij zacht en enigszins onwillig, omdat hij geen enkel enthousiasme voor de film kon opbrengen. Sejer merkte zijn onwil op.

'Het is lang geleden dat ik die heb gezien', zei hij. 'Ik vond er niet veel aan. Maar ja, ik ben ouderwets.'

Zipp ontspande. 'Andreas wilde die film absoluut zien. Ook al had hij hem al honderd keer gezien. Of zoiets.'

'O ja? Honderd keer? Verveelde je je?'

'Ik verveel me vaak.'

'Waarom?'

'Ik heb geen werk.'

'Dus je wacht de hele dag tot Andreas je gezelschap komt houden?'

'Hij belt altijd na het eten.'

'Spraken jullie nog iets af toen jullie uit elkaar gingen?'

'Nee, we kregen niet...'

Hij zweeg ineens. De woorden waren uit hem gestroomd. Ik weet het niet meer, ik kan het me niet herinneren. Hij dreef als een prop papier weg op de snelstromende rivier die deze man was.

'Wat kregen jullie niet?'

'Hij ontmoette een paar mensen', ontviel hem ineens. Toen zweeg hij.

'Ah! Hij ontmoette een paar mensen?'

Zipp keek niet op, maar als hij dat had gedaan, zou hij het ongelovige glimlachje gezien hebben.

'Wie, Zipp?'

'Ik kende ze niet.'

Hij smoorde een inwendige vloek. Wie had dat antwoord verdomme in zijn mond gelegd? Nu zou hij vragen waarom hij dit niet eerder had verteld, tegen die agent die bij hem thuis was geweest. Oké, hij was het vergeten, meer niet. Leugens moesten bewezen worden, het gevoel alleen, dat de ene leugen de ander opvolgde, want dat deden ze, was niet voldoende.

'Goed dat je daar weer opkwam', zei Sejer tevreden. 'Ik zei het al. Na een tijdje herinner je je de dingen beter. En jij zit tenslotte in een moeilijke situatie. Je beste vriend wordt vermist en je maakt je zorgen om hem.'

Zipp zag Andreas in gedachten voor zich, ergens opgesloten. Alleen, in het donker. Het witte huis, hij begreep het niet. Hij kreeg een brok in zijn keel en de tranen schoten in zijn ogen. Maar dat sprak misschien in zijn voordeel. Hij maakte zich grote zorgen.

'Twee mannen', zei hij, met neergeslagen blik. 'Ze kwamen op de markt naar ons toe.'

'Twee mannen?'

'Ja.'

'Jonge mannen?'

'Ouder dan wij. Dertig, misschien.'

'Had je hen eerder gezien?

'Nee.'

'Maar Andreas kende hen?'

'Daar zag het wel naar uit.'

Lange pauze. Allemachtig lang. Of hij overdacht deze informatie, deze enorme leugen, of hij had inwendig plezier om deze wilde fantasieën. Wat als Andreas terugkwam en zíjn versie van het verhaal vertelde? Ga ik er vanuit dat hij niet meer terugkomt? Heb ik hem afgeschreven? Nee, ik ben een goede vriend!

'Zo. Vertel.'

'Wat moet ik vertellen?'

Hij bevond zich op glad ijs, dun en breekbaar, onder hem was een koude diepte. De beelden flakkerden voor zijn ogen, Andreas' brandende wangen, de baby met de tandeloze kaken.

'We zaten op een bank. Zij stonden bij de fontein. Andreas zei dat hij ervandoor moest. En toen gingen ze weg, ik weet niet waarheen. Ik had eigenlijk een beetje de pest in.'

Toen zweeg Zipp. Zijn koffie stond onaangeroerd voor hem. Hij zou misschien als vanzelfsprekend een slok moeten nemen, maar hij vertrouwde zijn handen niet. Dat deed Sejer daarentegen wel. Hij nam een paar slokken, zonder te slurpen. Zipps laatste woorden hingen nog in de kamer: ik had eigenlijk een beetje de pest in. Hij had gewoon een beetje zitten fantaseren, maar de leugen begon nu bijna waar te worden, en als het écht was gebeurd, dat ze op de bank hadden gezeten en Andreas er plotseling vandoor was gegaan, dan zou hij ook echt de pest in hebben gehad. Tevreden kwam hij tot deze conclusie.

'Maar Andreas... Hij ging toch alleen maar met jou om?'

Zipp kromp ineen. 'Dat dacht ik ook.'

'De Thornegate', zei Sejer ineens.

Zipp keek op.

'Toen Andreas' moeder je belde, heb je gezegd dat jullie in de Thornegate uit elkaar zijn gegaan.'

'Ik weet het niet meer', zei hij snel.

'Ik noem het, aangezien je toch een reden moet hebben gehad om dat te zeggen. Je herinnerde het je natuurlijk verkeerd, dat is duidelijk, maar er moet een reden voor zijn dat de hersenen een dergelijke keuze maken. Zijn jullie in de loop van de avond misschien in de buurt van de Thornegate geweest?'

Zipp raakte van de wijs.

'Het floepte er gewoon uit. Een schakelfoutje', voegde hij eraan toe.

'Zoiets kan gebeuren', gaf Sejer toe.

Hij stond op en deed het raam open. De septemberlucht stroomde naar binnen.

‘Wat denk jij dat er gebeurd is?’ vroeg Sejer. Hij ging weer zitten.

‘Nee, verrek, ik heb geen idee.’

‘Je zult toch wel zo je ideeën hebben?’

‘Ja.’

‘Kun je die mij vertellen?’

Hij dacht naarstig na. Het drong tot hem door dat dit gesprek toch op een verhoor begon te lijken.

‘Ik heb al van alles gedacht!’ zei hij, plotseling oprecht. ‘Dat hij zich verhangen heeft. Of wat dan ook.’

‘Zie je hem daartoe in staat?’

‘Nee. Of... ik weet het niet.’ Hij dacht aan het kerkhof. ‘Ik weet het niet’, herhaalde hij.

‘Had hij het ergens moeilijk mee?’

‘Hij heeft nooit iets gezegd.’

‘Praatte hij veel over zichzelf?’

‘Nooit.’

Sejer liep naar een groene archiefkast, pakte er een paar papieren uit, bladerde erin. Zipp strekte zijn nek, maar hij zat te ver weg. Sejer pakte iets uit de map en schoof dat over de tafel naar hem toe.

‘Wat zeg jij, Zipp?’ zei hij ernstig. Zijn blik was indringend. ‘Leeft hij nog?’

Zipp staarde naar de foto van Andreas. ‘Ik weet het niet!’ stamelde hij.

‘Is er ook maar één reden om aan te nemen dat hij dood is?’

‘Ik weet het niet!’ stamelde hij weer. Hij had het afschuwelijke gevoel dat hij in een val was gelopen. ‘Denken jullie dat hij dood is?’ vroeg hij vlak.

Sejer zette de foto tegen de koffiekan.

‘Waarom lieg je?’ vroeg hij toen eenvoudig.

Eindelijk was het daar! Hij had geweten dat het een keer zou komen, hier was hij op voorbereid! De vraag ketste als een rubberen bal op hem af, zonder een plek achter te laten.

'Ik weet niets', zei hij zangerig.

'Die mannen op het marktplein. Kunnen we die verder vergeten?'

'Ik weet niet waar ze naartoe gingen', antwoordde Zipp.

'Waren ze er überhaupt?'

'Ik heb ze alleen op een afstandje gezien.'

'Met hoeveel waren ze?'

Wat had hij gezegd? Twee? Of drie?

'Twee of drie, ik weet het niet meer.'

'Maak je je zorgen om je beste vriend?'

'Natuurlijk!' Zipp keek hem boos aan. Ondertussen probeerde hij te bedenken waar de politieman heen wilde.

'Waarom help je me dan niet?'

'Ik help wel. Maar ik weet het niet meer!' Hij begon zijn zelfbeheersing te verliezen. Hij had zich flink in de nesten gewerkt.

'Ik heb alles verteld wat ik weet. Kan ik nu gaan?'

'Nee.'

'Ik ben toch niet gearresteerd?'

'Je kunt niet gaan.'

'Waarom niet!'

'Ik ben nog niet klaar.'

Zipp had het gevoel dat hij langzaam viel. De waarheid leek nu toch een makkelijker oplossing. Hij begreep het allemaal. Dat mensen dingen bekenden die ze niet gedaan hadden, als ze hier maar onderuit kwamen. Hij zat te zwaaien op zijn stoel. Van alle kanten loerden de gevaren. Ze waaiden door het raam naar binnen, kropen langs zijn benen omhoog. Een afschuwelijke toekomst die hij niet wilde. Aanklacht en veroordeling. De moeder van de baby op de eerste rij, ze keek hem aan vanuit de getuigenbank.

Een zwartgeklede rechter met een enorme hamer die dreunend op zijn borst neerkwam. Die zijn hart uit zijn ritme sloeg, het begon over te slaan, hij kreeg geen lucht meer. Jarenlang in zijn eentje op twee bij drie meter, dacht Zipp. Ineens werd hij duizelig. Suizingen in zijn hoofd. Hij wilde zich verbergen, greep naar zijn koffie, zag zijn eigen hand in zijn gezichtsveld verschijnen om de beker te pakken, maar hij miste en gooide hem om. De koffie stroomde over de tafel.

Het drupte op zijn dijen en brandde door zijn kleren heen.

*

Ik vertelde Andreas dat Zipp had gebeld. Ik had verwacht dat hij zou schreeuwen, maar hij had geen kracht meer. Hij leek onverschillig, ik begreep het niet. Misschien gebruikte hij de tijd om zich met het allerergste te verzoenen, met het feit dat hij misschien zou sterven, daar beneden in de kelder. Alleen, te midden van aardappelen en spinnen en muizen. Wij mensen zijn grenzeloos. We kunnen bijna alles aan, als we er maar de tijd voor krijgen. Hij wilde niet praten. Hij sloot mij buiten. Ik werd niet boos, maar bleef een tijdje staan, viel hem lastig met mijn aanwezigheid. Plukte wat aan de knopen van mijn vest. Ik ging weer naar boven. Begon laden en kasten op te ruimen. Ik zocht nauwkeurig uit wat ik achterliet, een aantal papieren en de slechtste kleren had ik in zakken gedaan. Ik had niet veel tijd, Andreas was moe. Ik vond hem aardiger toen hij bad en smeekte, nu wilde hij niets meer hebben. Hij sloot zijn ogen als ik op de trap stond. Ik sloeg met de deuren en stampte op de vloer. Hij had alleen mij! Hij zei dat hij geen pijn had, maar ik geloofde hem niet. Hij wilde niet dat ik zag dat hij pijn had, dat gunde hij me niet. Misschien had hij sowieso geen zin om vol te houden. Om uit deze kelder te komen, naar een ziekenhuis. Om in een rolstoel weg te rijden. Met al deze herinneringen. Sommige levens zijn te moeilijk om te leven, zo dacht hij misschien. Ik kon hem niet troosten. Hij verdiende geen troost. Hij had hier niet moeten komen.

Soms werd ik ineens zo wanhopig. Plotselinge, onberekenbare paniekaanvallen. Ik herkende mezelf niet. We verdienden dit geen van beiden, wilden dit allebei niet. Andreas was een bliksemflits uit de hemel. Hij had mij geraakt. Toen begon ik te lachen. Deze dagen en alles wat er was gebeurd, het was volkomen onbegrijpelijk. Waarschijnlijk was het niet echt gebeurd. Een jonge jongen bij een oude dame op de vloer van de kelder, wat een verhaal! Ik rukte me los uit mijn overpeinzingen en liep naar het raam. Zo nu en dan moeten we eten en rusten, ik had al een eeuwigheid niet gegeten. In een ogenblik van plotselinge helderheid zag ik hoe ik een einde aan de wanhoop kon maken. Ik liet alles uit mijn handen vallen. Erger dan dit kon het niet worden. Het was zaak om voor eens en altijd een einde te maken aan deze belachelijke voorstelling. Hij had genoeg geleden. Hij had zijn lesje geleerd. Ik stond op en maakte het luik open. Riep door het gat naar beneden: ik ga naar het politiebureau. Dan komen ze je snel halen!

Hij geloofde me waarschijnlijk niet. Ik was erg moe. De politie moest maar met me doen wat ze wilden, het maakte me niet meer uit. Andreas moest alles maar uitleggen. Híj was tenslotte begonnen.

*

'Gaat het wel goed met je, Zipp? Je ziet zo bleek.'

Met papier uit de houder bij de wastafel veegde Sejer de koffie van de tafel. Zipp had het te druk met zich aan de tafelrand vastklampen, dus hij antwoordde niet. Zijn lichaam had hem verraden. Maar het maakte niet uit. De politieman was nu een echte vijand, niet meer zogenaamd vriendelijk. Hij zou nu andere methoden gaan gebruiken, harder te werk gaan, misschien dreigen. Dat was een opluchting. Hij was niet langer ontvankelijk voor Sejers vriendelijkheid, niet meer te paaien of voor de gek te houden. Hij klemde zijn kiezen op elkaar. Sejer herkende de signalen van honderden eerdere gesprekken. Voor hem was het ook een opluchting. Over naar de volgende fase. Hij kende het patroon, de mimiek, de lichaamstaal. De spanning in de kamer die toenam, een beginnende woede, maar eronder lag de angst. Wat konden die twee die noodlottige nacht hebben uitgevoerd? Hij keek Zipp oprecht nieuwsgierig aan.

'Ik hoop voor Andreas dat je in godsnaam maar een goede reden hebt om te blijven zwijgen', zei hij scherp.

Zipp liet zich niet provoceren. Hij was een muur zonder opening, zonder ook maar het kleinste scheurtje. Hij voelde zich zwaar en zeker worden. Hij was onverslaanbaar.

'Leeft Andreas?'

Zipp nam de tijd. Hij had geen haast.

'Ik weet het niet.'

Dat was waar. Het was te makkelijk. Hij moest bijna glimlachen.

'Waarom hadden jullie ruzie?'

'We hadden geen ruzie.'

Sejer sloeg zijn armen over elkaar. 'Dit gaat meer mensen aan dan alleen jou. Zijn moeder is bang en zijn vader is bezorgd. Jij weet iets wat ons misschien kan helpen. Als hij straks niet meer in leven blijkt te zijn, zul je je dat de rest van je leven verwijten.'

Die kwam hard aan. Dat moest Zipp toegeven.

'Ik kan hier niets aan doen', zei hij toen.

'Wat is "hier"?'

'Dat weet ik niet.'

Hij moest zich weer inhouden. Het verbaasde hem hoe moeilijk het was om echt volledig te zwijgen. De grijze ogen waren zo intens, ze verlangden iets van hem, trokken hem naar zich toe.

'Heb je wel eens een overledene gezien?'

Nee, dat had hij niet. Destijds, langgeleden, had hij niet naar zijn vader willen kijken. Hij gaf geen antwoord.

'De eerste keer is echt overweldigend. Het beneemt je de adem. Dat we écht doodgaan.'

Zipp luisterde. De ernst beangstigde hem. Er was zoveel wat hij niet wist, wat een stommeling was hij toch. Hij probeerde het gevoel van zich af te zetten. Hij was geen stommeling, hij had gewoon heel erg pech.

'Als die overledene iemand is die je goed hebt gekend, is dat gevoel dubbel zo sterk. Hij ligt daar, maar hij ligt er ook weer niet. Er valt een muur weg.'

Hij pauzeerde even. Hij zag plotseling het dode gezicht van zijn eigen moeder voor zich en was even van zijn stuk gebracht. 'Jullie deden zo veel samen, zoals echte vrienden. Kun je wel zonder hem?'

Zipp trok zijn mond samen. Hij kreeg een brok in zijn keel, zijn ogen brandden, maar hij knipperde niet. Hoopte alleen dat het opwellende vocht niet over de rand van zijn oog zou wippen en een traan zou worden. Hoewel... het zou er niet slecht hebben uitgezien. Hij was tenslotte ten einde raad, verdomme. Maar de man had nog meer in petto, hij hoorde het aan zijn stem. Dit was nog maar het begin.

'Hoe denk je dat jij je voelt als je indirect schuldig bent aan iemands dood?'

Bij deze vraag liet hij bijna een droog, hikkend lachje horen, maar hij hield zich in. Misschien zouden ze nooit te weten komen wie de dood van die baby had veroorzaakt. Misschien was het maar het beste als Andreas stierf. Die gedachte drong ineens glashelder tot hem door, plotseling en onverwacht, maar toch ook logisch. Het beangstigde hem. Hoopte hij dat Andreas doodging? Nee, dat hoopte hij niet, maar als hij er plotseling weer zou zijn, zou dan niet alles aan het licht komen? Wie ze waren, wat ze hadden gedaan? Hij was liever de rest van zijn leven eenzaam, dan dat hij verantwoordelijk werd gesteld voor de dood van de baby. Hij zocht iets om zijn blik op te vestigen. Om tot in het kleinste detail te bestuderen, iets wat hij correct en nauwkeurig kon weergeven, inwendig. Zoals gevangenen in de cel deden. Zijn stropdas. Een grijsblauwe stropdas, met een pietepeuterig geborduurd kersje...

'Zipp. Ik moet je iets vertellen.'

Nu komt het! Hij weet het toch! Zijn haarinplant, recht en regelmatig, het dikke haar met de kleur van staal...

'Je omhult jezelf met stilte. Dat is geen kunst. Dat kan iedereen. Ik kan je niet bereiken. Maar waar je nu mee bezig bent, vereist diepe concentratie.'

Goddomme, wat een speech! Dat zou hij wel op een cursus hebben geleerd. Hij had grote handen met lange vingers, zijn nagels waren schoon en wit. Een verrekt keurige man. Op zijn revers had hij een speldje, het leek wel een beetje op een paraplu...

'Het probleem is dat die diepe concentratie erg veel kracht vereist. Je kunt het een tijdje volhouden, maar dan ontglipt het je. Vertel wat je weet. Eigenlijk is dit gewoon uitstel. En uitstel vraagt tijd. En die tijd zouden we kunnen gebruiken om Andreas te vinden. Om zijn moeder op te bellen en te zeggen: we hebben hem gevonden, mevrouw Winther. In goede gezondheid.'

Hij boog zich over de tafel heen. 'Dankzij Zipp, die eindelijk verstandig werd.'

Ik ben niet verstandig, zo eenvoudig ligt dat. Ik ben onverschillig, het kan me geen moer schelen...

'Een mens kan onmogelijk lange tijd een bepaalde gemoedstoestand volhouden. Want die wordt gestuurd door hormonen die je niet onder controle hebt. Plotseling schieten ze als fonteinen omhoog. Jij hebt die leeftijd. Op den duur laat je achter je wat je nu hebt en ga je...'

'Kunt u uw bek niet houden?' Zipp begon enorm te trillen. 'U kunt mij niets maken!'

Sejer glimlachte droevig. 'Weet je dat zo zeker? Lees je geen kranten?' Hij dempte zijn stem. 'Je zou eens moeten weten hoe kwaad ik kan worden.'

Hij stond op en schoof zijn stoel naar achteren. Trok zijn jasje recht. Keek Zipp aan. Zijn glimlach was vriendelijk, bijna joviaal. Zipp probeerde zich schrap te zetten.

'Je kunt naar huis gaan.'

Hij bleef zitten en gaapte Sejer aan. Misschien was het een valstrik. Als hij opstond en de kamer doorliep, stak de man misschien een voet uit, zodat hij viel.

'N-naar huis?'

'Ga maar lekker naar je warme bedje. En denk aan Andreas.'

Zipp probeerde blij te zijn omdat hij zijn mond had weten te houden, maar hij voelde geen blijdschap, alleen leegte. Maar de baby, dacht hij, daar wisten ze niets van. Dat was tenminste íéts. En de tijd ging door. Hij was nog steeds niet kapot. Hij sloop langs de politieman. Reikte niet verder dan tot zijn kraag. Maar hij zag het speldje. Een klein, gouden parachutistje.

*

Anna Fehn deed de deur open en nam Sejer op. Wat ze zag, stond haar wel aan, maar tegelijkertijd voelde ze een lichte vrees. Het schilderij van Andreas stond op de ezel, het was half klaar. En nu kwam de politie vragen stellen. Hoeveel moest ze vertellen? Wat zou hij denken? Hij ging niet zitten toen ze naar de bank wees.

'Waarom komt u hierheen? Hoe heeft u mij gevonden?'

Hij glimlachte even. 'Dit is een kleine stad. Ik ben gewoon nieuwsgierig. Mag ik het schilderij zien dat u van Andreas maakt?'

Ze liep de kamer uit en ging een andere ruimte binnen, groter en lichter. De schildersezel stond rechts van het raam, zodat het licht er van links opviel. Sejer herkende Andreas niet, omdat hij met neergeslagen blik naar een punt op de vloer staarde. Maar zijn haar misschien, de wilde krullen. Ze had met name zijn lichaam willen weergeven. Sejer werd getroffen door zijn naaktheid, naakter dan hij op een foto zou zijn geweest. Zijn lichaam was enorm in beweging, uitgesprokener dan zijn leeftijd zou zeggen. Hij was in blauwe en groene kleuren geschilderd, alleen zijn haar was rood.

'Vindt hij het leuk? Om model te staan?'

Ze hield haar hoofd schuin. 'Dat lijkt wel zo. Hij ziet er goed uit, en dat weet hij.'

'Wat vindt hij van het schilderij? Tot nu toe?'

Ze lachte zacht. 'De eerste keer dat hij het zag, zei hij: Jezus, wat heftig!'

Sejer boog zijn hoofd naar het doek. 'Dat moet voor weinig mensen zijn weggelegd. Om zo te staan.'

'Waarom?'

Hij haalde zijn schouders op. 'Ik probeer me mezelf in een dergelijke situatie voor te stellen. Hoe onmogelijk dat zou zijn.'

'Misschien neemt u zichzelf te serieus.'

Ze merkte zijn donkere ogen op, die niet bruin waren als ze eerst had gedacht, maar diep grijs. Zijn haar moest ooit ravenzwart zijn geweest. Ze gokte dat hij praktisch was ingesteld, zijn haar was heel kort geknipt en hij gedroeg zich beheerst elegant, maar niet opvallend. Volwassen, dacht ze.

'Doen jullie nog meer dan alleen schilderen?'

Deze vraag had ze gevreesd, maar omdat hij zo onverwacht kwam, was ze er toch niet op voorbereid. Was hij brutaal, of gewoon buitengemeen scherpzinnig?

'Dat komt voor', zei ze ontwijkend.

'Jullie eten misschien een hapje samen, of drinken een biertje?'

Ze hoestte snel. 'Eh, ja. Dat komt voor.'

'Wat komt voor?'

Hij staarde haar aan. Een miniem glimlachje nam de angel uit zijn donkere blik. Ze frunnikte aan een penseel uit een potje. Streelde zichzelf met de donkere borstel onder haar kin.

'We gaan met elkaar naar bed.'

'Van wie kwam het initiatief?'

'Van mij. Wat dacht u?' Het antwoord werd gevolgd door een droge lach.

Sejer keek weer naar het schilderij, zag de gloed in iedere penseelstreek. Het jonge lichaam waarop alles veerkrachtig op zijn plaats zat. En de kracht erin, de jeugd. Anna Fehn was misschien ergens tussen de veertig en de vijfenveertig, en Andreas was achttien. Nou ja, het was een oud verhaal.

Ze keek naar de vloer.

'Om eerlijk te zijn heeft hij er eigenlijk nooit veel zin in. Maar hij doet het toch. Alsof hij denkt dat het van hem wordt verwacht, dat het erbij hoort, ik weet het niet precies. Ik verwonder me daar vaak over. Waarom hij zich zo ter beschikking stelt.'

Sejer kon wel begrijpen dat een jongeman als Andreas zijn kans greep, wanneer die zich voordeed. Anna Fehn was geen oogverblindende schoonheid, maar zeer aantrekkelijk. Rond en blond.

'Kent u zijn vriend? Zipp?'

'Andreas heeft het wel eens over hem gehad. Een beetje laatdunkend. Alsof hij volkomen onmogelijk en hopeloos is.'

'Ze zijn al jaren bevriend.'

'Ja. En ik vraag me af of die ergernis een soort dekmantel is. Dat die eigenlijk een grote hartstocht verbergt. Zo groot, dat het hem in de weg zit.'

'Wat bedoelt u daarmee?'

Ze liep naar het raam, vanwaar het grauwe licht op het naakte lichaam op het doek viel.

'Ik waag te beweren dat ik een zekere intuïtie heb. Ik denk dat Andreas... Hij straalt niets uit. Ja, u begrijpt wel... een soort desinteresse. Ik denkt dat hij meer van jongens houdt. Ik denk dat hij verliefd is op Zipp.'

Sejer keek haar verrast aan.

'Vergeef me als ik een gerucht in de wereld breng. Maar ik denk dat ik voor hem niet meer ben dan een alibi. Iets waarover hij tegen anderen kan opscheppen.'

'Tegen Zipp', zei Sejer peinzend. 'Hij gaat uitsluitend met Zipp om.'

'Ik weet het.'

'Maar u weet het niet zeker?'

'Soms ligt het er duimendik bovenop. Ik heb in de loop van de jaren veel modellen gehad en daar waren verscheidene homo's bij.'

'Waaraan herkent u het?'

'Ik geloof dat vrouwen het eerder merken dan mannen. Denk maar eens na. Ik zie u. U ziet mij. We vormen ons een mening. Voordat we iets anders doen, misschien in een tiende van een seconde. We beoordelen elkaar. Wil ik met deze man, met deze vrouw naar bed? Ja of nee. Als die status is opgemaakt, gaan we verder met wat we eigenlijk komen doen. En misschien schuiven we de spanning opzij. Maar die komt altijd eerst. Een spanning waar we zo aan gewend raken in het leven, dat we er niet meer over nadenken. Totdat we ineens tegenover een man staan, bij wie we die spanning niet voelen. Dat is een vreemde gewaarwording. Dan ontspannen we. Vrouwen voelen zich prettig in het gezelschap van homoseksuele mannen', zei ze. 'Mannen voelen zich meestal slecht op hun gemak bij lesbische vrouwen. Is dat niet vreemd?'

Ze zag er plotseling een tikje provocerend uit. Hij luisterde verbaasd, terwijl hij bij zichzelf naging hoe dat bij hem was. Was dat het eerste waar hij aan dacht, als hij een vrouw ontmoette? Nee toch? Behalve bij Sara, toen hij haar ontmoette. Maar eerst bij Elise. En af en toe, een doodenkele keer, bij mevrouw Brenningen van de receptie. En verder, ja, als een vrouw mooi was. Maar als ze helemaal niet aantrekkelijk was? Dan wees hij haar af. Nadat hij eerst... Hij onderbrak zijn gedachtegang.

'Duurt het nog lang voor het schilderij klaar is?'

Hij knikte naar het doek en naar het gezicht waarop neus en mond ontbraken. Alleen de ogen waren als twee groene schaduwen onder een rode haardos ingetekend.

'Nog wel even. Maar aan zijn hoofd doe ik niets meer. Ik heb hem beloofd dat niemand hem zou kunnen herkennen en die belofte moet ik houden. Waar is hij?' vroeg ze ineens.

'Dat weten we niet. We hebben alleen Zipp en hij is niet erg spraakzaam. Wat gaat u nu doen?' ging hij verder. 'Hij is weg en u kunt niet verder met het schilderij.'

Ze haalde haar schouders op. 'Hij zal wel weer komen opdagen. En zo niet, dan zal het wel bij een schets blijven. Zou u zich kunnen voorstellen om voor mij model te staan?'

Sejer kreeg bijna een hoestbui van verbazing.

'Ik dacht dat ik had gezegd hoe ik daarover denk.'

'Het is nuttig om barrières te doorbreken', zei ze. 'Om je uit te kleden en je te laten bestuderen, uitvoerig door de ogen van iemand gezien te worden... dat kan zeer bevrijdend zijn.'

Voor deze vrouw staan, dacht hij, zonder een draad aan zijn lijf. Met haar ogen overal, analyserende ogen die bezit van hem namen, tot er alleen nog een indruk van hem over was. Niet wie hij in werkelijkheid was. Alleen de indruk die hij op haar maakte. Die uniek was voor haar. Wat zou ze zien? Een vijftigjarig, taai lichaam dat in een goede vorm verkeerde. Hier en daar het begin van eczeem op zijn lijf. De scheidslijn bij zijn middel, waar hij witter was dan elders. Een wit, glanzend litteken op zijn rechterdij. Uren achtereen, tot hij op het doek was vastgelegd, voor wie weet hoe lang. Dat iemand het zou bezitten, het zou ophangen. Ernaar zou kijken. Maar waarom is het zo veel enger dan gefotografeerd worden, dacht hij. Omdat de lens dood is en niet kan oordelen. Was hij bang voor het oordeel? Zou hij iets overwinnen als hij daar ging staan? En waar zou het dan toe leiden? Sejer voelde dat hij niet nieuwsgierig naar zichzelf was, alleen naar alle anderen.

Met een beleefd en in de plooi getrokken gezicht bedankte hij haar voor haar hulp.

*

Andreas opende zijn ogen. Zijn gezicht toen hij het eindelijk begreep, hoe zal ik dat uitleggen? Een kaarsje dat plotseling dooft.

'Je bent er niet geweest', zei hij uitgeput.

'Wel waar!'

Ik wrong mijn handen en schaamde me. Omdat ik hem in de steek had gelaten. Maar ik was ook woedend, op alle vooringenomen mensen die ons eigenlijk niet zien. Die snel even een blik op je werpen en dan hun conclusies trekken.

'Ik ben er wél geweest. Maar hij begreep er niets van. Een jonge vent, hij werkt er waarschijnlijk nog niet zo lang. Ik heb het geprobeerd uit te leggen, maar hij vroeg alleen maar of hij een taxi voor me kon bellen. Alsof ik een seniele oude vrouw was. En weet je? Ik heb hem eerder gezien, maar ik kan me niet herinneren waar. Dat is zo vreemd.'

Andreas liet een jammerend gekreun horen. Tot dat moment moest hij nog een heel klein beetje hoop hebben gehad en die vervloog nu, zijn allerlaatste beetje hoop.

'Verdomme, dus je stond daar en toen ben je gewoon weer weggegaan?'

Hij begon te hoesten, alsof zijn keel vol slijm zat. Hij kreeg het niet weg. Zijn longen piepten.

'Ga toch weg!'

'Ik ga wanneer ik dat wil. Ik heb het in ieder geval geprobeerd.'

'Niet waar! Godallemachtig, wat ben je toch zielig.'

'Jij bent hier degene die zielig is. Je zou jezelf eens moeten zien! Je moet me niet zo sarren, ik kan niet zoveel hebben.'

'Arme Irma. Wat is de wereld toch ontrechtvaardig. Niemand snapt hoe erg jij het hebt, nietwaar?'

Hij griende een beetje, vermengd met lachen. Fraai was het niet.

'Hou je mond, Andreas.'

'Ik praat zo veel ik wil. Dat is het enige wat ik nog kan.'

'Je krijgt geen water meer.'

'Vind je dat lekker, Irma? Mij pesten? Waar voel je dat? Tussen je benen?'

'Je moet oppassen', siste ik. 'Als je eens wist wat ik allemaal zou kunnen verzinnen.'

'Dat weet ik best. Het doet me niets.'

'Je weet niet waar je over praat.'

'Ga naar bed. Ik wil met rust worden gelaten.'

'Wil je met rust gelaten worden? Daar had je eerder aan moeten denken. Weet je wat? Dat wil ik ook. Maar hield je daar rekening mee?'

'Nee', zei hij tam.

'Je hield geen rekening met Irma!'

'Ik wist niet dat jij hier woonde.'

'Leugenaar!'

'Ik had je ook niet herkend, tot het te laat was.'

'Ja, dat zal wel! Want als je het meteen had gezien, dan was je zeker naar het volgende huis gegaan! En dan zou je met dat mes voor het gezicht van iemand anders hebben gezwaaid. Een vreemde. Dat is immers makkelijker!'

Ik beefde van woede, maar het was ook heerlijk, deze plotselinge gevoelens die op mijn wangen brandden. Ik was een levend mens, trillend van rechtvaardige woede, ik stond aan het front en streed mijn belangrijkste strijd. En waar ik nog het meest van genoot: hij moest naar me luisteren! Hij kon niet eens zijn handen optillen om ze voor zijn oren te houden. Zijn gezicht zag er plotseling vlak uit. Hij had mij buitengesloten. Nou ja, ik wist dat hij me hoorde.

'Je bent een verwend kind.'

Hij gaf geen antwoord, maar ik zag zijn wimpers zwak trillen.

'Wat heb je gedaan om je moeder te helpen? Vertel eens. Welke taken had je?'

Hij glimlachte zwak. 'Ik moest de vuilniszak wegbrengen. Iedere dag.'

'O, hemeltje. Je moest de vuilniszak wegbrengen! Indrukwekkend, Andreas.'

'Hoelang lig ik hier al?' fluisterde hij.

Ik rekende het in mijn hoofd uit. 'Drie dagen. Wil je weg? Probeer mijn zwakke punten te vinden. Mijn moedergevoel. De sleutel tot de vrijheid. Ik ben de moeder van een kind, natuurlijk heb ik een moedergevoel. Laat maar eens zien of je mensenkennis hebt.'

'Ik heb heus wel mensenkennis', zei hij vermoeid. 'Maar dat heb ik hier niet nodig. Zelfs een kind kan zien dat jij zo gestoord bent als een deur.'

Ik stond op en zwaaide dreigend met mijn vuist. Ik had zin om luid te brullen, te laten zien hoe kwaad ik was.

'Jij ellendige rotjongen!'

Verbaasd keek hij met zijn lichte ogen naar mij op. 'Je bloost, Irma.'

Ik draaide me om en ging weg. En ik deed het licht uit. Meteen werd hij door een dichte duisternis omsloten.

'Bel dan verdomme!' riep hij. 'Kutwijf. Bel om hulp!'

Ik viel op mijn knieën en sloeg het luik dicht. Ik opende het en liet het weer dichtvallen, steeds weer, het dreunde als een aardbeving door het huis. Uitgeput zakte ik op de vloer in elkaar.

*

5 september.

Mevrouw Winther belde. Skarre probeerde het haar uit te leggen.

'Nee, mevrouw Winther, dat kan niet. Het is niet dat we niet willen, maar ik spreek uit ervaring. Het *Journaal* neemt zulke dingen niet op. Alleen als wij er zo goed als zeker van zijn dat er sprake is van een misdrijf. En in deze zaak...' 'Ja, mevrouw Winther, dat begrijp ik. Maar ik ken de chef, hij laat zich niet zo gemakkelijk overreden. Belt u gerust, maar ik probeer u een teleurstelling te besparen. Alleen heel bijzondere dingen...' 'Natuurlijk is Andreas bijzonder voor u, maar er verdwijnen iedere dag mensen. Tussen de twee- en de drieduizend per jaar, om precies te zijn.' 'Dat een meisje van tien meer indruk zou hebben gemaakt? Ja, dat klopt, zo gaat dat. We hebben een foto in de plaatselijke krant weten te krijgen, dat was al moeilijk genoeg. De chef van de voorlichtingsdienst? Natuurlijk kunt u die bellen, maar ik denk niet dat...' 'Ja, natuurlijk bellen we u meteen, maar het is beperkt hoeveel we hier kunnen doen. We hebben in feite al veel meer gedaan dan we gewoonlijk doen. Ik begrijp dat u dat niet zo voelt. Maar we kunnen niet uitsluiten dat Andreas uit eigen vrije wil is weggegaan. En in dat geval...' 'Ja, u denkt dat dat niet mogelijk is, maar dat denkt niemand. Het feit is, dat als we hem vinden, dan hebben we niet het recht om door te geven waar hij is. Aan u. Als hij dat niet wil. Zo zijn de regels, helaas. Hij is meerder...' 'Dag, mevrouw Winther.'

Ingrid Sejer zat voor de televisie. Ze keek naar het *Journaal*. Matteus stond achter haar stoel naar het scherm te staren. In een dunne pyjama en op blote voeten. Zijn moeder draaide zich plotseling om en keek hem aan.

'Matteus. Het is al laat', zei ze zacht.

Hij knikte, maar bleef toch staan. Zijn moeder zag er een beetje bedroefd uit. Ze legde haar handen op zijn smalle schoudertjes.

'Wat heb je in je mond?'

'Een dropje.'

Ze glimlachte droevig.

'Papa zegt dat ik je niet moet dwingen', zei ze. 'Maar ik zou willen dat je vertelde wie dat briefje heeft geschreven. Dat rotbriefje in je etui.'

'Ik trek me er niks van aan', zei hij ontwijkend.

'Maar ben je dan niet bang?' vroeg ze.

'Nee', zei hij eenvoudig. Ze keek hem verbaasd aan, ze geloofde hem en dat kon ze niet begrijpen.

'Ik zal heus niet meteen naar de hoofdmeester gaan om te klikken', zei ze snel. 'Als jij zegt wie het is. En ik zal zijn moeder ook niet opbellen. Of haar moeder. Als het een meisje is. Ik wil het alleen maar weten.'

Matteus vocht een stille strijd. Het was moeilijk als zijn moeder het zo zielig vroeg.

'Goed dan', zei hij ten slotte. 'Het was van Tommy.'

Zijn moeder was met stomheid geslagen. Ze keek hem een tijdje met grote ogen aan en schudde haar hoofd. 'Van Tommy?' stamelde ze. 'Maar hij is...' Ze knipperde verward met haar ogen. 'Maar hij komt uit Ethiopië. Hij is nog zwarter dan jij!'

'Ja', zei Matteus met een schouderophaling.

'Maar waarom zou Tommy, van iedereen...'

Plotseling begon ze te giechelen. Matteus giechelde ook en toen brulden ze het allebei uit van het lachen en zijn moeder drukte hem tegen zich aan en Matteus snapte niet waarom ze ineens zo vrolijk was. Maar ze was echt vrolijk. Ze stond op en haalde een glas cola voor hem. Daarna ging ze weer zitten om het nieuws te zien en af en toe schudde ze haar hoofd. Matteus ging op de bank zitten. Hij sloeg vroegwijs een krant open en keek recht in een gezicht. Het was een jongeman met donkere krullen. Hij glimlachte Matteus met witte tanden toe. Op de foto zag hij er aardig uit, veel aardiger dan toen hij in die groene auto zat. Hij was het, hij wist het zeker.

'Waarom staat die jongen in de krant?' vroeg hij.

Zijn moeder keek even naar de foto en las het bijschrift.

'Omdat hij weg is', antwoordde ze.

'Hoe weg?' wilde hij weten.

'Gewoon weg. Verdwenen', legde ze uit.

'Net als opa's mamma?'

'Nee. Of eigenlijk weten ze dat niet. Hij is van huis gegaan en niet meer teruggekomen.'

'Hij rijdt in een groene auto', informeerde hij haar.

'Waar heb je het over?' Ze keek hem onzeker aan.

'Hij en nog iemand. In een groene auto. Ze vroegen waar de bowlinghal was.'

Ingrid Sejer keek hem met open mond aan. 'Is dit een van de jongens die jou toen pestten? Toen je van dat verjaardagsfeestje kwam?'

'Ja.'

'Weet je dat zeker?'

'Heel zeker.'

Ze griste de krant naar zich toe en las. Sinds 1 september vermist.

'Ik moet opa bellen', zei ze snel.

'Maar ik weet niet waar hij nu is', zei Matteus bezorgd.

'Dat geeft niet. Ik moet toch bellen. Ga jij maar vast naar bed.'

'Ik wil met opa praten.'

'Je krijgt twee minuten.' Ze draaide het nummer van haar vader en wachtte.

Skarre beet op zijn pen. Hij kreeg een metalige smaak in zijn mond. Hoe kon iemand zomaar van de aardbodem verdwijnen? Ondertussen herinnerde hij zich Sejers woorden: er is altijd wel iemand die iets weet. En Zipp wist iets. Hij werd in zijn overpeinzing onderbroken doordat de telefoon ging.

'Recherche. Met Jacob Skarre.'

Er klonk een merkwaardig geruis in de hoorn. Hij luisterde even, wachtte.

'Hallo? Hallo?'

De stilte duurde voort. Alleen dat zwakke ruisen. Hij had allang kunnen ophangen, ze kregen veel telefoontjes van mensen die niets zeiden, maar hij wachtte toch.

'Jullie moeten meteen komen! Hij heeft niet lang meer te leven!'

Er klonk een klikje. De verbinding was verbroken. Skarre bleef confuus zitten, met de hoorn in zijn handen.

Een vrouw. Ze klonk hysterisch, een door tranen gesmoorde stem. Op hetzelfde moment moest hij ergens aan denken, hij stond zo snel op dat zijn stoel naar achteren rolde en tegen de archiefkast knalde. Die woorden. Die wanhoop! Waar had hij die eerder gehoord? Hij leunde tegen de kast en dacht na. Die hese stem deed hem ergens aan denken, als hij zich maar kon herinneren waaraan. Iets wat nog maar kort geleden was gebeurd. Hij ging weer zitten. Dacht diep na. Maar hij kon de vinger er niet op leggen. Hoe moest hij het terugvinden? Waarom was het belangrijk?

Hij probeerde aan iets anders te denken. Uiteindelijk drong tot hem door wat ze eigenlijk had gezegd. Hij heeft niet lang meer te leven. Betekende dat dat er iemand stervende was? Ging het om Andreas Winther? Waarom dacht hij meteen aan Andreas? Hij tastte in zijn overhemdzakje naar een sigaret. Er viel een opgevouwen briefje uit. Hij vouwde het open. Oudere vrouw kwam om 16.00 uur het kantoor binnen. Ze leek in de war. Toen herinnerde hij het zich weer. De vrouw in de bruine mantel en wat ze had gezegd. Het gaat om iemand die vermist wordt. Hij heeft niet zo lang meer te leven. Die merkwaardige vrouw die de zuigfles was vergeten. Was zij het weer? Waar was ze in godsnaam mee bezig? Hij stak de sigaret aan en liep naar het raam. Maakte het open, blies de rook naar buiten. Toen ging de telefoon weer.

'Met Runi Winther. Sorry dat ik zo zeur.'

Skarre schraapte zijn keel. 'Dat geeft niets, mevrouw Winther. We weten dat het moeilijk voor u is.'

'Hebben jullie mijn vriendin al gesproken?'

'Daar zijn we nog niet aan toegekomen.'

'Maar jullie hebben het beloofd!'

'Ik zal haar opzoeken. Morgen, mevrouw Winther.'

'Zij staat voor hem in. Dat moet echt!'

'Als het Andreas' handel en wandel betreft, dan hebben we geen enkele reden om te denken dat er iets niet in de haak is.'

'Maar ik wil dat jullie het van iemand horen die hem kent.'

'Ja, mevrouw Winther. Nee, belt u gerust, daar zijn we voor. Natuurlijk. Laten we het zo afspreken.'

Sejer stak zijn hoofd om de hoek van de deur. 'Ik vraag me af wat die twee hebben uitgespookt. Zipp liegt over de tijd. Ze zijn om kwart over zes samen gezien.'

'En ik vraag me af,' zei Skarre ernstig, 'of we misschien in tijdnood zitten.'

*

6 september.

Skarre reed langs de rivier, sloeg bij een rotonde links af en schakelde terug toen hij bij een steile helling kwam. Hij kwam niet vaak aan deze kant van de stad, maar hij vond het een prettige buurt, de dichtbegroeide tuinen en de kronkelige appelbomen. De Prins Oscarsgate.

Prins Oscarsgate? Hij luisterde verbaasd naar zijn eigen gedachten. Een dichte heg aan de linkerkant. Nummer 17, verdorie, hij was er al voorbij. Moest helemaal naar boven rijden en daar draaien. Hij stopte bij een smeedijzeren hek. Zag een wit huis. Even fronste hij zijn voorhoofd. Dit witte huis met groene kozijnen, moest hij hier zijn? Wat betekende dat? Hij parkeerde voor het hek en deed de auto op slot. Las op de brievenbus dat de naam klopte. Irma Funder. Hij liep langzaam het grindpad op. Drukte de bel in en wachtte. Hij was een beetje verstrooid, ongeconcentreerd. Hij hoorde geen geluiden binnen, maar hij sloot niet uit dat er iemand door het spionnetje in de deur naar hem keek. Hij probeerde een vertrouwenwekkend gezicht te trekken. Er rinkelde een ketting. Het slot klikte. Er verscheen een bleek gezicht in de smalle deuropening.

'Irma Funder?'

Ze knikte niet, keek hem alleen aan. Hij kon niet veel van haar zien, alleen een neus en ogen.

'Wat is er?' vroeg ze. Haar stem was hees. Hij kwam blijkbaar erg ongelegen.

'Runi Winther heeft uw naam doorgegeven. De moeder van Andreas. Weet u dat hij vermist wordt?'

Meer gerinkel. Voeten die binnen over de mat schuifelden.

'Dat heeft ze me verteld.'

Ze deed de deur iets verder open. Skarre keek haar ongelovig aan. Hij zag haar krullen, de dunne lippen en de krachtige kin. Binnen in zijn hoofd luidde een klok. Zij was het! De vrouw die ineens in zijn kamer had gestaan. De vrouw die – hij probeerde zichzelf in de hand te houden, – de vrouw die de zuigfles in de winkel was vergeten. Wat een wonderlijke samenloop van omstandigheden. Hij was een ogenblik van zijn stuk gebracht. Het gevoel dat er iets heel merkwaardigs aan de hand was, kroop langs zijn ruggengraat omhoog. Hij moest zich aan de leuning vasthouden, terwijl hij zijn hersenen pijnigde om zich te herinneren wat ze had gezegd. Toen ze in zijn kantoor voor hem had gestaan. Precies hetzelfde als de vrouw aan de telefoon had gezegd. 'Hij heeft niet zo lang meer te leven.' Zijn haren gingen recht overeind staan, net zoals toen ze voor hem stond.

'Mag ik binnenkomen?'

Hij was zo opgewonden dat zijn stem trilde en er verschenen twee knalrode vlekken op zijn gezicht. Dat zag ze natuurlijk. Ze werd bang en wilde zich terugtrekken. De deur ging dicht tot een smallere kier.

'Ik weet niets!'

'Mevrouw Winther wil graag dat we met u praten. Ze is erg wanhopig.'

'Dat begrijp ik. Hij zal wel weer boven water komen.'

'Denkt u dat?'

Skarre duwde een volgens de reglementen glimmend gepoetste schoen naar binnen, terwijl hij zo innemend als hij kon naar haar glimlachte.

'Dit is gewoon routine. Uw naam staat op mijn lijstje', verklaarde hij. 'En het is mijn werk om een paar regels in het rapport te schrijven. Zodat we u kunnen doorstrepen. En we verder kunnen, met belangrijker dingen.'

Ik praat te snel, dacht hij. Here Jezus, help mij, zodat ik deze vrouw niet afschrik voordat ik iets meer weet!

'Ik weet dat ik niet belangrijk ben', zei ze ineens.

Hij keek haar aan. Er gebeurde iets groots onder zijn krullen.

'Het komt niet zo goed uit.'

Ze wilde de deur dichtdoen.

'Het duurt maar een minuutje.'

'Maar ik weet niets!'

'Luister', Skarre vermande zich, hij moest naar binnen toe, hij moest uitvinden wie deze vrouw was, ook al zag hij geen enkele connectie tussen haar en Andreas. Behalve dat ze zijn moeder kende. Een vrouw van tegen de zestig, die alleen woonde, die misschien buiten de maatschappij stond, waarom zou zij iets weten? Er weerklonk nog een zin in zijn geheugen. "Ik weet waar hij is."

'Als ik niet even met u mag praten, komt de chef zelf', zei Skarre snel. 'Hij is een inspecteur van de oude stempel, weet u.'

Dat was een dreigement. Hij kon zien dat ze het naar waarde schatte. Uiteindelijk deed ze open. Hij ging de gang binnen. Het huis was netjes. De keuken was blauw, op de vloer lag een gestreept kleedje.

'Mag ik gaan zitten?' Hij wees naar een stoel.

'Als u niet zestig seconden kunt blijven staan, dan mag dat wel', zei ze kort. Skarre schudde zijn hoofd. Wat was dit voor iemand? Was ze misschien niet goed bij haar hoofd? Daar had mevrouw Winther niets over gezegd. Waarom had ze deze vogelverschrikker als vriendin gekozen? Moge de Heer mijn arrogantie vergeven, dacht hij. En hij ging zitten. Hij haalde geen notitieblokje en pen tevoorschijn, zat daar slechts naar haar te kijken. Ze deed iets bij het aanrecht. Hij keek om zich heen. Zag de zuigfles staan. Die stond naast het koffiezetapparaat. Wat moest ze daarmee?

'Uw naam, Irma Funder. Dat staat op uw brievenbus', zei hij voorzichtig.

'Zo heet ik', zei ze nors.

'Maar dat is een beetje ongewoon. Doorgaans staat de naam van de man op de brievenbus. Of beide namen. Of alleen de achternaam.'

'Mijn man is weg', deelde ze mee.

Skarre dacht even na. 'Is hij weg? U zei dat hij ziek was.'

Ze draaide zich ineens om en keek hem aan.

'Wanneer?' vroeg ze snel.

'De laatste keer dat we elkaar spraken.'

'Ik ken u niet!'

Haar gezicht was vertrokken van bezorgdheid.

'Nee', zei hij. 'Maar we hebben elkaar gesproken. Kort geleden nog. Bent u dat alweer vergeten?' Hij keek haar onderzoekend aan. 'Vertel u eens wat u over Andreas weet.'

Ze keerde hem de rug toe en trok haar schouders op.

'Dat is zo gebeurd. Ik weet niets. Hij was nooit thuis als ik bij Runi was.'

'Was? Gaat u niet meer naar mevrouw Winther toe?'

'Ik ben niet zo lekker', zei ze plotseling.

'Ik begrijp het', zei hij, maar hij begreep er niets van. Alleen dat er iets niet klopte.

'Vertel eens over uw man', ging hij verder. Ze draaide zich weer om. Haar dunne lippen waren kleurloos.

'Hij heeft me verlaten', zei ze.

'Lang geleden?'

'Elf jaar.'

'En nu denkt u dat hij dood is?'

'Ik hoor nooit meer iets van hem.'

'Maar u redt het alleen?'

'Zolang ik met rust gelaten word', verklaarde ze. 'Maar al die aanloop werkt me op de zenuwen.'

'Al die aanloop?' Hij spitste zijn oren. 'Wat bedoelt u daarmee?'

‘Nee, niets. Maar er zwerven ’s avonds zo veel vreemde mensen rond. Ik doe meestal niet open. Maar aangezien u een uniform droeg, dacht ik dat ik het risico wel kon nemen. Verder kun je niet zo makkelijk aan de mensen zien van welk materiaal ze zijn gemaakt.’

‘Waar is Andreas van gemaakt?’ vroeg hij snel.

‘Tja, Andreas’, zei ze. ‘Hij is zo vreemd. Synthetisch, als het ware.’

‘Hè?’ Het antwoord verbaasde Skarre. ‘Heeft u kinderen?’ ging hij verder.

‘Ik had een zoon. Ingemar.’

‘Had? Is hij dood?’

‘Dat weet ik niet. Ik heb al een hele tijd niets van hem gehoord. Dus voor zover ik weet kan hij best dood zijn.’ Ze draaide zich weer om. ‘Uw tijd is om. U zei een minuut.’

‘Dus u heeft Andreas niet gezien?’ vroeg Skarre, hij hield haar blik vast.

‘Vaak’, zei ze kort. ‘Hij interesseerde me niet.’

Ze is niet helemaal goed snik, concludeerde Skarre.

‘Denkt u dat hij zich in de nesten gewerkt kan hebben?’ vroeg hij onschuldig.

‘Dat geloof ik graag. Ik weet dat Runi iets anders zegt, ze vroeg mij een goed woordje voor hem te doen. Maar u wilt vast de waarheid weten.’

‘Absoluut.’ Hij keek om zich heen in de blauwe keuken, naar de twee deuren, misschien van een douche en een slaapkamer. De stem op de band. Dezelfde stem. Hij wist het heel zeker. Waarom was ze naar het bureau toegekomen? Wat had ze hem geprobeerd te vertellen?

‘Ik wil graag de waarheid weten’, zei Skarre.

‘Je mag aannemen dat hij wel tot het een en ander in staat is. Hij en die vriend van hem, met wie hij altijd samen is.’

‘Kent u die vriend?’

‘Hij noemt zich Zipp.’

‘We hebben met hem gepraat, maar hij weet niets.’

Irma Funder glimlachte. ‘Dat zeggen ze altijd. Uw tijd is om.’

Skarre stond met tegenzin op. Er was iets met dit huis. Er klopte iets niet. Gedurende de paar minuten die waren verstreken, had hij de meeste dingen in zich opgenomen. Een schrijfblok met een pen ernaast lag op de keukentafel. Op het aanrecht stonden drie flesjes chloor. Tegen de wand stonden twee zwarte zakken, misschien met vuilnis. Alsof ze aan het opruimen was geweest. Alsof ze op reis ging.

‘Wat kwam u op het politiebureau doen?’ vroeg hij scherp. ‘Waarom belde u?’

Hij had op dat moment het gevoel dat hij van een berg sprong, zonder eerst te kijken waar hij zou neerkomen.

Ze sloeg haar ogen ten hemel. ‘Bellen? Dat zou niet bij me opkomen.’

Plotseling liet ze alles los en keek hem aan. Haar zware lichaam beefde. ‘Ik heb niet lang meer’, zei ze moeizaam.

Daar zag hij dat vlammetje weer, achter haar ogen. De woorden raakten hem alsof hij een klap kreeg. Haar gezicht wachtte niet op een antwoord, het was slechts een constatering. Hij bleef vertwijfeld staan en keek in haar ogen. Hoe moest hij dit aanpakken? Wat kon hij doen? Niets. Gewoon weggaan en aan de chef rapporteren. De blauwe wanden van de keuken omsloten hem samen met dit mens, en nu had hij het idee dat ze op hem af kwamen, de kamer werd kleiner en alles erbuiten werd vaag en onduidelijk. Het uitzicht door het keukenraam, het mooie prieeltje en de hoge berk, het was slechts een beeld. Buiten deze blauwe wanden was niets.

*

'De avond begon dus in het café', zei Sejer. 'Gingen jullie daarheen om de zenuwen een beetje te kalmeren?'

'Ik snap niet waar u het over heeft', zei Zipp.

Ze hadden hem voor de tweede keer opgeroepen. Betekende dat dat ze iets meer wisten? Had de vrouw de tasjesroof aangegeven?

Het is slopend, dacht hij, om lang op de rand van de afgrond te staan. Ik val nog liever.

'Herhaal alsjeblieft nog eens hoe laat jullie elkaar zagen.'

'Zoals ik al zei. Om half acht.'

Sejer tikte met een pen op de tafel. Door het getik keek Zipp hem oplettend aan.

'Ik begrijp iets niet', zei Sejer langzaam. 'Ik begrijp niet waarom je daarover liegt.'

'Ik lieg niet.'

'Jullie zagen elkaar al veel eerder. Er is iets gebeurd.'

'We zagen elkaar om half acht!'

'Nee. Andreas verliet zijn huis om half zes. Jullie hebben door de stad gereden.'

Zipp pijnigde zijn hersenen. Wie had hen gezien, afgezien van die vrouw op Furulund? Was het moment gekomen waarop hij geconfronteerd ging worden met het dode kind? Het kind dat hij in korte perioden had weten te vergeten. Een belofte voor de toekomst, dat het op een dag uitgewist zou zijn, alsof het niet gebeurd was.

'Dan liegt er iemand', zei hij nors.

Sejer liet de pen los. 'Jullie hielden iemand aan en vroegen de weg.'

'Hè?'

'Een klein jongetje. Misschien plaagden jullie hem een beetje.' Sejer staarde omlaag naar zijn handen. 'Misschien wilden jullie hem alleen maar een beetje bang maken.'

Zipp was zo opgelucht, dat hij bijna begon te lachen.

'O ja, natuurlijk. Een klein Afrikaantje. We hebben hem niet gepest. En we kwamen hem onderweg naar de kroeg tegen. Even voor achten, misschien.'

'Dat kleine Afrikaantje', zei Sejer langzaam, 'is mijn kleinzoon. Hij droeg een horloge. Jullie reden in een groene auto. Andreas maakte een opmerking over zijn jack. Het was kwart over zes. En kom mij nu niet vertellen dat jullie hem niet pestten!'

Sejers stem had een dreigende ondertoon gekregen.

'Uw kleinzoon?' Zipp verslikte zich bijna van verbazing. Ineens leek het mogelijk, bedacht hij, dat de vuist van de inspecteur zou uitschieten om hem een dreun te verkopen. En wat wist hij nou helemaal over de methoden van de politie? Verdomme, dit was heavy!

'Is Andreas verliefd op je?' vroeg Sejer plotseling. Zipp voelde zich duizelig worden. Wie hadden ze gesproken? Niemand wist het, zeker dat Afrikaantje niet. Was het soms algemeen bekend?

'Sorry', zei hij schor, terwijl hij de grillen van deze man probeerde te volgen. 'Nu vergist u zich, denk ik.'

'Dat zou kunnen. In dat geval bied ik je mijn verontschuldigingen aan. Is Andreas homo?'

Zipp dacht dat het misschien een kans was. Dat het de politieman op het verkeerde been kon zetten. Dat het zijn gedachten kon weghouden van dat andere.

'Ja', zei hij tam. 'Ik geloof het wel.'

Vertel je het niemand? Jawel, verdomme!

'Waarom denk je dat? Heeft hij wel eens geprobeerd je te versieren?'

'Nee! Hij is heus niet gek.'

'We hebben allemaal zo onze zwakke momenten. Vond je het vervelend?'

'Ik weet niet waar u het over heeft.'

'Je vond het misschien niet zo leuk, dat hij zin in je had? Werd je kwaad?'

'Alleen verbaasd', mompelde hij eindelijk.

'Heb je hem geslagen? Iets te hard?'

Langzaam begreep Zipp waar hij heen wilde.

'Nee', zei hij zacht. 'Hoewel ik daar wel zin in had. Maar ik heb hem niet aangeraakt.'

'Je neemt op een andere manier wraak. Je houdt nu informatie achter. Probeer je jezelf te beschermen?'

Geen antwoord.

'Mijn beste Zipp.' Sejer dempte zijn stem tot een fluistertoon. 'Hoe moet je je hier nu uit redden?'

'Waaruit?'

'Uit de problemen waar je je in hebt gewerkt. Vind je het misschien wel prima als Andreas niet meer terugkomt?'

'Helemaal niet!'

'Ik zoek een reden', zei Sejer. 'De reden waarom je de waarheid niet zegt. Die moet, zoals ik vorige keer al zei, wel heel erg goed zijn. Is hij dat?'

Handenwringend kreunde Zipp: 'Ja. Dat is hij. En nu zeg ik niks meer! Ik wil naar huis! U heeft het recht niet mij hier te houden.'

'Net als de meeste overheidsinstellingen hebben wij ook wel een paar mogelijkheden om de regels te ontduiken.'

Zipp keek hem vragend aan.

'Wat hebben jullie tussen zes uur en het tijdstip dat jullie het café binnengingen gedaan?'

'We hebben wat rondgereden. Met de auto. Naar de meisjes gekeken.'

'Jíj keek naar de meisjes', corrigeerde Sejer. 'Wat gebeurde er?'

'Niets.'

'Waarom heb je dat dan verzwegen?'

'Dat weet ik niet.'

En zo ging het door. Zipp stond versteld van zijn eigen koppigheid. Dat hij zo veel wilskracht had. Dat hij iemand bijna tot waanzin kon drijven. Dat was vreemd, dat had hij nooit gedacht. Maar de ander had ook een wil. Ze trokken ieder aan een uiteinde van een onzichtbaar touw. Dan weer kreunde Zipp van uitputting, dan weer had hij de overhand. Voor het eerst in zijn leven vocht hij met iemand. Een ware krachtmeting. En wat ook vreemd was, waren de gevoelens die zo nu en dan bij hem opkwamen. Dat hij het prettig vond. Dat hij de man aan de andere kant van de tafel aardig vond.

*

Nu was het nog slechts een kwestie van tijd. Het zou nu niet lang meer duren voordat de politie voor de deur stond. Ik had het gezien aan de jonge agent, hij rook als het ware dat er iets aan de hand was. Zijn ogen zwierven onrustig rond en namen alles in zich op, er sprak wilskracht uit. Het was lekker warm in de kelder. Ik stond stilletjes naar Andreas te kijken. Eigenlijk kwam hij niets tekort, ik had goed voor hem gezorgd. Een nare gedachte trof me als een klap in het gezicht. Hij zou voor mij nooit hetzelfde hebben gedaan.

'Ik ga', zei ik zacht.

Hij probeerde zijn blik ergens op te vestigen. Dat vereiste een zekere inspanning. Uiteindelijk vonden zijn ogen het lichtpeertje aan het plafond.

'Ze komen je nu snel halen, ze waren net hier. De politie. Ik laat de deur openstaan. Hoor je me?'

Hij sloot zijn ogen. Zei niets. Was niet eens blij.

'Wat jij allemaal hebt aangericht!' zei ik vermoeid. Ik ging op een trede van de trap zitten. 'Kun je niet uitleggen wie je bent? Waarom je hier naartoe kwam? Zodat ik het begrijp?'

'Je zou het niet begrijpen', fluisterde hij. 'Niemand begrijpt het.'

'Je geeft me de kans niet. Er is altijd een verklaring. Dat maakt het draaglijker.'

Hij snufte even. 'Ik ben niet slechter dan anderen.'

Ik fronste mijn voorhoofd. 'Ik ken een heleboel mensen die nooit bij een eenzame vrouw zouden binnendringen. Met een mes en zo. Je moet het niet bagatelliseren, Andreas.'

'Ik moest wel', fluisterde hij. 'Ik was alles kwijt. Had alles op het kerkhof achtergelaten. Ik moest iets vinden om... om me achter te verschuilen. Omdat hij me had gezien zoals ik was. Zipp. Hij had mij gezien. En toen kwam jij plotseling aangelopen. Ik had je nodig.'

'Nee. Je koos mij uit. Ik wil weten waarom.'

'Ik moest verder, snap je dat niet! Ik moest je huis in en naar buiten komen als... iemand anders.'

'Als een simpele crimineel?'

'Nee! Ik had mijn oude ik op het kerkhof achtergelaten. Ik had iets nieuws nodig.'

'Ik begrijp je niet. Wat klets je toch.'

'Je hebt niet om hulp gebeld', zei hij zacht. 'Je koos ervoor om niet te bellen. Waarom?'

'Het was geen keuze! Ik heb geprobeerd het te begrijpen.'

'Nee, mensen als jij kunnen niet kiezen. Die wachten gewoon af. En dan komt er niemand. Daar word je gek van, hè, Irma?'

Dat hij zo onbeschoft kon zijn, terwijl ik eindelijk voor hulp zou zorgen. Mijn hemel, wat zou hij veel hulp krijgen. Verpleging en verzorging. Een rechtvaardige behandeling. Omdat hij nog zo jong was. Een lichte straf. Een eigen psycholoog. Ik moest nog een laatste steek toebrengen.

'Juist het feit dat jij kunt kiezen, heeft je kapotgemaakt, Andreas.'

'Ik heb nooit kunnen kiezen.'

'Daar denk ik anders over.'

'Wat weet jij daar nou van.'

'Ik laat je hier nu achter. Misschien heb je iets geleerd. Laat de mensen voortaan met rust.'

'Ik heb nooit iemand lastiggevallen', zei hij zacht.

Ik schraapte onheilspellend mijn keel.

'Tot nu toe, bedoel ik', ging hij verder. 'Het kan me niks schelen of je me wel of niet gelooft. Ik weet wie ik ben.'

'O ja? En... is het het weten waard?'

'Ja', mompelde hij. 'Het heeft even geduurd. Maar nu weet ik het.'

Ik zweeg en zuchtte. Niemand is zo slim als jongelui die net beginnen te begrijpen.

'Waar ga je heen?' vroeg hij zacht.

'Weg. Maar ik moet me eerst aankleden.'

'Maar waar ga je heen?'

'Weg', zei ik afwijzend.

'Dat hoeft niet', zei hij vermoeid. 'Ik neem de schuld wel op me.'

Het duurde even voor de woorden tot me doordrongen en ik de strekking ervan begreep. Het werd me allemaal teveel. Ik stond trillend op.

'Jij neemt de schuld wel op je?! Andreas... Iets heel essentieels is je blijkbaar nog steeds niet duidelijk! Het ís jouw schuld! Begrijp je dat?!'

Hij knipperde verschrikt met zijn ogen na deze uitbarsting. Er zit meer kracht in oude vrouwen dan jonge jongens weten. Ze zouden op hun tellen moeten passen. Ik trilde nog steeds en stond enigszins wijdbeens om niet van louter opwinding te vallen. Plotseling begon hij te huilen. Snot en tranen stroomden over zijn gezicht. Hij stonk, een weeë stank van de ontstoken wond op zijn hoofd. Van zijn onverzorgde lichaam. Het rook er naar schimmel en aardappelen en naar verbrand stof van het kacheltje dat rood stond te stralen. O, wat huilde hij. Ik móést dit horen, vlak voordat ik wegging. Om het verder met me mee te nemen. Toen hield het huilen op.

'Je belt nooit. Je houdt je niet aan je woord. Je bent laf en geschift en volkomen onberekenbaar.'

Ik beet zo hard op mijn lip dat de tranen in mijn ogen schoten.

'Je vraagt je af waarom ik jou koos? Omdat jij zo lelijk bent, Irma.'

Ik begon weer te trillen.

'Lelijk en dik. Je darmen hangen naar buiten. Niemand kan van iemand zoals jij houden.'

'Zwijg!' Ik stond op, schreeuwde.

'Ik kan je spataderen door je kousen heen zien. Ze zijn verdomme zo groot als druiven.'

Ik stond nog steeds, wilde hem met mijn blote vuisten in elkaar slaan. Hij was zo onbeschrijflijk lelijk toen hij dat zei. Ik verloor mijn zelfbeheersing, zwaaide met mijn armen en zag er belachelijk uit, ik voelde het, maar ik kon de opkomende woede niet stoppen. Ik moest verbrijzelen en slaan, erop los beuken, ik had plotseling veel te veel kracht. Een enorm overschot aan energie dat mij dreigde te verscheuren. Het ging over in pijn, het brandde als vuur en ik zocht iets in de donkere kelder, iets wat ik kapot kon gooien en vernielen, maar ik zag niets. Alleen oude plastic tuinmeubelen. De bak met aardappelen. Een oud raam dat tegen de muur stond. En een kist met gereedschap. Die stond onder de werkbank. Open. Ik trok er een hamer met een rubberen handvat uit. Liep terug, ging voor hem staan. En toen gebeurde het, toen ik daar stond om hem te laten zien dat ik de baas was, dat hij nu echt moest oppassen. Hij lachte! Dat was de druppel die de emmer deed overlopen. Ik kan veel hebben, niet gezien worden, niet gehoord worden, uitgescholden en uitgejouwd worden. Maar dít niet. Niet dat iemand me uitlacht. En toen sloeg ik hard. Ik raakte hem op zijn witte voorhoofd en het lachen stopte meteen, het eindigde in een zwak gekreun, en ik sloeg nog een keer. De hamer raakte een paar keer de vloer, elke keer als het staal het beton raakte, vlogen er een paar witte vonken omhoog, maar ik bleef maar slaan, voelde dat wat ik raakte langzaam zijn vorm verloor en zacht werd. Plotseling zag ik mijn eigen gezicht in het oude raam. Hij had gelijk. Ik was lelijk. Daarom sloeg ik maar door, tot ik geen kracht meer had. Het was heerlijk. Ik was helemaal leeg. Mijn lichaam kwam langzaam tot rust. Ik keek met brandende ogen om me heen. Hoorde een lichte zucht. Of die van Andreas kwam, een laatste restje uit zijn longen, of dat iemand ons zag, ik wist het niet. Laat ze maar komen! Met opgeheven hamer staarde ik een hele tijd naar de schaduwen.

*

Zipp zag zichzelf weerspiegeld op het zwarte televisiescherm. Een laffe, wazige verschijning. Hij liep stampend de trap op en smeet de deur achter zich dicht. Hij wist precies waar hij naartoe ging. Het witte huis met de groene kozijnen. Hij had een helse druk weten te weerstaan. Hij had innerlijke kracht getoond. Ditmaal zou hij geen genoegen nemen met praten, hij zou naar binnen toe, zowaar hij Zipp heette! Hij liep met grote, doelbewuste stappen de helling op. Van achteren zag je zijn ronde achterwerk, dat energiek draaide en wrikte. Al moest hij inbreken en de vrouw overvallen, hij zou achter de waarheid komen! Hij was niet vaak zo vastbesloten, maar het was een prettig gevoel om zo zeker te zijn. Hij kon alles aan! Na vijftien minuten lopen zag hij het hek. Plotseling hoorde hij een deur dichtslaan. Snelle voetstappen knerpten op het grind. Ze was het zelf. Dat mens van Funder! Hij zag haar wegsjokken en schoot haar tuin in. Hij beklom de trap en voelde aan de deur, die natuurlijk op slot zat. Toen sloop hij naar de achterkant van het huis. Hij zag dat niemand in de tuin kon kijken. Met een koevoet zou hij een van de kelderramen kunnen openwrikken en naar binnen gaan. Maar hij had geen koevoet. In het rozenbed lag een steen zo groot als een bloemkool. Hij draaide hem om en veegde een eng kruipend beest weg. Ging op zijn knieën zitten. Probeerde door de ramen naar binnen te kijken. Het ene raam werd bedekt door iets wat op een zak leek. Door het andere kon hij naar binnen kijken als hij zijn handen als een trechter voor zijn gezicht zette. Toen tilde hij de steen op en sloeg het glas in. Het maakte niet veel lawaai. Hij was een tijdje bezig met het wegslaan van de in de sponning achtergebleven scherven. Toen stak hij zijn benen naar binnen, draaide zich om en liet zich zakken. Het was hoog. Hij zakte door zijn knieën, veegde zijn broek en zijn handen af. Toen hij zich langzaam omdraaide, zag hij recht voor zich een deur. Hij bleef even staan om aan het donker te wennen. Planken vol met flessen en potten. Een oude slee, een verweerde parasol. En een deur. Die hij met bonzend hart opende. Hij was zwaar, misschien zat er een dranger op. Achter de deur bevond zich nog een kamer. Een vreemd smeulend, rood licht doorbrak het donker. Het was er warm en het stonk er. Op de tast deed hij een paar stappen naar binnen. Het leek net of er een kip onder zijn jack zat, zo bonkte zijn hart. Hij tastte met zijn handen langs de wanden, terwijl hij aarzelend, stapje voor stapje, verder liep. Hij moest een lichtknopje zien te vinden. Plotseling raakte hij iets zachts. Het gaf mee onder zijn voet en maakte een vreemd, knisperend geluid. Hij stopte. Er lag iets op de grond. Wat was dat verdomme? Hij deed een stap terug en luisterde. Voorzichtig deed hij een paar passen in een andere richting. Er klonk een hard geluid, van metaal dat op de vloer kletterde. Hij had een kacheltje omgegooid. Maar dan, een traptrede. De trap van de kelder naar boven. Dat betekende dat er bovenaan een lichtknopje was. Hij sloop naar boven, terwijl hij intens luisterde. Wat was dat zachte waar hij op had getrapt? Wat moest hij doen als ze terugkwam? Waarom zou ze terugkomen? Als ze iets vergeten was. Dat gebeurde vaker, in ieder geval in de film. Hij klom verder naar boven en telde de treden. Ineens stootte hij zijn hoofd tegen het plafond. Een ouderwets kelderluik. Hij zocht naar het knopje, voelde met zijn vingers langs de wanden, kreeg splinters in zijn vingers. En eindelijk: een schakelaar. Hij draaide hem om. Er klonk een trage klik en toen scheen het licht boven hem, een kaal peertje aan de leiding. Het licht kwam langzaam, alsof de gloeidraad versleten was en tijd nodig had om op te warmen. Hij draaide zich om en keek omlaag naar de cirkel van licht. Zag een stuk plastic. Dat iets bedekte. Afval misschien. Aan de voet van de trap? Mijn god! Heel even dacht hij dat er een mens lag. Het zag eruit als een mens. Maar dat kon toch niet. Misschien was het een oud tapijt, dat niet in de vuilnisbak paste. Ze had het hier neergegooid. Hij moest weer naar beneden, om te kijken wat het was. Want het kon toch niet zo zijn dat... Hij sloop omlaag. Wat doe ik hier verdomme, wat gebeurt er! Eigenlijk lig ik thuis op de bank te slapen. Hij haalde zijn neus op en veegde met de rug van zijn hand het snot weg. Hij was beneden. Keek om zich heen, tuurde door het doffe plastic. Iets wits en vaags. Hij bukte, maar stond in het licht en moest een stapje opzij doen. Pakte een punt van het plastic vast. Het knisperde zacht.

'Nee, christus!'

De uitroep weergalmde luid tussen de wanden. Echode door de kelder. Hij stapte naar achteren, stak zijn armen uit om steun te zoeken. Zijn ogen zochten in de donkere hoeken, hij zag een werkbank, een oude fiets, een bak met aardappelen. Aardappelen, dacht hij. Alles was zo onwerkelijk. Maak dat je wegkomt, verdomme! Toen hoorde hij een deur dichtslaan. Er liep iemand door het huis, snelle voetstappen. Hij dacht aan het licht. Zag de deur waardoor hij was binnengekomen. Hij dacht niet langer na, maar schoot weg, liet de deur voorzichtig dichtvallen, drukte zich in een hoek. Wachtte. Ze was teruggekomen. Ze was hartstikke geschift! Hij dacht dat ze misschien met een bijl in haar hand naar beneden zou komen. Er schraapte een stoel over de vloer. Zipp staarde naar de deur. Als ze het luik openmaakte, zou ze het licht zien. Hij moest hier weg, zonder geluid te maken, via dezelfde weg, door het raam naar buiten. Maar dat zat te hoog. De slee die tegen de muur stond, daar kon hij op staan. Naar buiten klimmen, wegrennen. De politie bellen. Die vrouw was gek, ze moest worden opgesloten. Plotseling hoorde hij andere geluiden. Krakend hout, een rinkelende ketting. Voetstappen op de trap. Nu ontdekte ze dat het licht aan was. Ik sla eerst, dacht Zipp. Hij zocht iets om mee te slaan. Een fles misschien. Er stonden er een heleboel op de planken, sap of wijn. Hij sloop erheen, verplaatste zijn gewicht voorzichtig van de hiel naar de bal van zijn voet. Pakte een fles van de plank, greep de hals stevig vast. Toen ging hij bij de deur staan, stond te trillen met de fles in zijn hand. Hij trilde zo erg, dat zijn tanden klapperden, kom maar op, verdomme, ik sla je helemaal lens! Toen hoorde hij de treden. Stilte. Wat deed ze nu? Vroeg ze zich af hoe het licht aan kon zijn? Nare, schuifelende stappen op het beton. Hij drukte zich tegen de koude muur aan. Staarde naar de spleet van de deur. Die werd langzaam breder. Hij hield zijn adem in en hief de fles op, precies op het moment dat haar hoofd zichtbaar werd in de deuropening. In een glimp zag hij haar zware kaak en haar diepliggende ogen. En toen sloeg hij. Hij raakte haar aan de zijkant van haar hoofd. Ze zakte door haar knieën en de zware deur sloeg tegen haar rug aan, ze viel voorover, recht op Zipp af. Zipp krijste als een wild dier en sprong naar achteren. Ze viel. Landde op haar buik. Haar voorhoofd lag op zijn sportschoen, hij moest zijn voet naar zich toe rukken. Haar hoofd kwam met een plof op de vloer terecht. Hij was verbaasd dat de fles niet kapot was. Een wild moment staarde hij naar haar, toen liet hij de fles los, die eindelijk brak, en rook hij hoe de geur van zure wijn zich door de kelder verspreidde. Hij wilde naar buiten, weg, maar ze lag voor de deur. Haar zware lichaam versperde de deuropening, hij stapte over haar heen, struikelde over haar rug en viel bijna bovenop haar. Hij wankelde, maar hervond zijn evenwicht. Toen stormde hij naar buiten toe, langs het stuk plastic. Hij bereikte de trap, hoorde zijn eigen gesnik en begreep dat er iets verschrikkelijks was gebeurd, naar dit gesnik te oordelen. Wat er onder het plastic lag, was volkomen tot moes geslagen. Binnen in hem schreeuwde het: jouw schuld, jouw schuld! Het luik stond open, het licht in de keuken was aan. Hij klauterde omhoog, keek de blauwe keuken rond. Toen liep hij naar de kelderopening en blikte naar beneden. Het kadaver onder het plastic grijnsde hem aan. Hij greep het luik vast en liet het vallen. Dit is het einde, dacht hij. Het dichtklappen van het luik klonk als een geweerschot, dit is het einde. Volkomen kapot, tot moes geslagen, geheel onherkenbaar. Maar dat gele hemd! Toen stormde hij naar buiten.

*

Sejer moest aan een dode boom denken. De vrouw stond nog rechtop, maar ze had al haar krachten verloren. Het maakte haar niets uit of hij een paar armetierige tasjesrovers oppakte. Haar baby was dood. Meer dan dertig jaar had ze zonder het kind geleefd. Hoezeer kon je aan een kind gehecht zijn, na vier maanden? Voor altijd met elkaar verbonden, dacht hij. Verder dacht hij aan het fenomeen tijd. De tijd die verstrijkt en alles laat verbleken. Hij liet haar daar stil staan. Ondertussen dacht hij aan wat de arts had gezegd. Dat er sectie op het jongetje zou worden verricht. Dat zijn val uit de kinderwagen er waarschijnlijkheid niets mee te maken had. Het was gewoon een vreemd, beangstigend toeval. Maar het had geen zin om dat tegen de moeder te zeggen. Zij had haar conclusie getrokken. Twee jongemannen hadden haar allerliefste bezit vermoord. Niet dat ze aan hen dacht. Ze dacht nergens aan, maar liet de tijd zachtjes wegstromen. Ze knipperde nauwelijks met haar ogen, haar oogleden zakten langzaam omlaag en het leek of ze slechts met grote moeite weer opengingen.

'Wil je niet gaan zitten?'

Ze liet zich in de stoel zakken. Haar lichte jas leek niet meer op een kledingstuk, maar op een groot stuk linnen dat om haar schouders was geslagen.

'Probeer je te herinneren hoe ze eruitzagen', vroeg hij.

'Ik herinner me niets', antwoordde ze sloom. Haar stem was vlak.

Misschien zat ze onder de medicijnen. Een of andere machteloze arts had haar verdriet niet langer kunnen aanzien.

'Natuurlijk wel', wierp hij tegen. 'Als je er moeite voor doet, is het mogelijk om fragmenten in je herinnering op te roepen.'

'Er moeite voor doen?' Ze tilde haar hoofd op en keek hem ongelovig aan. Ze had nauwelijks kracht genoeg om rechtop te blijven zitten.

'Waarom zou ik u helpen?' vroeg ze zwak.

'Omdat we het over twee mannen hebben, die de ernst van hun daden moeten inzien. We kunnen hen niet aanklagen voor de dood van uw zoontje, maar ze zullen ervan schrikken. En dat kan herhaling misschien voorkomen.'

'Dat gaat mij niet aan.' Ze hief haar hoofd op en keek hem aan. 'Wat u nu zegt, dat gelooft u zelf niet. Als ze van nu af iedere week een baby vermoorden... dat gaat mij niet aan.'

Hij zocht iets wat haar wakker kon schudden. 'Nu niet', zei hij. 'Maar over een jaar misschien. Dan gaat het aan je knagen dat je niets hebt ondernomen. De gedachte dat ze dan nog steeds rondlopen, alsof er niets is gebeurd.'

Ze lachte vermoeid. Sejer stond op en liep naar het raam, zoals hij vaak deed. Het water stroomde in een eindeloze stroom verder. Onaangedaan, altijd hetzelfde. En daarbij, het idee dat dat nog steeds hetzelfde zou zijn, ook als iedereen weg was. Verder stromen, kopjes op het water door de wind, tegen de rotsen slaan, zout en hard.

'Aangezien je hier bent,' zei hij, terwijl hij zich omdraaide, 'moet je gedacht hebben dat je misschien kon helpen. Waarom ben je anders gekomen? Ik had de hoop al opgegeven. We hebben veel tijd verloren.'

Bij deze woorden keek ze naar hem op, iets geconcentreerder nu.

'Nee', stamelde ze. 'Ik denk dat ik op een verklaring hoopte. Er is toch altijd een verklaring?'

'Een verklaring?' Alsof hij die had. Hij schudde langzaam zijn hoofd. 'Je kunt me helpen', zei hij zacht. 'Al kan ik jou niet helpen. Wat dat betreft was het pijnlijk om je te vragen hierheen te komen. Maar als je onverrichter zake weggaat, krijg je misschien spijt, en dan wordt het nog moeilijker om je iets te herinneren.'

'Een van hen droeg een cap.' Ze zei het zacht en een beetje onwillig.

'Een cap?' vroeg hij snel. 'Laat me raden. Rood zeker?'

Hij zag een glimp van een glimlach toen ze zei: 'Nee, hij was blauw. Met witte letters. En een wit kruisje. Hoort u dat? Een wit kruis!'

Hij voelde dat iets van het ijs was gebroken. Voor het eerst ontspande ze.

'Ze reden in een kleine, groene auto. Die ene was lang en heel slank, met lange benen. Hij droeg een geel overhemd. Ik kon zijn haar niet zien, want dat zat onder die cap. Hij was erg knap. Zijn ogen waren licht, blauw of groen. Hij droeg een wijde broek. Ik weet nog dat dat me opviel, toen hij naar de auto rende, dat zijn broekspijpen fladderden. Hij droeg zwarte schoenen.'

Sejers mond zakte open. Ze had het signalement heel overtuigend gebracht. Zo zag hij eruit.

'En die ander?' stamelde hij. Tegelijkertijd begon er binnen in zijn hoofd een klok te tikken.

'Die ander was korter en steviger. Blond haar, een strakke spijkerbroek, sportschoenen. Hij probeerde de kinderwagen tegen te houden', zei ze plotseling. 'Maar hij was te laat.'

Het kwam hem merkwaardig bekend voor. Wat had ze precies gezegd? Wat was het dat hem plotseling zo irriteerde? Dat op de achtergrond tikte, dat híér, hier is het, in hemelsnaam, zie je het dan niet!

'Leeftijd?' fluisterde hij, terwijl hij zijn best deed de vreemde signalen te duiden die door zijn hersenen wervelden. Als ik diep ademhaal, dacht hij, dan verdwijnt het. Daarom zat hij een tijdje bijna zonder zuurstof.

'Achttien, twintig jaar misschien.'

Hij noteerde de details in korte steekwoorden. En voelde een prettige gewaarwording, toen stippen en strepen die lang als iets onprettigs voor zijn ogen hadden gezwermd, eindelijk een patroon begonnen te vormen. Helder, duidelijk, bijna mooi. Er kabbelde iets warms door zijn lichaam en hij merkte dat hij van dat gevoel hield.

'Kun je nog meer over die auto zeggen?'

Hij spande zich in om zijn stem een lage, zakelijke toon te geven, maar makkelijk was het niet.

'Ik heb geen verstand van auto's', zei ze zacht. 'Ze zien er allemaal hetzelfde uit.'

'Maar het was een kleine auto?'

'Ja. Een kleine, oude auto.'

Hij maakte nog een aantekening. 'Dit is geen grote stad. We vinden ze', voegde hij eraan toe, overtuigd.

'En dan zijn jullie vast erg tevreden', glimlachte ze.

Haar gedachten hadden enkele seconden het dode kind verlaten en een eerste steek van schuldgevoel stak de kop op. Ze ontdekte dat ze het kind korte tijd kon vergeten. Wat een verraad!

'Mijn kind wordt nu onderzocht', zei ze verbitterd. 'En als ze klaar zijn, ben ik uitgepraat. Stel dat ze zich vergissen.'

'Wat de doodsoorzaak betreft, bedoel je? Het zijn vakmensen', zei hij. 'Je zou hen moeten vertrouwen.'

'Mensen maken voortdurend fouten', fluisterde ze. 'Ik had de wagen niet mogen loslaten.'

'Je werd overvallen', zei hij heftig.

'Nee', zei ze moe. 'Ze pikten mijn tas, dat was alles. Een oude tas, alsof die zo belangrijk was. Vierhonderd kronen. En toen liet ik de wagen los. Ook al waren we bij de fjord. Ik snap het niet.'

'Waarom heb je niet meteen aangifte gedaan?'

Hij vond het geen prettige vraag, maar hij moest hem toch stellen.

'Het was niet belangrijk. Ik maakte me alleen zorgen om mijn zoontje. Hij huilde steeds. Bovendien...' ze keek hem aan, 'wat zouden jullie ermee gedaan hebben? Archiveren? Tot de zaak geseponeerd kon worden vanwege gebrek aan bewijs?'

'Ja', gaf hij toe. 'Maar de samenleving valt uiteen als we de dingen niet meer melden. Je hoeft je geen zorgen te maken over onze werkdruk, je moet het alleen melden als iets gebeurt. En hoe meer aangiftes, hoe groter de kans dat we meer middelen tot onze beschikking krijgen. Je hebt feitelijk de plicht om dergelijke dingen te melden.'

Ze stootte een geluid uit dat misschien een lach was, hij wist het niet precies.

'Ik lach niet om u', zei ze. 'Ik lach om al het andere. Dat we geboren worden, daar kunnen we niets aan doen. Maar waarom blijven we?'

Ze stond op. Ze had geen handtas bij zich, haar armen tastten rond alsof ze naar het handvat van de kinderwagen zochten. Bij de deur bleef ze staan.

‘Weet u wat het allerergste is?’

Hij schudde zijn hoofd.

‘Hij heeft nog geen naam.’

Ze liep de gang in, maar draaide zich nog een laatste keer om. ‘Ik kon niet kiezen. Dit is mijn straf.’

Haar rug verdween achter de liftdeuren. Hij ging zijn kantoor binnen en sloeg de deur met een knal dicht. Eindelijk! Twee jongens, een blonde en een met donker haar, in een groene auto. Zipp en Andreas.

Twee agenten gingen Sivert Skorpe halen. Zijn moeder stond in de deuropening, ze bekeek hen met groeiende bezorgdheid. ‘Hij komt ’s nachts altijd thuis’, zei ze met nadruk. Ze reden een paar rondjes door de stad om hem te zoeken. Sejer vroeg of ze hem meteen een seintje wilden geven als ze hem hadden gevonden. Toen ging hij naar huis.

Hij stopte bij een Shell-station om te tanken. Nam bij de kassa een cd mee. Sara Brightman, Nice Price. Het verkeer was op zijn allerdrukst, een regelmatig gedruis dat hij bijna niet hoorde. Tijdens het rijden overdacht hij zijn werkdag. Voor hem bestond die uit ingesleten gewoonten om met kleine en grote gebeurtenissen om te gaan. Anderen was iets verschrikkelijks overkomen. Dat greep hem aan, maar toch kon hij ermee omgaan, het een plaats geven. Was hij anders dan anderen? De meeste mensen zouden zijn werk niet kunnen doen. Alles wat hij zich had moeten laten welgevallen, op weg naar de functie van inspecteur. Dronkenschap en scheldpartijen, kots op zijn uniform. Klote smeris, gore rotjuut! Alle recidivisten. Mensen zonder wil en kracht en mogelijkheden. Of, nog erger, wat een doodenkele keer wel eens voorkwam, mensen zonder scrupules, spijt of angst. Hoewel hij meende dat hij zijn menselijkheid grotendeels had behouden, kon hij die tegelijkertijd buitensluiten. Hij kon rustig gaan zitten eten. Alles achter zich laten, zoals Robert had gezegd. Misschien een halfuurtje op de bank gaan liggen slapen. 's Nachts werd hij zelden in zijn slaap gestoord en als dat wel het geval was, dan kwam dat doordat hij jeuk had, aan zijn ellebogen of in zijn knieholtes. Hoewel, zijn eczeem was minder geworden. Toen hij de deur openmaakte en Kollberg klaar was met zijn welkomstritueel, zag hij Sara. Ze droeg alleen een hemd en een slipje, haar haren zaten in de war en ze had rode wangen.

'Wat is er?' vroeg hij onzeker.

'Yoga', glimlachte ze. 'Ik deed een paar oefeningen.'

'Zonder kleren?' vroeg hij aarzelend.

Ze begon te lachen, terwijl ze uitlegde hoe vervelend het was om op je hoofd te staan als je rok over je hoofd viel. Dat moest hij toch begrijpen.

'Je zou eens een paar oefeningen moeten leren. Ik kan je helpen.'

'Ik wil niet op mijn hoofd staan', zei hij.

'Ben je bang voor een andere kijk op de wereld?'

Hij haalde zijn schouders op. Was dat niet rijkelijk laat? Hij was over de vijftig.

'Nog iets spannends gebeurd?' vroeg ze, terwijl ze haar rok aantrok en haar armen in een bloes stak. Hij wilde niet kijken terwijl ze zich aankleedde, dus liep hij naar de keuken en deed het licht boven het fornuis aan. Ze schuifelde op blote voeten achter hem aan.

'Nee', zei hij ingehouden. 'Niets spannends.'

Iets aan zijn stem verontrustte haar.

'Robert', zei hij zacht. 'Hij is dood.'

Ze fronste haar voorhoofd. 'Dat vriendje van Anita?'

'Ze hebben hem in zijn cel gevonden.'

‘Hoe?’ vroeg ze. Zakelijk geïnteresseerd. Want ze had dergelijke dingen natuurlijk ook in haar eigen praktijk meegemaakt. Misschien wel vaker.

‘Hij had een overhemd in repen gescheurd en zich opgehangen. Aan de deurkruk van de klerenkast.’

Hij liep naar de kamer. Pakte de cd uit zijn jaszak en schoof die in de cd-speler. Zocht het nummer dat hij het mooist vond. *Who wants to live forever?* Hij had nu vijfhonderdzevenendertig cd’s, allemaal van vrouwelijke artiesten. Hij ging met een zucht zitten en dacht aan de vastberadenheid die nodig is om je op je knieën op te hangen. Die wilskracht had hij ook aan een nieuw leven kunnen besteden. Kollberg kwam bij zijn voeten liggen. Hij boog zich omlaag en pakte de enorme hondenkop vast. Staarde in de zwarte ogen. Hij voelde aan zijn neus. Die was zoals het hoorde, vochtig en koel. Hij tilde de zijdezachte oren op en keek erin. Ze zagen er goed uit en stonken niet. Hij haalde zijn vingers door de dichte pels, die langer en glanzender was dan ooit, roodgeel, met een paar lichtere vlekken, alleen zijn kop was zwart, al begon die hier en daar wat zilvergrijze plukjes te vertonen. Zijn nagels waren niet al te lang, hij had er geen last van. Kort gezegd: hij was in orde. Het enige wat er aan hem mankeerde, was opvoeding.

‘Je bent enorm,’ fluisterde hij, ‘maar erg slim ben je niet.’ De hond kwispelde verwachtingsvol. Aangezien hij geen hondenkoekje had, liet hij Kollbergs kop los, die met zijn volle gewicht op zijn voeten zakte. Sara verscheen in de deuropening. Ze hield een pak spaghetti in haar hand.

‘En wat doen jullie? Als zoiets gebeurd?’

Hij zuchtte. ‘De gewone gang van zaken. Het incident wordt behandeld als wat wij een verdachte dood noemen. De technici fotograferen de cel. Het gevangenispersoneel wordt verhoord, over hoe het met hem ging. Of de cel op slot was, of er iemand kan zijn binnengekomen. Of hij gedeprimeerd was. En als hij dat was, of de hulp van een arts was ingeroepen. Daarna gaat hij naar het gerechtelijk laboratorium.'

'Voel je je schuldig?' vroeg ze zacht.

Hij haalde zijn schouders op. Voelde hij zich schuldig?

'Hij werkte goed mee', zei hij peinzend. 'Misschien te goed. Hij was erop gebrand om het allemaal achter de rug te krijgen. Hij had plannen. Hij had zelfs voor het eerst sinds lange tijd weer gegeten. Ik werk niet in de gevangenis, maar ik had het door moeten hebben.'

'Je kunt geen gedachten lezen', zei ze snel.

Hij keek haar aan. 'Jij zou het gezien hebben, nietwaar?'

Ze leunde tegen de deurpost. 'Ik heb zo verscheidene patiënten verloren.'

'Ja.'

'Maar het klopt wat je zegt. Ik zou op mijn qui-vive zijn geweest. Vaak bloeien ze ineens heel erg op, terwijl ze tegelijkertijd suïcidaal worden. Omdat ze eindelijk een keuze hebben gemaakt en een einde aan hun wanhoop zien. Als patiënten ons vragen of hun medicatie verminderd kan worden, of om alleen naar buiten te mogen, zijn wij altijd op onze hoede. Maar Robert was geen psychiatrisch patiënt. Hij was een arrestant.'

'Misschien heb ik toch iets geleerd.'

'Je bent geen arts', zei ze zacht. 'Weten Anita's ouders het al?'

'Ik heb haar vader gesproken. Hij was de wanhoop nabij. Zei dat hij hoopte dat het niet om hen was. Ze droegen hem geen kwaad hart toe. Daar hadden ze waarschijnlijk de kracht niet voor.'

Ze verdween naar de keuken en hij hoorde dat het water in de pan begon te borrelen toen het het kookpunt naderde.

Tien minuten later riep ze hem. Hij waste zijn handen en ging zitten. Ze aten een tijdje in stilte. Het was heerlijk om samen met Sara te zwijgen. Zij was in staat haar eigen leven te leiden, ofschoon hij slechts een meter van haar vandaan zat. In staat om haar eigen gedachten te denken, zonder hem daarbij te betrekken. Ze trok soms een grappig gezicht, naarmate ze nadacht. Iedere keer als hij zijn hand naar het zout of de peper uitstrekte, wierp hij een korte blik op haar. Hij raspte rijkelijk parmezaanse kaas over de spaghetti.

'Sara. Het is jouw werk om mensen aan het praten te krijgen. Over zichzelf. Over moeilijke dingen. Hoe doe je dat?'

Ze glimlachte verbaasd. 'Jij hebt honderden verhoren afgenomen. Zeg nou niet dat je dat niet kunt.'

'Ik kan het wel. Maar soms zit ik met iemand vast. Dan weet ik dat hij iets weet! En dan kan ik het maar niet uit hem krijgen.'

'Dat overkomt mij ook wel eens.'

'Maar toch... Wat gebruik je dan om tot ze door te dringen?'

'Tijd', zei ze.

'Maar ik heb geen tijd! Een jongen van achttien is spoorloos verdwenen, en zijn vriend is zó bang dat hij bijna van zijn stokje gaat als ik hem ondervraag. Hij knijpt zijn mond net zo stijf dicht als Ingrid deed, als we haar vroeger levertraan probeerden te geven.'

'Iedere tuin heeft een toegangshek', zei ze cryptisch.

Ondanks alles moest hij glimlachen.

'En als er een uitzondering is, dan moet je maar over de omheining springen.'

'Ik ben politieman. Ik moet me aan bepaalde regels houden.'

'Met wat fantasie kom je een heel eind.'

'Heb ik geen fantasie?'

‘Natuurlijk wel. Maar dan moet je die wel gebruiken. Hoe vaak heb je hem opgeroepen?’

‘Twee keer.’

‘En waar zitten jullie dan?’

‘In mijn kantoor. We hebben een autoritair kader nodig. Zodat ze de ernst van de zaak inzien.’

Ze pakte de fles ketchup en schudde die flink.

‘Ga een biertje met hem drinken. Ga naar het café waar hij met Andreas was. Ga aan hetzelfde tafeltje zitten. Trek iets anders aan. Een spijkerbroek en je leren jack. Kun je je haar niet laten groeien, Konrad, ik stel me zo voor dat het bij je oren gaat krullen, als het de kans maar krijgt.’

Hij sperde zijn ogen wijd open. ‘Wat hebben jullie meisjes toch met krullen?’ vroeg hij verwonderd. ‘Laat de afwas maar staan. Die doe ik wel als ik thuiskom.’

‘Ik ga even bij papa langs’, zei ze plotseling. ‘Even zien of er nog wat te eten in de koelkast staat.’

Daar was dat woord weer, het woord dat hem altijd een beetje verlegen maakte. Papa. Een minuscuul, maar o zo bekend steekje.

‘Hoe neemt hij het op? Dat hij ineens zo vaak alleen is?’

‘Heb je een slecht geweten?’

‘Misschien heeft hij je meer nodig dan ik.’

‘Heb jij mij niet nodig?’ vroeg ze snel.

Hij keek haar geschrokken aan. ‘Natuurlijk wel. Ik dacht alleen… aangezien hij ziek is. Ik red me wel.’

‘O ja?’

Hij snapte niet waar ze heen wilde. Hij vergat te eten. Zocht in haar gezicht en daarna in de berg witte spaghetti, naar een leidraad. Natuurlijk had hij haar nodig. Maar hij moest vaak aan haar vader denken, die MS had en alleen in een rolstoel zat. Dat hij Sara van hem had afgenomen. Ja, niet de hele tijd, maar steeds vaker.

‘Ik heb je heel erg nodig’, zei hij onhandig.

‘Meer dan mijn vader’, zei ze beslist. ‘Jij hebt me meer nodig dan mijn vader. Zeg het hardop!’

Maar hij zei niets. Hij probeerde zich een voorstelling te maken. Hoe zijn leven zou worden als ze plotseling verdween. Inwendig was hij daarop voorbereid. Hield hij zich in? Ging hij ervan uit dat ze binnenkort zou vertrekken, aarzelde hij om zich helemaal te laten gaan in een verhouding met haar? Hoe erg had zij hém nodig? Ze was zo zelfstandig. Leek alles te kunnen klaren. Vergiste hij zich misschien? Maar hij was toch niet wat zij nodig had, eigenlijk? Hij wilde niet spelen. Vroeg of laat zou ze iemand anders vinden, een jongere man. Zo iemand als Jacob, dacht hij ineens. God sta me bij, wat zijn dit voor gedachten? Eigenlijk ben ik jaloers. Op iedereen die jonger en brutaler is dan ikzelf.

‘Het spijt me’, zei hij. ‘Ik ben een beetje traag.’

Hij bleef enigszins hulpeloos naar haar zitten kijken. In haar ogen zag hij iets wat hem in ademnood bracht. Een grenzeloze tederheid. Hij moest zijn hoofd buigen. Dit werd te sterk voor hem. Ze aten in stilte verder. Maar nu was hij in haar hoofd, dat merkte hij. Na het eten spoelde hij de borden af onder de kraan. De telefoon ging. Jacobs enthousiaste stem werd overstemd door atonaal lawaai. Sejer schreeuwde in de hoorn.

‘Ik kan je niet verstaan! Kun je die herrie niet zachter zetten? Bel je van huis?’

‘*Jazz from Hell*!’ schreeuwde Jacob. ‘Frank Zappa. Noem je dat herrie?’

Sejer hoorde dat de hoorn op een harde ondergrond werd gelegd. Het lawaai verdween.

‘Ik ben bij de vriendin van mevrouw Winther geweest’, hijgde hij. ‘Konrad! Er is iets met dat mens. Ja, sorry voor de uitdrukking, maar volgens mij is ze niet goed wijs.’

‘Ja?’ zei Sejer, terwijl hij op het vervolg wachtte.

‘Ga met haar praten!’

‘Wat?’

‘Ze weet iets. Er is iets vreemds gebeurd. Nee, ik kan het niet uitleggen. Maar zoals jouw moeder altijd zei: ik weet het gewoon!’

‘Het is al laat...’, begon Sejer. ‘Ik heb andere dingen te doen. De ouders van Robert...’

‘Ja. Maar ze komt hier naartoe, ze belt, ze zegt rare dingen, dat ze weet waar hij is, dat hij niet lang meer zal leven en God weet wat nog meer. Je moet het natrekken!’

‘Zegt ze dat ze weet waar hij is?’

‘Ze noemt geen naam. Maar ze weet het. Je moet met haar praten. Nee, ik heb geen echte theorie, ik vind het alleen zo raar. En ze kent hem tenslotte, hij is de zoon van haar vriendin.’

‘Maar jij bent er toch geweest? Heb je nu wel of niet iets gevonden?’

‘Ik heb uitgevonden dat jij met haar moet praten. Jij moet hetzelfde ervaren als ik, snap je?’

Skarre legde zo’n ijver aan den dag, zo’n heftige intuïtie, die kon hij gewoon niet negeren. De hond keek hem vragend aan en hij dacht twee seconden na voor hij de knoop doorhakte en hem riep. Kollberg schoot als een wollig weerlicht door de kamer. Sejer gaf Sara een aai over haar wang als afscheid en sukkelde toen alle dertien verdiepingen omlaag. De hond aarzelde bij iedere trede. Sejer bleef even staan en keek naar het zware lichaam, het drong tot hem door dat het dier zo langzamerhand werd ingehaald door zijn leeftijd. Dat hij hem misschien al die trappen moest besparen. Jij hebt ook niet het eeuwige leven, mompelde hij. Ze kwamen buiten in de lichte avond. Hij bleef weer staan.

'Je bent oud', zei hij hardop, terwijl hij de zwarte hondenblik vasthield. 'Weet je dat wel?'

Kollberg wachtte geduldig. Er zou iets belangrijks tevoorschijn kunnen komen. Een stukje gedroogde vis bijvoorbeeld.

'Nee', mompelde Sejer. 'Laat maar zitten.'

*

Ik had een afschuwelijke droom. Dat ik beneden in de kelder wakker werd, op de grond, languit, ijskoud en gewond. Mijn hoofd deed pijn, er werd met een stompe hamer op geslagen. Ik krabbelde overeind en liep wankelend naar de trap. Daar zag ik iets op de grond liggen, onder een stuk zeil. Iemand had zijn vuilnis in mijn kelder gedumpt! De brutaliteit! Ik moest er overheen stappen. Toen zag ik door het plastic twee dode ogen en een open mond zonder tanden. Ik wilde hard gillen, maar er kwam geen geluid over mijn lippen. Toen ik eindelijk bij mijn positieven kwam, lag ik in bed en leek mijn hoofd nog steeds uit elkaar te barsten. Ik was wakker geworden van de bel. Dat is Runi, dacht ik. Ik doe niet open! Maar ik stond toch op, liep op slappe benen naar de deur. Mijn hoofd was zo zwaar dat ik het met mijn handen moest ondersteunen. Door het spionnetje in de deur zag ik een man staan. Hij was erg lang en had grijs haar, geen verkoper of zo. Ik bleef stil naar de bel staan luisteren, die rinkelde maar door. Al die aanloop begon me ondertussen op m'n zenuwen te werken. Gewoonlijk kwam er nooit iemand naar mijn huis, wat gebeurde er allemaal?

De bel ging weer, gedecideerd en lang. Een stem in mijn hoofd spoorde me aan open te doen. Misschien had hij door het raam gekeken en gezien dat ik thuis was, dat deden ze aldoor. Ik had alweer een tuinstoel bij de muur gevonden en als ik niet opendeed zouden ze de deur openbreken, dat moest ik voorkomen. Iedereen zat achter mij aan, begrijpt u dat? En die nare droom, die was er nog steeds. Misschien zou hij weggaan, als ik opendeed. Bij het geluid van een echte stem. Ik opende de deur op een kiertje. Waarschijnlijk had ik koorts. Ik voelde mijn wangen gloeien.

'Irma Funder?'

Hij had een diepe stem. Gehuld in die volle, lage stem, klonk mijn naam mooi. Zijn ogen waren donker en helder en ze knipperden niet. Ze hielden me vast. Ik verroerde me niet, keek hem alleen aan. Achter in mijn pijnlijke achterhoofd zoemde iets, iets heel belangrijks. Dat ik moest zien weg te komen! Dat ik me moest laten vallen, me moest overgeven. Het zoemde maar door. Ik probeerde naarstig uit te vinden wat ik wilde. Ik wilde alles. In paniek wegvluchten, flauwvallen. Voorgoed slapen.

'Is alles in orde?'

Ik gaf geen antwoord, keek hem alleen aan. Probeerde uit de droom te komen. Ik wilde naar buiten, naar deze man toe. Uiteindelijk knikte ik, zonder de deur verder open te doen, ik knikte alleen maar. Ik ben altijd een jaknikker geweest. Dacht ik. En plotseling werd ik kwaad. Niet op deze grijze man, maar op Irma.

'Ik ben van de politie', zei hij, terwijl hij mij ernstig bleef aankijken. Ik dacht dat hij me wellicht kon helpen. Dat hij het zou begrijpen. Ik greep naar mijn hoofd. En toen glimlachte hij. Dat maakte hem anders, het vrolijkte zijn gegroefde gezicht op. Een mooie man, besefte ik, en zó lang dat hij zijn hoofd bijna moest buigen om binnen te komen. Het huis is oud. Nu bouwen ze denk ik wel anders, maar Henry was geen grote man en zelf ben ik ronduit klein. Ik sluip door het huis, dat heb ik u al verteld. En nu sloop ik achter hem aan naar de keuken. Dat vond ik prettig, om achter deze lange man aan te schuifelen. Hij keek om zich heen. Wees naar een stoel. Ik gebaarde uitnodigend.

'Wat is er gebeurd?' vroeg hij rustig. Hij leek alles te begrijpen. Maar dat deed hij natuurlijk niet, dat was het rare. Heel even overwoog ik hem over mijn droom te vertellen, maar ik bedacht me. Het zou hem alleen maar in verlegenheid brengen. Daarom gaf ik geen antwoord. Ik had nog steeds mijn hand aan mijn hoofd. De andere legde ik op mijn buik. Ik was bang dat het zakje los zou raken en onder mijn jurk vandaan op de grond zou vallen. Deze mooie man moest absoluut van een dergelijke ervaring verschoond blijven.

'Wat is er met uw hoofd gebeurd?'

Ik keek hem even verward aan, terwijl ik probeerde te bedenken hoe hij dat kon weten. Ik hield mijn hand voor mijn ogen en zag dat er bloed op zat. Het kleefde tussen mijn vingers. En toen begreep ik dat ik nog steeds droomde, dat de man die bij de tafel zat niet echt was, maar slechts een droom. Ik moest maar meespelen, alle dromen hebben een einde, dus ik vertelde hem wat er gebeurd was, dat een inbreker mij ergens mee had geslagen, in de kelder. Hij was ontsnapt. Ik was naar bed gegaan. Nee, ik had de puf niet gehad om te kijken of er iets gestolen was. En ik had zijn gezicht niet gezien, het was donker beneden. Hij luisterde geduldig. Vroeg of ik aangifte wilde doen.

Aangifte? Dat was geen moment bij me opgekomen, ze zouden toch niets ondernemen. Toen stond hij op en liep wat rond. Liep naar het raam en keek naar buiten.

'U heeft een mooi huis', zei hij beleefd. 'Met een mooie tuin. En een prachtig prieeltje. Ik ben zo vrij geweest om even achter uw huis te kijken.'

Het bromde zacht in mijn borst, alsof iemand een oven opstookte. Nu was de nachtmerrie snel voorbij, want ik had het gevoel al dat hij begon te vervagen, zoals hij daar met zijn rug naar me toe stond. Maar toen hij zich plotseling naar me omdraaide, was iets van zijn vriendelijkheid verdwenen. Zijn stem had een bevelende klank gekregen.

'U moet dit aangeven', zei hij. 'Uw kelderraam is ingeslagen. Er ligt een grote steen naast. De man is door het raam binnengedrongen. Ik zal even een kijkje in de kelder nemen. Misschien heeft hij sporen achtergelaten.'

Ik leunde zwaar tegen de tafel. Tegelijkertijd begreep ik dat de droom over was, want die eindigt altijd vlak voor de grote catastrofe. Ik probeerde me te herinneren wat die grote catastrofe was en ineens schoot het lijk in de kelder me weer te binnen. Die vuilniszak daar beneden, of wat was het? Hij zou het vanzelfsprekend zien, weer boven komen en zeggen: er ligt een dode man in je kelder, Irma. Weet je wie dat is?

Ik deed mijn best om helder te denken. Wist ik dat? Andreas Winther. De zoon van Runi. Er waren blijkbaar veel nachtmerries. En ook een werkelijkheid, die ik me probeerde te herinneren, maar die was ver weg. Zou hij me geloven als ik hem de waarheid vertelde? Wat was de waarheid eigenlijk? Nee, dat zou hij niet geloven. Maar hij zou mij aankijken alsof ik in de war was en dat was ik niet. Ben ik niet. Ik ben alleen zo moe.

'Nee,' zei ik en het verbaasde me hoe zelfverzekerd ik klonk, 'laat maar. Ik heb geen zin om er werk van te maken. Mijn zoon kan het glas vervangen. Ingemar. Hij komt als ik hem bel.'

'U bent overvallen', zei hij. 'In onze ogen is dat een ernstig delict. Ik verzoek u vriendelijk om aangifte te doen.'

'Ik beslis zelf', zei ik snel. 'Dit is míjn huis.'

Toen keek hij me aan, op zijn gezicht verscheen een beginnende nieuwsgierigheid. Ik, oude vrouw, en deze knappe man hier in mijn keuken, dit had Runi eens moeten zien!

'Waar is de trap naar de kelder?' vroeg hij. Ik gaf geen antwoord. Hij stond er bovenop, hij stond met beide voeten bovenop het luik. In mooie, zwarte schoenen. Hij keek de gang in, dacht wellicht dat daar een trap was.

'Ik heb pijn in mijn hoofd', zei ik. 'Ik moet even gaan liggen. Ik voel me niet helemaal lekker.'

'Ik zal u naar een dokter brengen', ging hij verder. 'Er moet iemand naar die wond kijken.'

Ik sperde mijn ogen open bij die gedachte. 'Ik mankeer niets. Ik heb een gezondheid als een paard. Dat zegt mijn dokter.'

'Zeker,' zei hij, 'maar u heeft een klap op uw hoofd gekregen.'

'Ik neem een Stesolid en ga naar bed. Ik ben niet van porselein, hoor. Ik kan wel tegen een stootje', zei ik trots.

'Vast wel', zei hij. 'En ik kan u natuurlijk niet dwingen.'

Toen werd het stil. Hij liet zijn ogen door de kamer dwalen, naar het raam en de bomen buiten, die al geel begonnen te worden. Het zou niet lang meer duren.

'Ik zoek Andreas', zei hij zacht.

Ik kwam tot mezelf en knikte.

'Andreas Winther. De zoon van Runi. U kent hem. Wat denkt u dat er gebeurd is?'

Ik zocht naar een goed antwoord. Hij bedoelde vast wat er onder het plastic lag. Iedereen sprak met ernstige stem over die jongeman, alsof de samenleving iets onvervangbaars had verloren, en ik kreeg zin om verachtelijk mijn neus op te halen, maar ik hield me in.

'Jongens halen zoveel uit', zei ik afwijzend. 'En hij is heus niet anders dan anderen.'

'Toch wel. Kent u zijn vriend?'

'U bedoelt Zipp?'

Ik piekerde door het geklop in mijn hoofd heen. 'Runi heeft het wel eens over hem gehad. Maar ik ken hem niet.'

'Ik heb zo het idee dat ze, zoals u zegt, wel eens het een en ander kunnen hebben uitgehaald.'

Hij priemde zijn ogen met enge precisie in de mijne. 'Ik kom er wel achter.'

Ja. Maar dan was ik allang weg, ergens waar hij mij niet kon bereiken. Ik was al onderweg, ik voelde de vloer zacht golven. Toen stond hij op en zijn gezicht was heel erg dichtbij. 'Ik zal even snel een kijkje in de kelder nemen.'

Ik kwam slechts tot zijn borst. En ik voelde me belachelijk, maar ik wilde deze man nu tot elke prijs uit mijn huis hebben en ze kunnen toch verdikkeme niet zomaar iemands huis binnendringen, dus ik zei nee, nee, we laten het hierbij! Ik heb geen zin in al dat gedoe. En ik neem toch aan dat ik dat zelf uitmaak. Ik heb, zoals ik al zei, geen aangifte gedaan en als ik hulp nodig had, zou ik daar om gevraagd hebben!'

Hij glimlachte niet, keek mij alleen aan. 'Ik denk dat u misschien toch wel hulp nodig heeft. Niet iedereen vraagt er om.'

Hij maakte een lichte buiging en liep naar de deur. Daar draaide hij zich nog een laatste keer om en ook nu glimlachte hij niet, hij zag er ernstig en vastbesloten uit, toen hij zei: 'Ik zal iemand sturen. Tot ziens, mevrouw Funder.'

Maar dan is het te laat. Ik ga nu. U zult geen oordeel over mij vellen, u was er niet bij! Mijn hele leven heb ik de mensen beoordeeld op hoe ze hadden moeten zijn, niet op hoe ze werkelijk waren. En nu is het te laat. Ik kwam op de wereld en deed alles fout. Ik ben bijna zestig. Ik kan niet opnieuw beginnen, dat is te moeilijk. Als je alles weet, waar moet je dan van leven? Ik word door iets vreemds gegrepen, nu ik op het punt sta mijn huis te verlaten. Iets wat mij al die jaren verborgen heeft gehouden. Met mijn voet duw ik het kleed opzij en maak het luik open. Roep omlaag: 'Ik ga, Andreas. Ik laat de deur openstaan!'

Ik loop door de stad, in mijn bruine mantel. Ik wandel met een soort rust. Niet zoals anders, bang dat ik iets belangrijks ben vergeten, een raam dat nog openstaat, een brandende kaars. Het begint te waaien en er slaat een lichte motregen in mijn gezicht. Alles heeft iets triests. Zware boomkruinen die doorbuigen. Het vuil op de straten, wit papier besmeurd met ketchup. Honden zonder eigenaar. Ik hou niet van honden, vooral niet van magere honden, ze zien er laf uit en ze bedelen altijd. Wees dapper, Irma! Ik ben niet wanhopig. Ik ben naar de schouwburg geweest en voel dezelfde leegte als na een slecht toneelstuk. Het was zonde van de tijd. Nu weet u alles. Maar het maakt niet uit dat u dit leest. Denk toch maar aan wat ik heb gezegd, als u de kranten doorbladert, dat je niet moet vertrouwen wat er staat. Je moet niemand vertrouwen.

Ik denk aan mijn vader en moeder. Ze staan nog steeds voor het gele huis. Ook nu zwaaien ze niet. Nee, dat zou een bekentenis zijn geweest. En dan, eindelijk, denk ik aan Zipp. Of hij zou kunnen ontwaken en zijn eigen leven ter hand zou kunnen nemen. Iets fatsoenlijks vinden. De bleke septemberzon zien, wanneer die laag door de boomkruinen schijnt, het droge loof dat langzaam in zuiver goud verandert. Ja, niet nu, want het begint te regenen, maar morgen misschien. Maar dat heeft niemand hem geleerd en niemand heeft het mij geleerd. Het huis staat achter mij te stralen. Henry dacht dat het op klei was gebouwd, dat het een kwestie van tijd was, en van genoeg regen, dan zou het losraken en wegglijden.

*

De hond duwde hem met een knal tegen de muur. Hij wreef over zijn pijnlijke achterhoofd. Luisterde of hij binnen iets hoorde. Had ze kleren aan? Rookte ze hasj?

Gerustgesteld hoorde hij dat ze aan de telefoon zat. Met een vriendin vermoedelijk, ze giechelde als een meisje. Hij probeerde de ronddansende hond te sussen en hing zijn jas op. Liep naar de keuken en waste zijn handen. Keek in de koelkast. Kollberg kwam sloffend achter hem aan en ging in de houding staan. Ik sta helemaal stil, zeiden de donkere hondenogen, ik piep niet en ik bedel niet, ik kwijl alleen verschrikkelijk. Hij pakte het eten uit de koelkast en zette het op het aanrecht. Twee koude worsten onder plasticfolie. Hardgekookte eieren. Iets in een kommetje, een soort moes, misschien vruchtencompote. Hij fluisterde 'zit' tegen de hond en zwaaide met een worst. Ik moet contact opnemen met de thuiszorg, dacht hij. Irma Funder heeft verzorging nodig. Misschien moet ze wel opgenomen worden.

'Nee, ben je gek?' hoorde hij uit de kamer. 'Vertel me eens meer. Alle details.' En toen giechelde ze weer. Hij nam de opgeheven poot van de hond aan en gaf hem de worst. Sneed een boterham af en deelde de eieren in tweeën. Strooide er zout op.

'Daar hou ik niet van. Ik hou van spelletjes', hoorde hij.

Hij spitste zijn oren. Wie had ze aan de lijn?

'Met het licht aan. Natuurlijk. Denk je dat ik me schaam? Nee, ik ben geen twintig meer, ik ben oud genoeg om je moeder te zijn.'

Sejer bleef met een tube mayonaise in zijn hand staan, als het ware vastgevroren in zijn beweging, en hij luisterde nu ongegeneerd. Ze had hem niet horen binnenkomen. Jawel, ze moest hem gehoord hebben, het lawaai van Kollberg, dat was enkele verdiepingen lager zelfs te horen. 'Begeerte is opwindend, dat ben ik met je eens. Maar niet altijd. Jawel. Absoluut.'

Sejer pakte ook de andere worst. Zijn verwarring maakte ruimte voor een tikkeltje sadisme. Hij zwaaide de worst hoog boven Kollbergs kop heen en weer. De hond probeerde erachter te komen wat dit voor spelletje was. Wilde op zijn achterpoten gaan staan, maar hij was te zwaar. Zeventig kilo, en een laag zwaartepunt. Toen zakte hij weer omlaag en krabde met zijn klauwen aan de broekspijp van zijn baasje. Sejer gaf hem de worst. Spoot wat mayonaise over de eieren.

'Zo nu en dan moet ik klein zijn. Een klein meisje. Dat vind ik het leukst.'

Hij schonk een glas melk in. Een klein meisje? Was ze nu bijna klaar? Rook het niet zwak naar hasj? Hij voelde zich plotseling zo moe. Maar toen schoot hem iets anders te binnen. Hij dacht: ik moet in de kamer zijn. Ik wil het nieuws zien. Ze zat bij het telefoontafeltje, met de hoorn onder haar kaak geklemd. Ze hoorde hem, draaide zich om en knipoogde snel. Hij raakte volkomen van zijn stuk. De boterham gleed bijna van zijn bord af. Kollberg ging naast hem liggen, zijn neusgaten vibreerden zwak. Sejer concentreerde zich op zijn boterham met ei.

'Ik moet ophangen', zei Sara ineens. 'Als ik daar behoefte aan heb, kan ik je nog eens bellen, nietwaar?'

Toen glimlachte ze naar de muur boven het telefoontafeltje, waar hij een kalender had hangen, en een oud diploma van de schietbaan. Hij was een uitstekend schutter.

'Wat ik aan heb?'

Ze keek omlaag, naar haar groene ribbroek en een geruit, flanel overhemd.

'Een mooie, rode jurk van zuiver zijde, met blote armen. En ik ben bruin. Ik ben net in Israël geweest. Je praat met een joodse vrouw. Heb je wel eens een joodse vrouw gehad?'

Sejer verslikte zich bijna in de hap die hij net van zijn boterham had genomen. Hij keek naar de hond en was ineens blij dat die niet begreep wat er gezegd werd. Toen zette hij de televisie aan en staarde naar het scherm, naar het gezicht dat het nieuws las dat hij niet hoorde, omdat hij het geluid had uitgeschakeld. Uit pure beleefdheid had hij het geluid uitgeschakeld. Maar nu kreeg hij zin om de televisie hard te zetten en haar te dwingen de hoorn neer te leggen. Er was oorlog op het scherm. Jachtvliegtuigen stegen op van een schip en vlogen als metalige bliksemflitsen langs de hemel. Hij voelde de G-kracht in zijn stoel.

'Welterusten, lieverd.'

Sara beëindigde het gesprek. Ze kwam naar hem toe en schoof haar achterwerk op de armleuning.

'Heb je niet gezien dat er rosbief in de koelkast ligt?' vroeg ze verbaasd.

Rosbief? Die delicatesse had hij niet gezien, hij had naar haar staan luisteren, beduusd. Bovendien waren eieren ook prima. Een beetje veel cholesterol, weliswaar, maar rijk aan proteïnen, en die had hij nodig om zijn spieren in stand te houden.

'Met wie zat je te praten?' vroeg hij mat.

'De sekstelefoon', zei ze lachend, terwijl ze haar pony wegstreek. Allerminst verlegen. Hij antwoordde niet. En eigenlijk had hij ook geen honger.

'Ik verveelde me. Jij was er niet.'

'Weet je wat dat kost?' liet hij zich ontvallen en daar moest ze om lachen. Ze had een spontane, krachtige lach. Hij snapte niet waarom ze lachte. Hij wou dat hij alleen was.

'En hoe weet jij, mijn beste, dat de sekstelefoon zo ontiegelijk duur is?'

Hij gaf geen antwoord, zat er als een zombie bij. Ze kuste zijn stugge, grijze haar. 'Ik bel ze wel eens vaker. Ik kan er best voor betalen, hoor. Ik verdien meer dan jij.' En toen lachte ze nog harder.

'Maar', stamelde hij. 'Waarom?'

'Het is leuk. Er zit een man van vlees en bloed aan de andere kant.' Ze boog zich omlaag en fluisterde in zijn oor: 'Je zou het ook eens moeten proberen!'

Hij staarde nog steeds naar zijn boterham met ei. Nog even, en dan zou Kollberg hem wegsnaaien.

'Hoe kom je aan het nummer?' zei hij beteuterd.

'Uit de krant. Keus genoeg. Voor ieder wat wils. Ben je niet nieuwsgierig?'

'Nee.'

'Ze geven je alles wat je wilt. Alles wat maar door een telefoonkabel kan worden gestuurd, natuurlijk. En dat is niet niks!'

Hij pakte de boterham op. Nam een hap en kauwde langzaam.

'Je bent koud', zei Sara. Ze pakte zijn hand en legde die tegen haar wang. Ze gloeide.

'We mogen zo nu en dan toch wel een beetje lol in het leven hebben?'

Lol hebben? Was dat belangrijk? Konrad Sejer had ineens zin om kattenkwaad uit te halen. Hij stond op en torende met al zijn honderd en zesennegentig centimeters boven haar uit, ze bleef verwonderd zitten, als een klein meisje, en keek bezorgd naar hem op. Ik ben sterker dan zij, dacht hij. Ik kan haar optillen en wegdragen. Ze kan spartelen wat ze wil, zich in alle bochten wringen, maar ze heeft geen schijn van kans. Hij sloeg zijn arm stevig om haar middel en tilde haar van de armleuning. Ze gierde het uit van plezier, maar tevreden merkte hij ook een lichte paniek op, terwijl hij haar als een pop door de kamer droeg. Hij bleef voor de oude chiffonnière staan, de hoge kast die altijd in het huis aan de Gamle Møllevej had gestaan en zeker een ton woog. Hij zakte door zijn knieën, zette zich schrap en pootte haar toen heel beslist bovenop de chiffonnière neer. Daar was plaats genoeg. Ze gilde van het lachen.

'Zit stil', beval hij en hij deed een paar stappen achteruit. 'Als je beweegt valt hij om.'

'Maar ik wil eraf', kermde ze.

'Dat kan niet', zei hij. 'Dan dondert het hele ding om!'

'Je kunt me hier niet laten zitten', lachte ze, terwijl ze weifelend naar de rand schoof, maar ze stopte toen ze voelde dat de chiffonnière onder haar gewicht begon te wiebelen.

'Niet bewegen', zei hij nors. 'Ik wil eerst rustig eten. Daarna gaan we een lange wandeling maken.'

Hij ging weer zitten en begon te eten. Kollberg sprong en blafte en ging enorm tekeer, zo kende hij zijn baasje niet. Sara lachte zo erg dat hij haar tot stilte moest manen, uit angst dat het meubel naar voren zou vallen en met een dreun op de vloer terecht zou komen. De kast stond vol kristal. Ze haalde een vinger langs de bovenkant van de chiffonnière. Die werd helemaal grijs.

'Ik hou van stof', plaagde ze. 'Stof is een beetje van alles. Van jou en van mij.'

'Kreng!' riep hij.

*

Bij de rivier stond een oudere vrouw. Ze stond rechts van de aak die als koffiehuis dienst deed, maar nu gesloten was. Ze keek een poosje naar het treinstation aan de overkant. Ze had een rechte rug, was als het ware ergens klaar mee. Ze deed een paar stappen en bleef weer staan, bij de trap die in het water leidde. Ze begon omlaag te lopen. Op de derde trede stopte ze en ze tilde haar hoofd op naar de brug, de lange, licht hellende lijn van beton die de twee stadsdelen met elkaar verbond. Er liepen mensen op de brug. De lichtjes, duizenden, glinsterden als gebroken weerspiegelingen in het water. Ze deed nog een stap. En toen deed ze iets merkwaardigs, iets wat de mensen bevreemd zou hebben, als ze het hadden gezien. Ze tilde haar mantel op. Een oude, bruine mantel. Daarna deed ze nog een stap en het water spoelde nu om haar enkels. Ze stond als verlamd van de kou in het water. Op het marktplein waren vrij veel mensen, maar ze was zo stil, maakte geen enkel geluid, toen ze zich uiteindelijk voorover in het water liet vallen, met haar armen opzij. Ze had iets weg van een groot kind dat zich in een bult stuifsneeuw liet vallen.

What a pity that she won't live. But then again, who does?

Het regende lichtjes. Sara en Sejer liepen dicht tegen elkaar aan. Kollberg liep aan de korte lijn, de motregen glinsterde in zijn ruige pels. Een paar eenzame mensen verhoogden hun tempo toen ze voelden dat het harder begon te regenen. Sara en Sejer staken de markt over en begonnen aan de brug. Sejer wilde aan de andere kant wat door de oude wijken met de kleine winkeltjes lopen. Ze liepen snel om warm te blijven. Op het hoogste punt van de brug bleven ze staan. Ze bogen zich over de reling. Dat doe je nu eenmaal op het hoogste punt van een brug. Om de vreugde te voelen dat je nog leeft. Sara keek hem aan. Zijn doorleefde gezicht, sterk en mooi. Vooral zijn ogen en het dikke haar. Ze drukte haar hoofd tegen de mouw van zijn jas en staarde in het wervelende water.

'Ben je moe, Konrad?'

'Ja', zei hij. 'Soms.'

'Druk op het werk?'

'Net als anders. Maar ik wandel tenslotte al vierhonderd en veertigduizend uur op aarde rond.'

'Dat is veel!' reageerde ze verbaasd.

'Mm. Jacob, weet je. Hij houdt van spelletjes. Als hij zich verveelt, zit hij altijd met zijn rekenmachientje te spelen.'

Sara dacht een tijdje aan dat duizelingwekkende getal.

'Ergens', zei ze, 'moet het prettig zijn om in water te sterven.'

'Waarom?' wilde hij weten. Hij draaide zijn hoofd niet om, maar keek omlaag en daarna naar links naar de aak die bij de oever lag.

'Rustig liggen dobberen. Schoon gelikt worden door het water.'

Schoon gelikt. Misschien wel. Maar niet het verdrinken zelf. Je mond dichtknijpen, de pijn achter je ogen en daarna in je borst, totdat je opzwelt, uitpuilt, en alles in je hoofd explodeert. En ten slotte, de mist waarover hij had gehoord. Rood en warm.

'Denk eens aan al die mensen die dood in het water liggen', zei Sara. 'Waar we geen weet van hebben.'

Dit is een deprimerende stad, dacht hij, vooral als het regent. Als het ware verlaten aan de oever van de snelstromende rivier. Maar de bruggen oefenden een enorme aantrekkingskracht op hem uit, als hij ze allemaal tegelijk zag, mooie, gebogen overspanningen, omgeven door glimmende lichtjes. Sejer keek in de richting van het plein. Plotseling liet hij Sara's hand los. Ze volgde zijn blik naar de aak.

'Een vrouw', zei hij snel. 'Ze staat op de trap. Met het water tot aan haar knieën!'

Hij liet de hond los. Hij zette zijn lange benen in beweging en Sara kwam als een haas achter hem aan. Sejers schoenen klepperden op het asfalt, de mensen draaiden zich naar hem om. Kollberg blafte, zijn zware lichaam golfde over het voetpad, de mensen die eraan kwamen deden een stap opzij toen ze het grote dier zagen. Sejer bereikte het begin van de brug, hij sloeg af en rende naar de trap. Hij bleef even stilstaan, hapte naar adem. Er dreef iets in het water, iets compacts en donkers. Hij rende de trap af, zag het zware lichaam dobberen. Het zonk langzaam. Het ijskoude water trok in zijn schoenen, maar hij merkte het niet, hij probeerde uit te vinden in welke richting hij moest duiken om haar te kunnen pakken.

Sara riep. 'Niet doen! De stroming is te sterk!'

Hij draaide zich half om. Ze heeft gelijk, dacht hij, hij zou het niet redden, ze zouden allebei kopje onder gaan. Maar hij kon hier niet rustig blijven staan. Gewoon toekijken hoe ze stierf. Sara rende de trap af, pakte hem bij zijn arm en schreeuwde tegen zijn bonzende hoofd.

'Je doet het niet!'

Ze is bang, dacht hij verwonderd. Toen was het lichaam verdwenen. Met zijn ogen volgde hij een schuimkop. Zag de razende vaart en dacht: nu was ik bijna verdronken, zoals zij is verdronken. Hij hief zijn handen naar zijn mond en blies erop.

'Het was een vrouw', zei hij zacht.

Hij voelde aan zijn heup en vond zijn telefoon. Kollberg stond aan de kant te blaffen. Van alle kanten kwamen mensen aangerend. Zo te staan, dacht hij, heel stil toekijken hoe een mens verdrinkt. Kan dat?

*

De brand begon in de keuken. Het koffiezetapparaat had uren aangestaan en was roodgloeiend. De vlammetjes groeiden snel en likten met driftige bewegingen aan het gordijn. Weldra bereikten ze de rode stoel en het vloerkleed. De warmte trilde nu in de kamer, plastic smolt, dingen vielen om en zorgden ervoor dat de brand zich steeds verder verspreidde, naar de volgende kamer, en de volgende. Buiten waren de oplaaiende vlammen door de ramen te zien. Een fietser zag het flakkerende licht. De brandweer arriveerde na zeven minuten en direct daarna kwam de technische recherche. Ze knokten zich naar binnen toe, doorzochten de kamers. Het luik van de kelder gaapte als een open muil. Ze keken naar beneden. Veegden zweet en roet van hun gloeiende gezichten.

Het was aardedonker. Een van de agenten deed een zaklantaarn aan. Liet de lichtstraal ronddwalen. Er lag iets grijswits beneden op de vloer. De anderen kwamen erbij. Ze stapten voorzichtig op de bovenste trede, keken naar de volgende, schenen met hun lantaarns, en uiteindelijk bedaarden de stemmen. Ze staarden naar het plastic zeil. Onderaan de trap moesten ze er overheen stappen en een stap opzij doen. Het plastic was zacht geworden van de hitte, het knetterde niet meer. Ze trokken het weg. Staarden ontzet naar wat daar lag. Een versmolten massa van plastic en haar en huid. Het was, kortom, onbeschrijflijk.

*

10 september.

Wat hij zich het beste van zijn moeders begrafenis herinnerde, was het geluid van droge aarde op het deksel van de kist. Hij kon het niet uit zijn hoofd zetten. Hij deed het raam open om wat frisse lucht binnen te laten, ging zitten en begon opnieuw. Brokstukken van de grote tragedie doemden voor hem op. Een foto, hoewel vaag, nam langzaam vorm aan. Maar hij geloofde zijn eigen ogen niet. Dat het zo was gegaan. En waarom? Irma's lichaam was de avond na haar verdrinking uit de rivier opgevist. Ze was tegen een oude, verrotte pijler onder de brug van de autosnelweg aangedreven. Daar dobberde ze, in de glinstering van de lampen. Het zakje was door het rivierwater schoongespoeld, maar het zat nog steeds op zijn plaats onder haar strakke hemdje. En de brand. Wat ze in de kelder hadden aangetroffen. De omstandigheden in het donkere gewelf. Wat dat betekende. Het idee dat hij in haar keuken had gestaan, slechts een paar meter van hem vandaan. Hij herinnerde zich wat hij had gevoeld toen hij voor haar stond. De conclusie die hij trok, onmiddellijk, dat ze niet goed snik was.

En daarna? Het had hem er niet toe aangezet het huis te doorzoeken.

Hij keek op toen Jacob Skarre binnenkwam. Zwaaide met de papieren.

'Dit is niet te geloven', mompelde hij. Het rapport kwam van het gerechtelijk laboratorium. Skarre liet zich in een stoel vallen. Sejer las hardop voor.

'Jongetje, vier maanden oud, dood in bed aangetroffen. Sectie toont aan dat de dood is veroorzaakt door een epiduraal hematoom – een bloeding tussen het cranium en het hersenvlies – als gevolg van een kwetsuur aan het hoofd. Dergelijke hematomen ontstaan na enige tijd. Ze leiden tot een verhoogde druk en de zwelling verplaatst zich naar het verlengde merg en beïnvloedt daar het ademhalingscentrum. Het kind is dus overleden doordat het stopte met ademhalen. Direct na de toedracht kan het kind volkomen gezond lijken, zonder zichtbare symptomen. De behandelend arts treft geen blaam voor zijn diagnose. Na enkele uren treedt vermoeidheid of loomheid in, en een wisselend bewustzijnsniveau. Daarmee kan redelijkerwijs worden aangenomen dat het overlijden van het kind een direct gevolg is van de val uit de wagen. De val die op zijn beurt weer te wijten is aan de aanslag op de moeder.'

'Hadden we Andreas dood door schuld ten laste kunnen leggen?' wilde Skarre weten.

Sejer glimlachte een beetje cynisch. 'Nog niet met de meest gedreven rechter in het land. Ze hebben een tas uit de kinderwagen gepikt. Maar ze hebben haar met geen vinger aangeraakt. Het is niet meer dan een simpele diefstal. Met een strafmaat van drie jaar, maar daar zou hij bij lange na niet aan zijn gekomen. Een jonge jongen. Zonder strafblad. Hij zou met de schrik zijn vrijgekomen. En met een waarschuwing.'

'De moeder van dat kind... weet zij het?'

'Ja. De moeder is verantwoordelijk voor haar kind, onder alle omstandigheden. Ze heeft de wagen losgelaten. En ze heeft hem niet goed op de rem gezet.' Hij schudde zijn hoofd.

'En het rapport over Andreas? Wat hebben ze daar gevonden?'

'Dat heeft iets weg van een nachtmerrie. Als hun hypothese klopt.'

'En die luidt?'

'Hij is gevallen, of misschien van de trap geduwd. Door de klap op de keldervloer heeft hij zijn nek gebroken, nader bepaald: vierde cervicale wervel. Die breuk heeft honderd procent zeker geleid tot een totale verlamming vanaf zijn hals naar beneden. En daar is hij blijven liggen.'

'En vervolgens heeft zij met een hamer zijn hoofd ingeslagen', zei Skarre.

'Ja. Maar niet meteen.'

Sejer legde de papieren weg en stond op. Leunde tegen de archiefkast en tikte met zijn vinger tegen het groene metaal.

'Er zijn aanwijzingen dat hij daar wel een tijdje heeft gelegen. Op de vloer. Met een gebroken nek.'

'Definieer "een tijdje".'

'Een aantal dagen. Hij is op 1 september verdwenen, nietwaar? Een van de verwondingen aan zijn hoofd, vermoedelijk veroorzaakt door de val, viel met name op. Die was niet diep genoeg om een coma te veroorzaken, hooguit een tijdelijke bewusteloosheid. En die was behoorlijk ontstoken. Dat heeft tijd nodig. Bovendien had hij doorligwonden, onder andere op zijn achterwerk. Er lag een plaid over hem heen. En er stond een kacheltje naast hem. Ze hield hem gevangen. Op de een of andere manier heeft hij voeding binnengekregen, in ieder geval water. Ze heeft hem water gegeven', besloot hij, met verwondering in zijn stem.

'De zuigfles', fluisterde Skarre.

'Waar heb je het over?'

'Ze heeft hem water gegeven met een zuigfles. Ik stond achter haar in de supermarkt, ze vergat die fles bij de kassa. Ik weet nog dat ik me daarover verbaasde. Waarom denk jij dat Andreas daar was?'

'Geld', meende Sejer. 'Hij had een mes bij zich. Dat is onder de werkbank gevonden. Een cadeau van zijn vader bij zijn belijdenis.'

'Bij de vriendin van zijn moeder? Niet zo slim.'

'Misschien wist hij niet wie er woonde. We hebben Irma Funder trouwens in onze archieven gevonden.'

'Waarvoor?'

'Elf jaar geleden kwam ze de vermissing van haar man melden. Hij is destijds spoorloos verdwenen. Met medeneming van het volledige spaartegoed op hun bankrekening en van zijn paspoort. Toch was zij ervan overtuigd dat hem iets was overkomen. Later is haar zoon hier ook geweest. Ingemar Funder. Niet zo weinig verlegen. Hij had in zijn vaders bureau een brief gevonden, waarin hij verklaarde dat hij het niet meer zag zitten en naar het buitenland ging. Sommige mensen komen daar nooit meer overheen,' zei hij peinzend, 'als ze in de steek worden gelaten. Het zal haar allemaal wel te veel zijn geworden.'

Ze zwegen een poosje. Skarre beet op zijn lip. 'Jij hebt haar zoon gesproken. Wat zei hij?'

'Niet veel. Hij zat een beetje zwaar te knikken. Dat hoofd van hem was trouwens op zich al zwaar. Hij lijkt op zijn moeder.'

'Verrek... sorry,' zei Skarre, 'maar ik denk aan toen ze in mijn kamer stond. Ik weet nog wat ze zei. "Ik weet waar hij is. Hij heeft niet lang meer te leven." En toen ik haar vroeg waar ze woonde, noemde ze het adres. Prins Oscarsgate 17. Ze articuleerde duidelijk en keek me recht aan. Ze wilde me vertellen waar hij was, maar ik snapte het niet. Misschien leefde hij toen nog', zei Skarre met een zucht. 'Ik heb flink de pee in dat we Irma's versie nooit zullen horen. En nu is het te laat. We kunnen niemand ergens voor arresteren. Of wel?'

Hij had met iedereen gesproken. Met Runi Winther en Ingemar Funder. Geprobeerd het te verklaren. Hij had zijn best gedaan om een versie te vinden, die zij misschien zouden kunnen aanvaarden. Dat leek onmogelijk. De moeder van Zipp had een paar keer gebeld. Hij kon haar niet veel vertellen, alleen dat ze hun uiterste best deden. Daarna was hij in de auto gestapt en had hij wat door de stad gereden. Had geprobeerd de balans op te maken. Wat er gebeurd was en op welk punt in het leven hij zich bevond. Hij ging naar huis, naar Sara. Moeder is dood en begraven, dacht hij. Hij voelde de smalle ribbels van het stuur tegen zijn vingertoppen. Zijn schoenen waren aan de ruime kant, hij kon zijn tenen opkrullen. Leef ik nu? Nee, dacht hij, want in gedachten sta ik thuis in de gang. Zonder dat ik weet wat mij te wachten staat. Sara. Met warm eten. Of misschien is ze vertrokken. Dit leven is onmenselijk. Eén lange afdaling, die eindigde in... ja, waarin eigenlijk? Misschien in lauw water. Misschien in gebroken glas. Het is toch verschrikkelijk, besloot hij. Toen maakte hij, zoals altijd, een planning voor de volgende dag. Een paar vaste punten. Voor de zekerheid. Hoewel er van alles kon gebeuren en zich ineens iets belangrijks kon aandienen, vond hij het prettig om voor alle dingen een oplossing te vinden, al leken ze nog zo onbeduidend.

Kollberg was alleen. Hij maande de hond tot kalmte en keek naar binnen. Zag een briefje op de eettafel liggen. Ze is vertrokken, dacht hij. Hij liep naar de tafel toe en haalde diep adem. Vouwde het papiertje open. *Ben even naar papa toe. Kom zo terug. Er staat gegratineerde vis in de oven. Voor jou, liefste van mijn hart.*

Nou ja. Hij had van alles verwacht, maar dit was absoluut meer dan hij had durven hopen.

11 september. Ingemar Funder reed een oude Ford Sierra. Hij was gedrongen en had donker haar, een zwaar gezicht en diepliggende ogen. In al zijn doen en laten was hij stil en bescheiden, hij viel nooit op. Hij stond bekend als een rustige en consciëntieuze man die nooit klaagde. Hij leefde alleen. Hij vond het moeilijk om met andere mensen samen te zijn. Hij parkeerde voor het hek en stapte uit. Keek naar het verwoeste huis. Hij liep het grindpad naar de achterkant van het huis op. Het was donker, maar hij ontwaarde het prieeltje dat zijn vader had gebouwd. Een cadeau voor zijn moeders veertigste verjaardag. Het was niet door het vuur aangetast en het was erg mooi. Hij liep de twee treetjes op en ging

op de bank zitten. Daar bleef hij lange tijd zitten. Hij overdacht wat er allemaal was gebeurd en voelde dat hij zijn leven gewoon weer kon oppakken. Toen stond hij op. Voorzichtig liep hij rond in het prieeltje. Een paar losse planken gaven mee onder zijn gewicht. Hij wandelde het gazon op. Het was gestopt met regenen. De wolken scheurden open en het licht van een witte maan viel op zijn brede schouders. Hij baadde even in het blauwwitte licht. Er waren elf jaren verstreken. Vijftien min elf is vier, dacht hij. *Verjaring van een misdrijf en ontslag van rechtsvervolging: een handeling is niet langer strafbaar wanneer deze is verjaard volgens de bepalingen in § 67 tot § 69.* Nog vier jaar. In de loop van de tijd had hij een paar keer gedacht dat zijn moeder zich er niets meer van herinnerde. Dat ze het allemaal had verdrongen. Het handschrift in de brief was nooit gecheckt. Dat was niet bij de politie opgekomen. Het briefje was geloofwaardig. Ineens herinnerde hij zich de stem van zijn moeder, de vertwijfelde schreeuw en haar brandende ogen. Je moet me helpen, Ingemar!

Met betrekking tot het lijk van Andreas Winther en hetgeen zich in de kelder van de overledene heeft afgespeeld, staat de politie voor een raadsel. Het is ook niet duidelijk wat hij in Funders huis deed. De enige die wellicht enige helderheid kan verschaffen, is de achttien jaar oude Sivert Skorpe, met wie Andreas op 1 september samen was. Deze man is echter spoorloos. Hij is één meter zeventig lang, heeft blond, kortgeknipt haar, is gekleed in een strakke, zwarte spijkerbroek en draagt vermoedelijk een leren jack. Hij spreekt een Oost-Noors dialect. Als hij überhaupt praat. Wanneer u inlichtingen heeft over de vermiste, kunt u zich wenden tot het dichtstbijzijnde politiebureau.

Hebt u hem misschien gezien?

Eva's oog

Als de schilderes Eva Magnus en haar dochtertje Emma langs een rivier wandelen, ontdekken ze het dode lichaam van een man. Eva belooft de politie te bellen, maar doet dat niet. Inspecteur Konrad Sejer, belast met de zaak, ontdekt al snel een verband tussen deze misdaad en die van een vermoorde prostituee.

Paperback, 288 pagina's – ISBN 97894 6068 286 5 – € 5,-

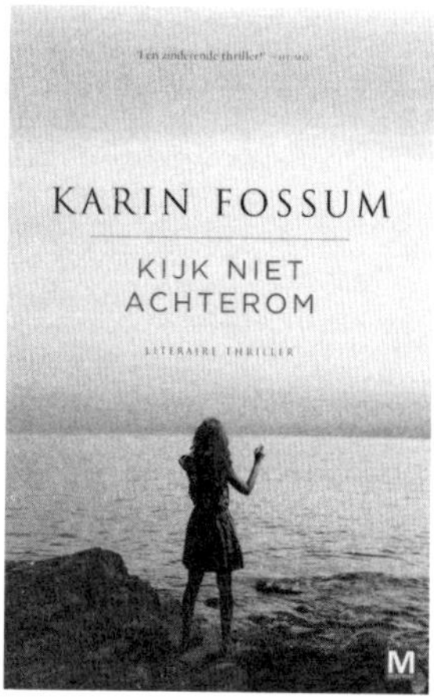

Kijk niet achterom

Bij een afgelegen bosmeertje vindt de politie het dode lichaam van de vijftienjarige Annie Holland. Het knappe meisje was zeer geliefd in de kleine dorpsgemeenschap waar ze woonde. Inspecteur Konrad Sejer gaat op zoek naar verklaringen en ontdekt dat er in het rustige dorpje veel geheimen bestaan.

Paperback, 288 pagina's – ISBN 97894 6068 366 4 – € 5,-

Wie de wolf vreest

Paperback, 288 pagina's

ISBN 97894 6068 373 2
NUR 305

€ 5,-

Op een afgelegen boerderij vindt de twaalfjarige Kannick het lijk van een oude vrouw en ziet nog net een glimp van een wegrennende man. Deze verdachte, een ontsnapte psychiatrische patiënt, wordt een paar dagen later tijdens een bankoverval als gijzelaar meegenomen door de overvaller. Samen houden ze zich schuil in een vervallen huis in het bos, waar ze volledig op elkaar aangewezen zijn. Inspecteur Konrad Sejer gaat samen met zijn collega Jacob Skarre op zoek naar de bankovervaller en aangezien zijn schizofrene gijzelaar inmiddels de belangrijkste verdachte is van de moord op de vrouw, wordt de situatie als uiterst precair gezien. Als Sejer ontdekt dat ook de twaalfjarige jongen bij de zaak betrokken is, dringt langzaam tot hem door welk drama zich in het bos afspeelt.

'Een ijzingwekkende roman met levensechte personages.'

– KNACK

De Indiase bruid

Paperback, 288 pagina's
ISBN 97894 6068 404 3
NUR 305
€ 5,-

De bedachtzame vrijgezel Gunder Jomann gaat op reis naar India om een vrouw te zoeken. Zijn oog valt op Poona. Zij is serveerster in een restaurant en hij gaat daar voortaan iedere dag eten om haar te kunnen zien. Halverwege de vakantie trekt hij de stoute schoenen aan en vertelt haar de reden van zijn bezoek. Er ontstaat al snel een diepe genegenheid en niet veel later trouwen ze. Gunder Jomann reist na het huwelijk naar huis, naar het kleine Noorse dorpje Elvestad, om alles in gereedheid te brengen voor de komst van Poona. Maar twee weken later verschijnt zij niet op de afgesproken tijd op het vliegveld.

Inspecteur Konrad Sejer wordt geconfronteerd met het afschuwelijk toegetakelde lijk van een Indiase vrouw. Zoekend naar de moordenaar komt hij uit in het rustige dorpje Elvestad.

'Een juweel van een thriller. Ontroerend en subtiel.'
– DE STANDAARD

Veenbrand

Paperback, 288 pagina's
ISBN 97894 6068 403 6
NUR 305
€ 5,-

In een caravan op het terrein van een boer worden de lichamen gevonden van een vrouw en een klein kind. Ze zijn met messteken om het leven gebracht. Inspecteur Konrad Sejer en zijn collega Jacob Skarre staan voor een raadsel. De rechercheurs zijn ervan overtuigd dat de moeder van de vermoorde vrouw informatie achterhoudt die van belang kan zijn voor het onderzoek, maar de vrouw weigert opheldering te geven over het verleden van haar dochter.

Een persoonlijk motief ligt voor de hand, maar wie voelt zoveel woede jegens een kleine jongen en zijn vriendelijke, zachtaardige moeder?

'Karin Fossum verstaat de kunst om op een sobere en diepgravende manier over heel gewone mensen te schrijven.'
– DE STANDAARD

'Karin Fossum is een exponent van Scandinavische topkwaliteit.'
– DE VOLKSKRANT

Zwarte seconden

Paperback, 288 pagina's

ISBN 978 94 6068 365 7
NUR 305

€ 19,95

Negen dagen voor haar tiende verjaardag gaat Ida Joner op haar fietsje naar een kiosk om een paardenblad en kauwgom te kopen. Ze komt daar echter nooit aan en keert ook niet huiswaarts. De politie wordt ingeschakeld. Negen dagen later wordt Ida's lichaam langs de kant van de weg gevonden. Ze is gekleed in een nachthemd en in een deken gerold.

Inspecteur Konrad Sejer moet de zaak oplossen en hij staat voor een lang en moeizaam onderzoek. Er is geen motief, geen logische verklaring. Maar door zijn mensenkennis, zijn sympathie voor zowel het slachtoffer als de dader en door zijn directe manier van communiceren weet hij de zaak naar een ontknoping te leiden.

'Karin Fossum behoort tot de top van de Scandinavische misdaadauteurs.'

– NDB BIBLION

De fluisteraar

Paperback, 368 pagina's

ISBN 978 94 6068 364 0

NUR 305

€ 19,99

Ragna Riegel werkt bij een goedkoop warenhuis en woont alleen in haar ouderlijk huis. Haar ouders zijn dood en haar zoon is verhuisd naar Berlijn. Los van de verplichte kerst- en verjaardagskaart hebben ze geen contact. Ragna leeft een teruggetrokken bestaan, dat gekenmerkt wordt door eentonigheid, eenzaamheid en angst. Ze houdt van de orde en regelmaat in haar leven. Als Ragna op een dag in haar brievenbus een anonieme dreigbrief aantreft, raakt ze in de greep van een wurgende angst die steeds groter wordt en haar nog dieper in een isolement drijft.

In de verhoorkamer op het politiebureau ondervraagt inspecteur Konrad Sejer een verdachte van een gruwelijke misdaad. Die verdachte is Ragna Riegel. Waarom heeft deze vrouw van middelbare leeftijd, die overkomt als een grijze muis, gedaan wat ze heeft gedaan?

'De spanningsopbouw en de onverwachte ontknoping maken De fluisteraar *tot een meesterwerk.'*

– TORNBERGS BLAD

De moord op Harriet Krohn

Paperback, 272 pagina's
ISBN 97894 6068 397 8
€ 19,99

De veertigjarige Charlo Torp zit diep in de problemen. Hij is al twee jaar werkloos, zijn vrouw is overleden, met zijn tienerdochter heeft hij weinig contact en hij heeft een speelschuld van 200.000 kronen. Torp gelooft dat alles goed komt als hij orde op zijn financiële zaken kan stellen en hij besluit een oudere dame te beroven. Haar naam is Harriet Krohn.

Korte tijd gaat het beter met Torp. Hij betaalt zijn schuld en koopt een paard voor zijn dochter. Maar dan verschijnt inspecteur Sejer op het toneel in verband met een verkeersongeval...

'*De moord op Harriet Krohn* is een meeslepend opgetekende tragedie.' ****
— VN DETECTIVE & THRILLER GIDS

Colofon

Published by arrangement with Cappelen Damm
Oorspronkelijke titel: *Djevelen holder lyset*

Omslagontwerp: Studio Jan de Boer
Zetwerk: V3-Services v.o.f.
Druk: Wilco

Eerste druk mei 2016
Vijfde druk oktober 2018

ISBN 978 94 6068 281 0
E-ISBN 978 94 6068 807 2
NUR 305

uitgeverij M marmer

Uitgeverij Marmer BV
De Botter 1
3742 GA BAARN
T: +31 649881429
I: www.uitgeverijmarmer.nl
E: info@uitgeverijmarmer.nl